내 인생의
사막을
달리다

내 인생의
사막을 달리다

미쳤다는 말을 들어야 후회없는 인생이다!

김경수 지음

자유문고

나는 사막에서 벌거벗은 자아를 만나고 옵니다

사람들은 저를 '직장인 모험가'라고 부릅니다.

'직장인'이면서 '모험가'라고 하면 어떤 생각이 먼저 떠오르나요? '글쎄…'라면서 고개를 갸웃거리는 분들이 많을 겁니다. 언뜻 보기에 잘 어울리는 조합은 아니니까요.

제가 모험을 하러 가는 곳은 주로 사막과 오지입니다. 사막은 단지 뜨겁다는 표현으로는 부족한 곳입니다. 타들어 간다거나 살을 녹인다거나 하는 식으로 감정을 얹어야 그나마 조금이라도 표현했다 싶어지죠. 또 사막 하면 실과 바늘을 연결지어 생각하듯 낙타가 있는 고독하고 여유로운 모습을 떠올리지만, 이곳에서는 낙타보다 전갈 만나기가 훨씬 더 쉽습니다. 무섭다면 무서운 곳이지요. 사하라사막의 광풍인 할라스가 느닷없이 불어대면 몸을 가누기조차 힘들고요.

그런 곳에 대체 왜 가느냐고요?

달리러 갑니다. 그것도 목숨을 걸고 달리러요. 저 같은 사람을

'사막레이서' 또는 '오지레이서'라고 부르기도 합니다만, 저는 '직장인 모험가'라 불리는 것이 더 마음에 듭니다. 흥미진진한 만화의 주인공이 된 느낌이 들거든요.

15년째 세계 곳곳의 사막과 오지를 횡단했다고 하면 사람들은 제가 엄청난 체력을 가진 남자인 줄 압니다. 그러다 막상 저를 만나보면 너무나 평범한 외모와 얌전하기 그지없는 인상에 놀라는 분들이 많지요. 그리고 제가 공무원이라는 사실에 또 한 번 놀랍니다. 제 직장은 서울 강북구청이고, 도시계획 관련 일을 하고 있습니다. 사람들은 사선을 넘나드는 오지 모험가와 공무원이라는 이미지가 얼른 합쳐지지 않아 고개를 갸웃거리곤 합니다. 그런데 저는 일도 꽤 열심히 하는 공무원입니다. 동료들이 부러워하는 '대한민국 청백봉사상'도 탔으니 근거 없는 자랑은 아닙니다. 이 말을 하는 건, 제가 원래부터 모험가 기질이 있었던 것은 아니라는 걸 밝히기 위해서입니다. 그저 평범한 가장이고 보통의 직장인이었습니다.

처음 사막을 횡단한 것은 마흔 즈음이었습니다.

남자 나이 마흔은 심상치 않은 시기입니다. 저는 고위직에 오른 것도 아니고, 재산도 모으지 못했습니다. 사실 공무원이 재산을 많이 모았다면 그게 정상이 아니겠지요. 결혼 후 얼마 지나지 않아 아내가 피아노 학원을 하겠다고 졸라댔습니다. 피아노를 전공해서 음악적 지식이 있을 뿐 그것으로 돈을 버는 방법까지는 모르리라는 게 뻔했지만, 그래도 나름대로 가계에 힘이 되고 싶어

하는 마음을 뭐라 할 순 없었습니다. 여러 생각 끝에 저도 동의했고, 그때 집을 팔아 피아노 학원을 차렸습니다. 그런데 아내의 피아노 학원은 투자한 만큼의 돈을 벌어주지 못했어요. 그 후 집값은 정신없이 뛰었고 저는 집을 다시 장만하지 못했습니다. 그러니 제 재테크 실력은 완벽하게 낙제점입니다. 하지만 저는 지금 아무것도 부러운 게 없습니다. 15년여 동안 거침없이 사막을 달렸으니까요.

사람들은 왜 적지 않은 경비에 위험까지 무릅쓰며 그 고생을 하느냐고 묻습니다. 편안하고 안락한 크루즈 여행 같은 게 좋지 않으냐고 말하기도 합니다. 그때마다 저는 "미쳐서 그러는 거지 뭐, 허 허." 하고 웃어넘겼습니다. 물론 틀린 대답은 아니지만 정확한 답변도 아닙니다. 사람들이 제게 이런 어정쩡한 대답을 듣고 싶어 물은 것이 아니라는 것도 잘 알고 있습니다.

그렇지만 한마디로 설명하기가 쉽지는 않습니다. 처음에는 호기심에 했습니다. 그런데 시간이 지나면서 사람들이 제게 묻듯이 저도 자신에게 물어야 한다는 생각이 들었습니다. '왜, 왜 나는 사막에 가는 걸까?'라고요. 어쩌면 이것이 제가 이 책을 쓰게 된 가장 큰 동기일 것입니다.

제가 지금껏 도전을 계속해온 사막과 오지에서의 레이스는 인간이 겪을 수 있는 극한의 상황에 자신을 내던지는 일입니다. 독하디 독한 자신과의 싸움입니다. 시각장애인과 나를 끈으로 연결하고 그의 눈이 되어 달리는 경험도 했습니다. 이것은 나 자신과

의 싸움을 뛰어넘는 궁극의 도전입니다. 그래서 저의 목표는 좋은 기록을 내는 것이 아니라 끝까지 가는 것입니다.

그렇지만 그러한 극한에서 저는 서울의 일상에서는 만나기 힘들었던 내 영혼을 봅니다. 내 영혼이 눈에 보이면 그 안의 자아를 있는 그대로 만날 수 있습니다. 그래서 다녀오고 나면 또 다른 사막과 오지를 찾습니다. 있는 그대로의 자아를 다시 만나고 싶어서입니다. 탈출이라고 해도 좋습니다. 도피라고 깎아내려도 상관없습니다.

앞의 사진은 제가 소중하게 여기는, 사막의 밤을 담은 사진입니다. 반짝이는 별이 보이지요? 밤이 깊어 가면 사막에 있는 사람은 손에 잡힐 듯 쏟아지는 수많은 별 무리에 묻혀 하나의 점이 됩니다.

저는 묵직한 배낭을 짊어지고 땀과 모래로 뒤범벅이 된 채 잠시 우두커니 서 있습니다. 자동차 소리도, 컴퓨터 팬 돌아가는 소리도, 심지어 새소리조차 없는 사막은 진공 상태처럼 조용합니다. 거기서 저는 우주라는 새로운 차원을 경험합니다. 이런 밤하늘을 느낄 때, 저는 이대로 죽어도 후회 없다는 생각을 합니다.

15년여 동안 사막과 오지를 넘나들고 있지만 저는 아직도 그곳에 갈 때마다 아내 눈치를 살피는 소심한 남편입니다. 그렇지만 사막의 모래폭풍을 가르며 뛸 때의 저는 절대로 소심한 사람이 아닙니다. 광활한 사막 한가운데 던져지면 소심했던 제 모습은 사라지고 아무것도 두려워하지 않는 남자 중의 남자가 됩니다. '빅돈'

이라고 불리는 엄청나게 큰 모래산의 능선을 달리면서 저는 스스로 매우 강한 사람임을 확인하곤 합니다. 남들이 가지 않는 길 위에 당당히 서 있기 때문입니다.

'가족들 먹여 살리는 일 말고는 내 인생 아무것도 없구나.' 하는 생각이 들면 저처럼 한번 저질러보세요. 학업 때문에, 취업 때문에, 가족의 생계 때문에 뒤로 밀어두었던 일들, 애써 외면해야 했던 일이 분명 있을 것입니다.

굳이 저처럼 사막을 찾아가는 일이 아니어도 좋습니다. 중요한 것은 '끝까지 가보고 싶은 열망'을 현실로 끌어내는 일입니다. 우리는 자기 자신에게, 그리고 서로에게 앞만 보고 살아가길 요구합니다. '나는 그러기 싫다.'고 한다면 가족이나 주변 사람들에게 십중팔구 미쳤다는 소리를 듣게 마련입니다.

그렇지만 저는 확실히 알고 있습니다. 한때 들었던 '미쳤다'는 말이 즐겁게 기억될 만큼, 후회 없는 인생이 펼쳐진다는 걸 말입니다.

PART 1

마흔 살 남자는
마이너스 통장으로
사막에 갔다

마흔 살
남자의 가슴에
모래바람이 불었다

열망은 조용히 왔다

어렸을 때 내겐 두 가지 꿈이 있었다.

하나는 화가가 되는 것이고, 또 하나는 〈007〉의 제임스 본드 같은 국제적인 첩보원이 되는 거였다. 서로 연관성도 없고 성격도 전혀 다르지만 나는 이 꿈들에 꽤 진지했으며 실현하려고 노력도 많이 했다. 하지만 결론부터 말하자면 내 꿈은 모두 좌절됐다.

꽤 많은 사람들이 그렇겠지만, 나도 어렸을 때는 내가 아주 특별하고 멋있는 인생을 살 거라고 생각했다. 주변에서 보는 어른들처럼 먹고사는 데 급급하지 않을 자신이 있었다. 그러나 그 근거 없는 자신감은 어린 나이부터 짊어진 생활의 무게에 몇 번 짓눌리자 급속도로 쪼그라들었다.

세상의 쓴맛과 현실의 무서움을 겪고 난 청년은 국제적인 첩보원이 되어 전 세계를 누비며 스릴 넘치는 인생을 사는 것은 영화를 보는 것으로 대리만족 하기로 했다. 그러고는 적지만 따박따박 월급을 받고, 정년 보장도 확실한 9급 공무원이라는 길을 선택했다. 그렇게 꿈을 접은 뒤로 더는 아무 꿈도 품지 않았다. 대신 성실한 직장인으로, 가장으로, 아빠로, 그렇게 보통 남자로 살아갔다.

2001년 가을 어느 날이었다. 휴일에 남편들이 대부분 그러하듯, 나도 소파에 드러누워 TV를 보고 있었다. 별 감흥 없이 그저 눈만 주고 있는데, 프로그램이 바뀌더니 화면 가득 누런 사막이 펼쳐졌다. 카메라가 지면을 향해 다가가자 멀리 점처럼 보이던 게 사람이었음이 서서히 드러났다. 마라토너들이었다. 장딴지에 힘줄이 불끈 선 그 남자들은 모래먼지를 맞으며 사막을 횡단하는 중이라고 했다.

그 순간 내 가슴에 한 줄기 바람이 불어 들었다. 굳게 잠겨 있던 빗장이 '삐걱' 하고 풀린 느낌이었다. 이상하게 가슴이 두근두근하더니 그 두근거림이 격한 압박으로 변했다. 사막의 잔상은 쉽게 지워지지 않았고, 그 기분은 가을이 다 지나갈 때까지 멈출 줄 몰랐다. 겨울이 시작되자 두근거림은 가슴앓이로 발전했다.

아파트 화단에 벚꽃이 활짝 필 때까지 사막을 향한 냉가슴은 멈출 기미가 안 보였다. 한순간의 격한 호기심으로 그쳐주면 좋으련만, 마흔 문턱을 코앞에 두고 갑자기 나를 사로잡은 꿈인 듯 갈망인 듯 정체가 불확실한 이놈 때문에 나는 적잖이 당황했다. 기껏

18

모래먼지를 맞으며 사막을 횡단하는 사람들의 모습을 TV에서 보다가
갑자기 가슴이 두근거렸다. 안정이라는 이유로 삶에 안주하던 나에게
한 줄기 바람이 불어 들었다.

다큐멘터리 하나에 이렇게까지 시달리다니, 내가 철없이 느껴지기도 했다.

마음을 진정시키려고 거기에 관심을 끊어야 할 이유를 열심히 생각했다. 억지로 짜내지 않아도 그 이유는 셀 수 없이 많았다. 하지만 열망은 냉정한 이성의 힘으로는 이겨낼 수 없었다. 머리를 흔들며 떨쳐버리려고 애쓸 때마다 그 행동은 오히려 내 가슴 깊은 곳에 숨어 있던 분노를 건드렸다. 그러다 어느 순간 억지로 외면하려고만 드는 나 자신에게 화가 났다.

'왜 안 된다고만 생각하지? 무엇이 두려운 거야? 남들이 뭐라고 할까봐? 아내한테 잔소리 듣는 게 싫어서? 대체 뭣 때문에 이렇게까지 쫄아야 하지?'

전쟁에서는 무기나 병법보다 더 중요한 게 명분이라고 한다. 나는 전쟁만큼 인생에도 명분이 중요하다고 생각했다. 그래서 지금까지 사소한 이익보다는 명분을 우선시하며 살아왔다. 이런 면 때문에 좋게 보면 꼿꼿하고, 나쁘게 보면 고지식하다는 소리를 종종 들었다. 하지만 덕분에 별 흔들림 없이 묵묵히 살아올 수 있었다. 어쩌면 내가 우물쭈물했던 가장 큰 이유도 확실한 명분을 못 찾았기 때문인지 모른다. 사막에 가야 할 명분 말이다.

그래서 관점을 바꿔 사막에 가지 말아야 할 명분을 찾아보았다. 아무리 생각해도 떠오르는 게 없었다. 남들의 일반적인 걱정과 우려, 돈이나 시간 같은 현실적인 문제들밖에 없어 보였다. 이 정도는 충분히 극복할 수 있는 문제다. 물론 중요한 이유가 될 수 있지만, 그건 말리는 사람의 입장이고 덤비는 내가 먼저 챙겨야 할 이유는 아니었다.

'나쁜 짓 하겠다는 것도 아니고 겨우 사막에 가는 건데 이런 일로 직장에서 밀려나겠어, 아니면 이혼을 당하겠어. 남들이 뭐라 하는 게 뭔 대수라고.'

나는 주먹을 불끈 쥐었다.

'이 정도는 저질러도 괜찮아. 나 김경수, 이 정도에 인생 망가질 만큼 허술한 인간 아니야!'

마음을 바꾸니 결심은 금방이었다. 그동안 나를 짓누르던 돌덩이들이 결심이라는 거대한 허리케인 한 방에 모두 날아간 기분이었다. 복잡하던 머리가 시원하게 정리됐다. 그간 갈등과 고민으로 주눅이 든 스스로를 격려했다.

직장인으로서 한 가정의 가장으로서 열심히 살아온 나 자신에게 이 정도 선물은 줄 수 있다고 생각했다. 나는 이런 선물을 받을 자격이 충분히 있다고 자신했다. 이렇게 결심하고 나니 마음이 편안해졌다. 이제 이 꿈을 이루기 위해 거쳐야 할 과정과 현실의 문제들을 해결하는 일만 남았다. 사막에 가기 위해 꼭 거쳐야 할 첫 번째 난관이자 가장 큰 어려움과 정면으로 부딪치기로 작정했다.

나 말이지, 한 번은 끝까지 가보고 싶어

"갑자기 웬 마이너스 통장…? 아니, 대체 어디 쓰려고 이 큰돈을 대출받은 거예요?”

그날 저녁, 나는 아내에게 조심스레 마이너스 통장을 내밀었다. 아내는 통장을 펴보고 무척 놀랐는지 한동안 말이 없다가 겨우 그렇게 입을 열었다. 자다가 날벼락을 맞은 사람처럼 아내는 황당하다는 얼굴로 나를 빤히 쳐다봤다. 빨리 이유를 말해보라고 재촉하는 아내의 눈길을 나는 힘없이 외면했다.

“혹시…, 무슨 안 좋은 일이라도 생긴 거예요? 사고라도…?”

내가 아무 말이 없자 아내는 걱정스러워하며 뭔가 나쁜 일이 생긴 건 아닐까 넘겨짚는 눈치였다. 하긴 빚이라면 질색을 하던 내가 5백만 원이란 큰돈을 대출받았으니 걱정이 되는 것도 당연했다.

나는 마음을 가다듬고 침착하게 말문을 열었다.

“여보, 당신 보기엔 부족하겠지만…, 난 나름대로 가장으로서 최선을 다했다고 봐. 그건 당신도 인정하잖아. 비록 내세울 만한 성공도 못 거뒀고 재산도 못 모았지만, 직장생활도 성실하게 했고 지금까지 남한테 손가락질 받는 일도 없었어.”

“누가 뭐래요? 그건 나도 알죠. 그런데 지금 그 말을 왜 하느냐고요. 내가 지금 알고 싶은 건, 이 큰돈을 대출받은 이유가 뭐냐 이거죠. 나한테 한마디 말도 없이.”

난데없는 나의 장광설이 답답했는지 아내는 뚱하게 내뱉었다. 나는 아내의 눈을 똑바로 바라보았다. 그리고 가슴 속에 준비해둔 말을 꺼냈다.

“나…, 내년에 사하라사막에서 열리는 마라톤대회에 참가하고 싶어. 거기 필요한 경비 하려고 그런 거야."

내 말이 너무 뜻밖이었는지 아내는 뜨악한 얼굴로 나를 쳐다봤다. 한참 동안 말이 없던 아내는 갑자기 꽥 소리쳤다.

"사하라라고요? 당신 미쳤어요? 사막에 가겠다고 대출을 받아요? 기가 막혀서…. 대체 거긴 왜 가려는 건데요?"

"가고 싶으니까."

나의 간결한 대답에 아내는 더욱 기가 막히는 모양이었다. 표정이 싸늘해지며 목소리 톤이 올라갔다.

"당신, 지금 제정신으로 하는 소리예요? 뜬금없이 가고 싶은 곳이 생겼다고 5백만 원이나 되는 남의 돈을 갖다 써요? 더군다나 안 가봐도 뻔한 사막 같은 곳엘 가겠다고 말예요. 당신, 가장이에요. 애들 생각은 안 해요? 무슨 헛바람이 들었는지 모르겠지만, 정신 차려요!"

예상했던 격한 반박이 속사포처럼 쏟아졌다. 물론 아내 말이 틀린 것은 아니었다. 나 역시 몇 번이나 고민했던 부분들이다. 하지만 여기서 주춤거리며 물러설 수 없었다. 그런데 가만가만 설득해야지 했던 생각은 어디 가고 나도 모르게 엉뚱한 소리가 나왔다.

"대체 가장이란 게 뭐야? 죽어라 일해서 가족들 생활비 갖다 주는 사람이야? 그리고 난 지금까지 누구보다 책임감 넘치는 가장이었다고. 월급 꼬박꼬박 갖다 줬지, 다른 데 눈 한 번 돌린 적 없지, 얼마나 성실했어? 당신은 날 조금이라도 이해해줄 줄 알았어. 내 꿈이 애들 학원보다 하찮은 거야?"

23

"알아요, 당신이 지금까지 성실했던 건 잘 안다고요. 하지만 가장이 그런 걸로 생색낸다는 게 더 웃기지 않아요? 누군 하고 싶은 게 없어서 안 하는 줄 알아요? 우리가 그렇게 돈이 넘쳐나요?"

아내는 급하게 말을 이었다.

"앞으로 애들 교육비가 얼마나 들어갈지 생각이나 해봤어요? 지금 우리, 애들한테 남들 하는 만큼 하지도 못하잖아요. 내 말이 틀려요?"

한 번 엇나간 말은 대화의 물꼬를 전혀 엉뚱한 방향으로 틀어놓고 말았다. 이게 아닌데 싶었지만, 한편으로는 이참에 할 말 해버리자는 생각도 들었다.

"대체 아이들한테 어느 정도를 해줘야 부모 노릇 제대로 하는 거야? 정해진 선이라도 있어? 남들 다 그런다고 무조건 거기 맞추고 살아야 해? 내가 아빠니까, 그저 현금 인출기로 살라는 거야?"

"현실이 그렇잖아요! 세상이 그런 걸 난들 어쩌라고요. 그렇게 제멋대로 살고 싶으면 아예 결혼도 하지 말고 혼자 살지 그랬어요? 왜 이제 와서 느닷없이 투정이에요? 남들은 한 푼이라도 더 모아서 한 평이라도 더 늘리려고 난린데. 뭐 사막요? 당신 이렇게 철없고 한심한 사람인 줄은 정말 몰랐어요!"

격앙된 아내는 점점 목소리를 높이더니 마지막엔 비명처럼 소리를 질러댔다. 결혼해서 지금까지 한 번도 본 적이 없는 모습이었다. 충분히 예상은 했지만 직접 내 눈으로 확인하고 나니 씁쓸했다. 여기서 대화를 더 이어가 봐야 서로 감정만 상할 것이 분명

가정과 직장에서, 세대와 세대 사이에서 움츠렸던 나는 주변 사람들의
비아냥 소리를 뒤로하고 사력을 다해 사하라를 달렸다. 절망의 장벽과
희망의 언덕이 공존하는 사하라는 축소된 인생의 희로애락이 살아 숨
쉬는 곳이었다.

_ 2003년 모로코 사하라사막에서

했다.

사실 이런 예민한 문제를 한 번에 담판 지으려는 것 자체가 지나친 욕심이다. 특히 가족 간에 입장 차이가 클 때는 타협점을 찾기가 더 어렵고 시간이 오래 걸린다. 어쩌면 남과 협상을 하는 것보다 부부가 갈등을 풀어가는 게 더 어려울지 모른다. 그래서 나는 마지막으로 한마디만 더 하고 자리에서 일어나기로 했다.

"당신이 지금 얘기한 것들, 나도 그간 수없이 생각하고 고민했어. 그런데도 가고 싶다는 생각을 접지 못한 데는 이유가 있어. 이렇게 포기해버리면…, 앞으로 난, 점점 더 무의미하게 살게 될 것 같았어. 무난하게는 살겠지만 말이야. 몇 십 년 만에 지금 겨우 눈을 뜰 기회를 발견했는데, 이번에도 그냥 보내버리면…. 난 이제 그렇게 살기 싫어, 여보."

이 말을 하면서 내 가슴에 서늘한 바람이 불었다. 내가 가슴앓이를 했던 진짜 이유를 이제야 알 것 같았다. 울컥 하며 눈물이 쏟아지려고 했다. 나는 눈물을 꾹 눌러 삼키며 조용히 방에서 나왔다.

사막을 견딜 수 있는
체력 훈련을
시작하다

아내는 여전히 냉랭하고

폭탄을 쥔 사람에겐 폭탄이 터진 후보다 터트리기 전이 더 공포스
럽다고 한다. 자신의 행동이 몰고 올 파장과 상황을 예측할 수 있
으니까 두려울 수밖에 없을 것이다. 그래서 폭탄을 터트리기 직전
까지 혼자 치열한 갈등에 시달려야 한다. 하지만 일단 터지고 나
면 한 사람의 갈등은 모두의 고통이 되어버린다. 그때부턴 '어떻
게 잘 수습하느냐'가 관건이기에 모두 힘을 합쳐 피해를 최소화하
는 일에 집중하게 된다.

아내 입장에서 사막마라톤에 참가하겠다는 내 선언은 폭탄이
터진 것과 같은 일이었다. 그리고 당연히 나 혼자만의 고민이 아
내와의 갈등으로 바뀌면서 냉전이 시작됐다. 나는 몇 번이나 대화

를 시도했지만 아내는 사막의 '사'자만 들어도 표정이 싸늘해지며 자리를 피했다. 차라리 한바탕 부부싸움이라도 하는 게 낫겠다 싶을 정도였다. 그 일에 대해 아내는 아예 내 말을 듣지 않기로 작정한 것처럼 무시와 냉대로 일관했다. 꿈쩍도 하지 않는 아내의 완강한 태도를 볼 때마다 너무 일찍 고백했나 싶은 후회도 들었다.

'차라리 참가 신청서 접수하고, 돈까지 다 내고 나서 털어놓았다면 반대를 해봐야 소용도 없었을 텐데…. 그랬다면 더 간단하게 해결되지 않았을까.' 그런 얄팍한 생각마저 들었다.

하지만 남을 속일 정도로 뻔뻔하지 못한 성격에다 아내가 의심할 때마다 거짓말을 할 자신도 없었다. 매번 아내를 속이고 눈치를 보는 건 냉전에 시달리는 것보다 더 피곤하고 힘들 터였다. 게다가 이미 엎질러진 물인데 어쩌겠는가. MDS*부의 신청서 접수

MDS(사하라사막 마라톤, Marathon Des Sables)
모로코 사하라사막 마라톤대회를 MDS라고 합니다. 제가 참가했던 첫 사막마라톤은 18회 MDS였습니다. 어드벤처 레이서이자 프랑스에서 사진작가로 활동하는 페트릭 바우어가 1985년 1월 최초로 사하라사막을 횡단한 뒤에 이 대회를 만들었습니다. 1986년 1회 대회가 열렸고, 매년 대회가 이어지고 있습니다. 평균 5박 6일 정도 사막을 횡단하며, 경기 중 무박으로 사막을 횡단하는 롱데이 코스도 있습니다. 준비물은 각자 챙겨 가지만 물 같은 일부 물품은 본부에서 지원합니다. 15년 전에는 사막마라톤이 국내에 잘 알려지지 않았던 때죠. 아는 사람들만 묻고 또 물어 찾아가는 비인기 스포츠였습니다. 때문에 저도 해외 사이트들을 뒤져가며 겨우 정보를 얻었죠. 그러나 2010년부터 한글 홈페이지가 만들어지며 정보를 얻기가 훨씬 수월해졌습니다. 대회가 거듭될수록 피드백도 늘어나 지금은 사람도 많고, 경기 진행도 많이 매끄러워졌습니다. MDS 아시아(http://www.mdsasia.co.kr)에서 더 자세한 정보를 얻을 수 있습니다.

마감일까지는 두어 달 정도 여유가 있었다. 그동안은 너무 조급하게 생각하지 않기로 했다.

생활 자체가 체력 훈련이 되어야 해

사실 아내의 동의를 얻는 것만큼이나 중요한 문제가 또 있었다. 사막마라톤을 완주할 만한 체력을 기르는 일이었다.

그간 내가 달려본 경기라고는 15킬로미터 단축 마라톤대회를 시작으로 고작 마라톤 풀코스 두세 번이 전부였다. 그러나 사막마라톤은 이와는 차원이 다른 경기였다.

내가 도전하려는 사하라사막 마라톤은 완주거리가 200킬로미터를 훨씬 넘었다. 거기에 15킬로그램이 넘는 식량과 장비를 짊어져야 했다. 그렇게 6박 7일 동안 계속 달려야 하므로 보통 체력 가지고는 감히 엄두도 못 낼 일이었다. 대회 홈페이지에서 선수들의 모습이 담긴 사진을 볼 수 있었는데 여기저기 터진 물집과 상처들을 치료하는 장면이 많았다. 정말 끔찍하다 할 정도였다. 내가 오랜 시간 고민했던 가장 큰 이유도 이것이었다. 사막마라톤에 출전하는 외국 선수들의 면면을 살펴보니 다들 운동 경력이 화려했다. 수많은 울트라마라톤대회나 철인3종경기에 참가했던 사람이 많았고, 수영이나 자전거로 몸을 다져온 이들이 대부분이었다. 그에 비하면 내 경력은 정말 초라하기 그지없었다.

운동으로 다져진 건장한 체격의 서양 선수들과 왜소한 체구의 나를 비교해보면 나도 모르게 위축될 수밖에 없었다. 그나마 마라톤에 취미를 붙이면서 술과 담배를 끊었다는 것으로 위안을 삼으며 자신감을 가지려고 애썼다.

사막마라톤을 완주할 정도로 체력을 기르기 위해선 그만큼 많은 훈련을 해야 할 텐데, 무슨 운동을 어느 정도로 해야 할지 도통 감을 잡을 수가 없었다. 국내에는 경험자가 거의 없어 물어볼 수도 없고, 훈련 프로그램이 따로 있는 것도 아니어서 막막하기만 했다. 사막레이서들을 위한 훈련소라도 있다면 당장에라도 달려가겠지만 그 역시 있을 턱이 없었다. 당시 우리나라는 사막마라톤뿐만 아니라 익스트림 스포츠 쪽으론 불모지나 다름없었다. 결국 인터넷에 의지하는 것이 최선이었다.

나는 인터넷을 뒤져 철인3종경기나 산악마라톤대회 등에 참가한 선수들의 경험담을 찾아보았다. 거기서도 구체적인 훈련 방법에 관한 내용은 찾아보기 힘들었다. 그래도 엇비슷한 공통점은 있었다. 하체 강화와 지구력을 기르기 위한 체력 훈련, 웨이트 트레이닝으로 근력 강화에 집중했다는 것.

지금까지 내가 해오던 운동과 별다를 게 없어 보였다. 운동 강도를 더 높이고, 배낭을 짊어지고 달려야 하니 어깨가 무게에 익숙해지는 훈련만 잘 하면 될 것 같았다. 특별한 훈련을 위해 헬스클럽이나 유명한 훈련장을 찾을 여력은 없었다. 나의 생활 영역이 모두 훈련장이 되어야 했다.

나는 운동 계획을 세우고 다음 날부터 곧장 연습에 들어갔다.

우선 집이 있는 쌍문동에서 직장인 강북구청이 있는 수유역까지 뛰어서 출근했다. 버스를 타면 20분 정도 걸리는데 빠른 걸음으로 가니 30여 분이 걸렸다. 15분쯤 늘어난 출근 시간에 맞추려면 평소보다 좀 더 서둘러야 했다.

사실 직장인은 평일에 훈련 시간을 따로 내기 힘들다. 그러니 중간중간 최대한 시간을 쪼개 훈련 시간으로 쓰는 수밖에 없다. 단 5분이라도 짬이 생기면 형편에 맞게 운동을 했다. 점심시간엔 식사를 빨리 마치고 돌아와 팔굽혀펴기나 아령으로 상체 운동을 했다. 어디서든 잠시라도 서 있을 땐 까치발로 서서 발뒤꿈치를 올렸다 내렸다 하며 종아리와 발바닥을 단련시켰다. 계단이 있으면 뛰어서 오르내리고, 매달릴 만한 구조물이 보이면 매달려서 턱걸이를 했다. 정말 잠시도 가만있지 않고 주변의 온갖 지형지물을 이용했다. 그렇게 일과 운동을 겸한 하루를 마치고 나서는 퇴근할 때도 당연히 뛰어서 집으로 돌아왔다.

저녁에는 아이들이 잠자리에 든 후 몽유병 환자처럼 집을 나와 중랑천 변을 달렸다. 보통 상계교에서 출발해 월계교까지 단숨에 뛰어갔다 오곤 했다. 비가 내리는 날엔 아파트 계단을 수십 번 오르내리는 것으로 대신했다. 부지런을 떨어도 주중 훈련 시간은 턱없이 부족했다. 금요일 밤이나 시간 여유가 있을 땐 왕복 30킬로미터가 넘는 군자교까지 갔다 왔다. 그래도 부족한 훈련량은 주말이나 휴일에 보충하는 수밖에 없었다. 되도록 약속을 줄이고, 꼭 필요한 모임에 참석하는 것 외에 대부분의 시간을 훈련에 쏟았다.

주말에는 북한산을 주로 달렸다. 사람들은 사막엔 모래만 끝없이 펼쳐져 있을 거라 생각하는데 실상은 그렇지 않다. 척박한 대지와 초원이 있고 험난한 협곡이 끝없이 펼쳐지기도 하는 변화무쌍한 곳이다. 그러니 그 비슷한 지형을 찾아 달리는 연습을 충분히 해둬야 했다. 수많은 등산 코스 중에 북한산 아카데미 하우스에서 출발해 대동문 → 용암문 → 위문 → 도선사로 연결되는 등산로를 택했다. 훈련 초기에는 무척 힘들었다. 남들은 걷기도 힘든 비탈진 산길을 달리려니 숨이 턱에 차고 가슴이 터질 것 같았다. 그래도 꾹 참고 이 코스를 수십 번 왕복하자 나중엔 50분 만에 주파할 수 있었다. 보통은 걸어서 3시간 정도 걸리는 코스니까 완전 북한산 발발이가 된 셈이다.

산악 구보에 완전히 적응한 후부터는 훈련 강도를 더 높였다. 무거운 배낭을 메고 달려야 하기에 어깨를 강화하는 훈련이 필요했다. 중랑천 변을 달릴 때엔 배낭 속에 6킬로그램가량 책을 넣고 달렸다. 출퇴근 때는 1킬로그램짜리 모래주머니를 양 발목에 차고 뛰었다. 맨몸으로 달리는 것도 힘든데 무거운 배낭에다 모래주머니까지 차고 달리려니 입에서 단내가 났다. 하지만 사막에선 이보다 더 무거운 배낭을 메고 모래 위를 달려야 하니까 이 정도 무게는 무조건 견뎌내야 했다.

나중엔 배낭 무게를 8킬로그램으로 늘리고, 보조가방과 물통까지 달아 3킬로그램을 추가했다. 또 사막의 열기에 대비해 여름에도 옷을 껴입고 훈련을 했다. 척박하고 낯선 미지의 세계에 도전하기 위해 나는 상상력을 최대한 발휘해 훈련 프로그램을 짰다. 아직 가본 적이 없으므로 내가 상상할 수 있는 수준에서 사막의 환경과 가장 비슷한 조건을 만들어 거기에 내 몸을 길들여간 것이다.

끝내 아내의 동의를 얻지 못하고 신청서를 접수하다

그런데 혹독한 체력훈련보다 더 괴로운 문제에 직면했다. 6박 7일 동안 사막을 달리는 것은 체력을 엄청나게 소모하는 일이다. 레이스를 마치고 나면 몸무게가 7~8킬로그램은 빠진다고 한다. 그러니 레이스 도중 쓰러지지 않으려면 미리 체중을 늘려놓아야 했다. 문제는 내가 살이 잘 찌지 않는 체질이라는 점이었다. 내 생애를 통틀어 군대에 있을 때를 빼곤 60킬로그램을 넘어본 적이 없었다. 적어도 5킬로그램은 늘려야 했는데, 훈련량이 늘어가면서 살이 빠지는 걸 막기에도 급급했다. 아마 다이어트를 나처럼 했다면 한 달 안에 10킬로그램 이상은 너끈히 빠졌을 것이다. 그러니까 나는 10킬로그램이 빠지는 걸 막으면서 5킬로그램의 살을 더 찌워야 했다.

어쨌든 이 문제에서도 다른 선택의 여지가 없었다. 근육을 강화하고 살을 찌우기 위해 고단백, 고칼로리 음식들을 골라 부지런히 먹어댔다. 식사량도 평소의 두 배로 늘리고, 대부분 끼니마다 고기를 먹었다. 또한 혹독한 훈련으로 뼈와 연골이 상하는 걸 방지하기 위해 보조식품도 꼬박꼬박 챙겨 먹었다.

사막에 서면, 나는 대자연이 아닌 내 자신의 나약한 일면을 주적으로
삼아 끊임없이 긴장시키고 채찍질하며 달려왔다. 사막에서 얻은 자양
분은 바로 일상에서 녹여낸다. 주변 환경이 힘겹고 고비의 순간이 찾
아오더라도 낙담하기보다 정을 든 석공의 심정으로 스스로를 다듬고
담금질하여 나는 더 강해질 수 있었다.

_ 2010년 이집트 사하라사막에서

평소 식탐이 별로 없고 정량만 먹던 사람이 갑자기 식사량이 확 늘어난 데다 틈만 나면 이것저것 먹어대니 주위 사람들이 의아하게 보기 시작했다. 직장 동료들이 무슨 일이 있느냐고 걱정스럽게 묻는데 대답할 말이 궁색했다. 아직은 솔직하게 말할 때가 아닌 것 같아서 마라톤대회에 나가려고 체력 보강 중이라고 둘러댔다. 마라톤을 준비하는 건 사실이었으니까.

주위 사람들 눈에도 내 행동의 변화가 보일 정도였으니 아내가 눈치채지 못했을 리는 없다. 밤만 되면 배낭을 메고 나가서 새벽에야 들어오고, 땀이 흥건히 밴 운동복을 벗어놓기 일쑤인데 어떻게 모르겠는가. 하지만 아내는 한 번도 내 행동의 변화에 대해 말을 꺼내지 않았다. 밤에 운동하러 나갈 때도 어디 가느냐고 묻지 않았고, 눈에 띄게 늘어난 내 식사량을 보고도 많이 먹는 이유를 묻지 않았다. 아마도 아내는 왜 그러는지를 알기에 일부러 외면하는 것 같았다. 솔직히 나는 아내가 물어주길 바랐다. 그렇지만 아내는 내가 터트린 폭탄에 대해 '어디 해볼 테면 해봐라'라는 방관자적 태도로 대처하기로 작정한 것 같았다.

한두 달 정도 지나면 아내의 완강한 태도가 누그러질 거라는 나의 기대는 완전히 빗나갔다. 아내는 여전히 내가 그 말을 꺼낼 기미를 보이면 이마에 내 천(川) 자를 그리며 찬바람을 일으켰다. 아무래도 아내의 동의를 얻고 나서 참가 신청을 하기는 힘들 것 같았다. 설득을 할 수도 없고 아내의 마음이 바뀌기를 마냥 기다릴 수도 없었다.

어느덧 참가자 신청 마감일도 가까워졌다. 시간이 하루하루 지날수록 나는 마음이 조급해졌다. 책상머리에 앉아 미리 작성해놓은 신청서를 바라보며 며칠을 끙끙거리다 두 번째 폭탄의 안전핀을 뽑아 당겼다. 결국 아내의 동의 없이 신청서를 내기로 한 것이다. 신청서를 다시 한 번 꼼꼼하게 읽어보고 나서 팩스로 신청서를 보냈다. 잠시 후 팩스 액정화면에 잘 도착했다는 표시가 떴다. 그제야 내가 사막마라톤에 참가한다는 게 실감이 났다.

사막에 가기 전에
오아시스부터
만나다

듣도 보도 못한 장비들이 필요해

사람들은 자신이 잘 모르거나 경험해보지 못한 미지의 것에 대해서는 대체로 세 가지 반응을 보인다. 하나는 두려움이고, 나머지 둘은 과대평가 또는 과소평가다. 전자는 공포 때문에 아예 도전을 하지 않기에 대상이 계속 미지의 것으로 남는다.

반면 나머지 둘은 기대가 큰 만큼 실망도 크거나 우습게 봤다가 뒤통수를 얻어맞는 결과를 얻는다. 세 경우의 공통점이 있다면 실체보다 허상에 집착하기에 일어나는 일이라는 점이다.

그렇다면 나는 어땠을까? 결론적으로 보면, 어이없게도 과소평가 그룹에 속했다. 화면에서 본 강인하고 역동적인 선수들처럼 나도 그곳에 있으면 멋져 보일 것이라는 생각에 사로잡혔다. 마치

〈영웅본색〉을 보고 나서 긴 바바리코트에 이쑤시개를 질겅거리면 주윤발처럼 보일 거라 착각하는 것처럼.

한때 주윤발은 남자들에게 하나의 로망이었다. 그래서 정말로 바바리코트에 이쑤시개를 물고 다니던 녀석들이 꽤 있었다. 안타까운 일이라면, 그런 건 아무나 어울리는 게 아니라는 것이었다. 즉, 주윤발의 멋진 포스는 오직 주윤발이기에 가능했던 거다.

나는 사막마라톤의 멋진 장면만을 떠올리느라 그 자리에 서기까지 겪어야 할 과정들을 놓치고 있었다. 특히 그들이 짊어진 배낭 속에 뭐가 들어 있을지는 생각해본 적도 없었다. 준비를 하는 과정에서 MDS 사이트에 들어가 어떤 것들이 필요한지를 살펴보다가 그만 까무러칠 뻔했다. 솔직히 말하자면 난 그렇게나 많은 장비가 필요할지는 상상도 못했다. '서바이벌 키트, 알파미, 버프⋯.' 웬 듣도 보도 못한 물건들이 줄줄이 이어졌다.

그래도 별 수 있겠는가, 주섬주섬 사 모아야지. 나는 그 물품들을 주변에서 쉽게 살 수 있으리라 생각했다. 침낭이나 코펠, 배낭 같은 건 웬만한 등산용품 매장에 있으니까 조금 좋은 걸로 고르면 되겠지 했던 것이다. 결심을 하자마자 대출부터 받은 것도 이왕 사는 거 좋은 걸 사려는 욕심 때문이었다. 하지만 이것은 착각도 보통 착각이 아니었다. 장비 하나를 마련해갈수록 내 생각이 얼마나 안일한 것이었는지 뼈저리게 느꼈다.

"사장님, 사막마라톤에 가려는데 쓸 만한 배낭하고 침낭 좀 보여 주세요."

"네?"

종로 6가 뒷골목에 즐비한 등산용품 매장 중 한 곳에 들어간 나는 사장처럼 보이는 사람을 잡고 이렇게 물었다. 그는 아프리카 어디쯤의 외국어라도 들은 듯한 표정으로 나를 쳐다봤다. 그 사장님은 태어나서 사막마라톤이라는 말을 처음 듣는다고 했다. 아웃도어 용품이 넘쳐나니 이 정도쯤은 알 거라고 생각했는데, 전혀 아니었다. 조언을 듣기는커녕 사막마라톤이 뭔지부터 장황하게 설명해줘야 했다.

처음엔 그 사장님만 그런 줄 알았다. 그러나 옆집에서 그 옆집으로 가게를 옮겨도 반응은 매한가지였다. 슬프게도 이런 안타까운 사장님들이 대부분이었다. 처음엔 그분들의 정보 부족이 답답했지만, 가만 생각해보니 그럴 수밖에 없겠구나 싶어졌다. 2002년 당시 사막마라톤은 국민소득 2만 불 이상인 선진국에서나 유행하던 스포츠였다. 아시아에서 제법 잘사는 축에 끼는 일본이나 홍콩에서도 참가 선수가 몇 명 없었다. 당장 나조차도 인터넷을 뒤지고 뒤져서야 겨우 정보를 알아냈는데, 일반인을 상대로 하는 소규모 매장 사장님들이 그걸 알 리가 있겠는가.

이렇게 사막마라톤은 낯설다 못해 고개를 갸우뚱거리게 하는 별난 스포츠였다. 즉, 장비를 준비하는 데 다른 사람의 도움을 전혀 기대할 수 없다는 뜻이었다. 나는 눈앞이 캄캄해졌다. 그때부터 틈만 나면 MDS 본부 사이트에 들어가 참가 선수들의 사진과 글을 꼼꼼히 살펴봤다. 어디서 뭘 샀는지, 무슨 제품을 입었는지 살펴보고, 해당 브랜드의 홈페이지에 가서 물품에 관한 정보를 하나하나 얻었다.

그러나 브랜드나 제품 정보만 안다고 해결될 문제가 아니었다. 제일 중요한 건 그 제품이 나에게 맞아야 한다는 점이었다. 사막의 환경을 공부하는 것만 해도 큰일인데, 마라톤 상황의 시나리오도 짜봐야 하는데다 짊어져야 할 배낭의 무게와 부피까지 신경 써야 하니 머리에서 쥐가 나는 것 같았다.

운동화 하나를 고르는 데도 몇 번이나 시행착오를 거쳤다. 달리기에서 제일 중요한 장비는 신발이다. 노면이 완만한 마라톤에는 러닝화가 제격이지만 산야를 달릴 때는 트레킹화를 신어야 했다. 이렇게 주로의 성격에 따라 기능도 달라지기 때문에 평지에서 신던 것을 그대로 신을 수는 없었다.

사막에서는 타는 듯한 열사로 발이 퉁퉁 붓기 때문에 평소보다 한 치수 더 큰 것을 신어야 한다. 특히 레이스 중에 신발 속으로 들어오는 모래를 얼마나 막아줄 수 있느냐가 관건이다. 그래서 선수들은 최대한 모래가 덜 들어오면서 잘 달릴 수 있는 신발을 구하려고 혈안이 된다.

하지만 당시 우리나라에서는 그런 전용 신발을 파는 곳이 없었다. 게다가 신발을 구했다고 문제가 끝나는 게 아니었다. 그 러닝화가 나한테 맞는지 확인하려면 직접 신고서 달려봐야 한다. 바이올리니스트가 새로 산 바이올린을 그냥 가지고 무대에 오르지 않듯이, 운동하는 사람도 새로 산 장비나 용품을 곧바로 실전에서 사용하지 않는다. 자신에게 맞는지 확인해보고 오랜 시간에 걸쳐 길을 들인다. 나는 실전 테스트로 신발을 새로 살 때마다 바닷가 모래사장이나 북한산에 가서 몇 시간 동안 달려봤다. 그렇게 하면서 신발이 나에게 맞는지, 어떤 문제점이 있는지 알아냈다.

이렇게 무엇 하나를 사더라도 인터넷을 뒤져 정보를 알아보고, 발품을 팔며 이것저것 일일이 다 따져봐야 했다. 또 구입하고 나서는 직접 테스트까지 거쳐야 했다. 이러니 시간도 너무 많이 걸리고, 돈 낭비가 심했다. 스포츠용품은 은근히 비싼 게 많다. 종로 6가나 남대문을 한 번 돌고 오면 통장의 돈이 쑥쑥 줄어드는 게 보였다. 잘못 샀다가 반품하는 건 비일비재했고, 운동화 같은 건 반품도 못 하게 되어 있어서 박스 채로 고스란히 집 안에 쌓여갔다.

앞으로도 챙길 게 많은데 이런 식으로 혼자서 하는 건 힘들기도 할뿐더러 비효율적인 일이었다. 그나마 어렵게라도 구할 수 있으면 다행인데 어떤 건 외국에서만 팔아서 국내에선 구할 방법도 없었다. 나는 점점 암담해졌다. 이대로는 안 된다는 결론을 내렸다. 누군가의 도움이 절실히 필요했다.

고민을 함께할 동지들이 있었다

인터넷으로 온갖 정보를 모으던 중 국내에도 나처럼 사막마라톤에 관심이 많은 사람이 더러 있다는 걸 알았다. 나는 반갑기도 하고 궁금하기도 해서 그들과 메일로 교류를 시작했다. 동병상련이라고, 같은 고민을 안고 있어서인지 직업과 나이는 다르지만 대화가 잘 통했다. 사실 사막마라톤 참가 직전까지 그들의 지지와 격려가 계속되지 않았더라면 아마도 준비만 하다가 그만뒀을지도 모른다. 평범한 직장인에서 사업가와 대학생까지 다양했고 여성도 있었다. 각자의 영역을 지키며 뚝심 있게 제 뜻을 밀고 나가는 그들의 모습에서 자신감을 얻기도 했다.

우리는 사하라사막을 밟겠다는 같은 목표로 구체적인 준비에 들어갔다. 서로 정보를 주고받고 고민도 나누긴 했지만 메일만으론 부족함을 느꼈다. 그래서 직접 만나 장비 준비의 어려움을 함께 해결하기로 했다.

2002년 초여름 어느 토요일 오후, 종로 6가의 허름한 다방에서 모두 모이기로 했다. 버스를 타고 약속장소로 가는데 나도 모르게 가슴이 두근거렸다. 헤어졌던 첫사랑을 다시 만나러 가는 청년처럼 실로 오랜만에 느껴보는 흥분과 설렘이었다.

그동안 메일로 연락해왔던 사이라서 그런지 처음 대면하는데도 전혀 낯설거나 어색하지 않았다. 국내 아마추어 마라톤대회를 주름잡던 스키피오 유영대, 철인3종경기 완주자 김경기, 수염이 북실북실한 권순덕, 해병대 출신인 김보승, 영화사에서 일하는 김효정, 대한항공에서 근무하는 기장 이영호, 쉰이 넘은 나이에도 30대처럼 뒤태가 완벽한 한규식 선배, 입대를 앞둔 막내 강명구, 그리고 이들 중 유일한 사막마라톤 경험자인 유지성까지 모두 10여명이 모였다. 마치 오래전부터 알고 지내던 사이인 양, 형 동생이란 호칭으로 스스럼없이 어울렸다.

다방 한구석에 둘러앉자마자 주문한 냉커피가 나오기도 전에 이야기는 봇물처럼 터져 나왔다. 다들 장비 탓에 고생을 하고 있던 터라 불만인지 정보인지 모험담인지 알 수 없는 이야기들이 줄줄이 이어졌다. 그중에서 우리의 관심이 집중된 것은 국내에선 구할 수 없는 안티-배넘 펌프와 서바이벌 블랭킷이라는 필수 장비였다.

안티-배넘 펌프는 전갈이나 지네, 뱀에게 물렸을 때 독을 빼내는 응급 의료장비인데 MDS 본부에서 지정한 필수 장비였다. 대회 시작 전에 장비 검사를 하는데, 이때 지정된 필수 장비 중에서 하나라도 없으면 장비 검사 단계에서 탈락이었다. 그러니 무슨 수를 써서라도 무조건 구해야 했다. 다들 속이 바짝바짝 타서 한마디씩 하는데, 한 명이 조금 전에 서바이벌 블랭킷을 구입했다고 하였다. 순간 모두의 눈이 그에게 집중됐다.

"진짜야? 어디 한번 보자."

"저 건너편 등산용품점에서 팔던데."

그는 옆에 내려두었던 시커먼 비닐봉지를 탁자 위로 올렸다. 모두의 시선이 그의 손길을 따라 움직였다. 비닐봉지에서 종이상자를 꺼내 뚜껑을 여는 순간 폭소가 터져 나왔다. 상자 안에는 응급 치료용 구급상자가 들어 있었다.

"이거 아니야. 서바이벌 블랭킷은 보온용 은박지 같은 거야."

"아저씨가 분명 이거라고 했는데…."

사막과 오지를 달릴 때 묵직한 배낭은 늘 나를 힘들게 했다. 허리를 압
박하고 발가락을 물집으로 부르트게 했다. 그런데 배낭은 자신의 무게
를 줄여가며 식량을 주었고, 주저앉으려는 나를 다시 일으켜 세웠다.
오랜 세월이 지난 후에 알았다. 어깨의 배낭은 레이스의 발목을 잡은
게 아니라 나를 지켜준 중심축이었다는 것을.
_ 2014년 볼리비아 우유니사막에서

쑥스러운 듯 머리를 긁적이는 그를 보며 우리는 다시 한 번 웃음을 터뜨렸다. 서바이벌 키트를 서바이벌 블랭킷으로 잘못 알고 산 거였다. 나도 다른 사람들처럼 배를 움켜잡고 웃었지만 속으론 뜨끔했다. 실은 나도 이런 경험이 있었기 때문이다. 아마 모두 이런 어이없는 실수를 한 번쯤은 겪었을 것이다. 그래서 우리의 대화는 자연스럽게 각자의 실수담으로 이어졌다.

여러 사람의 왁자지껄한 목소리와 웃음소리가 열어놓은 창문을 넘어 종로 6가 골목으로 울려 퍼졌다. 나뿐만 아니라 그들도 이런 대화에 목말랐던 모양이다. 대부분 사막마라톤에 참가한다는 사실을 주위에 비밀로 하고 있었기에 함께 의논하거나 좋아하는 것에 대해 얘기할 사람이 없었던 것이다. 그런데 이렇게 목표가 같은 사람들끼리 만났으니 얼마나 신이 났겠는가. 모두 방언 터진 사람처럼 시간 가는 줄 모르고 쉴 새 없이 웃고 떠들었다.

한낮의 뜨거운 열기가 선선하게 식어갈 때쯤 우리는 다방에서 나와 종로 6가에 몰려 있는 등산용품 전문매장을 훑고 다녔다. 저마다 알고 있는 정보와 노하우를 풀어내며 장비 구입에 열을 올렸다. 모두 손에 검은 봉지를 몇 개씩 들고 거리를 누비는데 문득 학창 시절로 돌아간 것 같은 기분이 들었다. 청춘이 되돌아온 것처럼 모두의 얼굴에 생기가 감돌았다. 역시 사람은 자신이 좋아하는 일을 해야 한다는 말이 실감났다.

종로 6가 뒷골목을 떠들썩하게 누비고 다닌 후에는 허기를 채우기 위해 근처 식당으로 몰려갔다. 유쾌한 웃음과 술잔이 오가는 속에서 모두의 마음은 벌써 사하라사막을 달리고 있었다.

우리는 서울 한복판에서 누구도 상상 못할 음모를 꾸미고 있었다. 왠지 일제 강점기에 독립운동을 하던 비밀결사대라도 된 기분이었다. 다들 한껏 들떠 있는데 가장 연장자인 한규식 선배가 한 가지 제안을 했다.

"이보게들, 우리 이왕 이렇게 만난 거 클럽 하나 만드는 거 어때?"

"클럽이요? 사하라사막 마라톤 클럽이요?"

"그래. 우리끼리 모여서 운동도 함께하고 정보도 공유하고, 그러면 좋을 것 같은데."

그러자 너나없이 모두 동의했다.

"그럼 지성 씨가 인터넷에 만든 다음 카페를 활용하죠?"

"맞아. 매번 메일 주고받기도 번거롭고, 카페 같은 거 있으면 사진 올리기도 좋겠네."

우리는 심사숙고 끝에 클럽명을 '오아시스'로 정했다. 이렇게 얼렁뚱땅 대한민국 최초의 사막마라톤 클럽 '오아시스'가 탄생했다. 사막이 아름다운 것은 어딘가에 오아시스가 있기 때문이란 말이 있다. 이 말처럼 오아시스클럽은 길고 지루한 준비 과정과 사막의 험난한 여정을 이겨낼 수 있는 끈끈한 버팀목이 되어 주었다. 우리는 마라톤대회에 함께 참여해 산야를 달리며 체력을 키웠다. 머리를 맞대고 장비 준비를 고민하기도 했다. 그렇게 서로를 격려하고 이끌어준 덕분인지 다음 해 사하라사막 마라톤대회에 오아시스 회원 대부분이 참가할 수 있었다.

46

미친 놈이 되는 건
그리 어렵지
않았다

하와이는 괜찮고 사막에 가면 미친 거냐?

여럿이 힘을 모으니 확실히 준비는 수월해졌다. 그런데 대회를 한 달 정도 앞둔 시점에 문제가 생겼다. 몸과 마음이 극도로 지쳐버린 것이다. 지난 1년 동안 제대로 잠도 못 자가며 매일같이 강도 높은 훈련을 해온 데다 사전 준비를 할 겸 참가한 동아마라톤대회에서 오른쪽 오금이 늘어나는 부상까지 당했다. 욕심이 지나쳤던 탓이다. 통증이 심해서 하루라도 휴가를 내고 집에서 푹 쉬고 싶었지만 곧 장기 휴가를 신청해야 해서 그럴 수도 없었다.

아침에 아픈 다리를 끌며 걸어서 출근하는데 문득 서글픔이 밀려왔다. 사실 진짜 힘들고 지친 건 몸보다도 마음이었다.

'내가 지금 하고 있는 게 그렇게 무모하고 쓸데없는 짓인가? 사

람들 말마따나 뭐에 홀려서 정신 못 차리고 객기 부리는 건가?'

겁도 없이 아내에게 폭탄선언을 하던 그때의 호기는 어디론가 사라지고 나는 회의와 망설임의 골짜기에서 버둥거리고 있었다. 나를 여기로 이렇게까지 깊이 밀어 넣은 것은, 역설적이게도 그러지 말라고 나를 돌려세우고자 한 이들이었다.

몇 달 동안 내가 가장 많이 들은 말은 '미쳤냐?'와 '왜?'였다. 다른 말은 아예 듣지도 못했다. 한 친구 녀석은 "야, 그 돈이면 유럽여행도 갈 수 있겠다. 괜히 그런 데 가서 개고생하지 말고 식구들 데리고 유럽 일주나 해라."라며 충고를 늘어놓았다. 어떤 녀석은 "너 미쳤냐? 그 많은 돈을 들여서 그 험한 곳에 가겠다는 이유가 고작 '가고 싶어서'라니, 니가 X세대냐? 니 나이에 왜 그러는데? 돈이 썩었냐?"라며 혀를 끌끌 찼다. 하도 비꼬아대기에 나도 모르게 "그래, 가고 싶어서 간다! 사막에 가고 싶다는 게 왜 미친 짓이냐? 그럼 넌 하와이엔 왜 그렇게 가고 싶어하는데? 하와이는 괜찮고 사막에 가면 미친 거냐?"라고 버럭 소리를 질러버렸다.

정말 짜증이 났다. '가고 싶다'는 것 말고 대체 뭐가 더 필요하단 말인가. 얼마나 대단한 목적과 명분이 있어야 그런 소리를 안 들을 수 있는 걸까. 솔직히 한 놈 정도는 진심으로 응원해줄 줄 알았다. 그런데 마치 약속이라도 한 듯 모두 한목소리로 미친놈, 정신 나간 놈이라고 몰아세울 뿐이니 야속하고 섭섭했다.

그래도 친구들의 반대야 가뿐하게 무시하면 그만이었다. 하지만 가족에겐 그럴 수가 없다. 아내한테 얘기를 들은 어머니와 형제들이 발칵 뒤집어졌다. 특히 어머니는 마치 내가 전쟁터에라도 나가는 양 눈물바람부터 하셨다. 어머니로서는 아들이 낯설고 위험해 보이는 곳에 간다고 하니 걱정되는 게 당연할 것이다. 나는 어머니를 안심시키기 위해 사진과 동영상, MDS 홈페이지까지 보이며 사막마라톤에 대해 자세하게 설명해드렸다. 몇 시간 동안 진땀을 흘리며 설득한 끝에 겨우 허락을 받아냈다.

아무리 용기 넘치는 사람이라도 다수가 반대하면 위축될 수밖에 없다. 돈키호테가 무대뽀가 될 수 있었던 것도 어쩌면 말리는 사람이 어수룩한 산초뿐이어서 가능했는지도 모른다. 모두 대동단결하여 몰아세우는 목소리에 나는 어느샌가 주눅이 들어 있었다. 왜냐면 나는 매우 상식적이고 평범한, 보통사람이었기 때문이다.

나는 평소 열 명 중 아홉 명이 잘못되었다고 한다면 그건 잘못된 거라고 생각해왔다. 어느 정도는 주위의 반대를 예상했지만, 이건 그냥 반대가 아니라 대놓고 미친놈 취급을 해대니 '내가 정말 미쳐서 괜한 오기를 부리는 건가?'라는 생각이 들 수밖에 없었다.

솔직히 그냥 포기하고 싶은 마음도 들었다. 체력 훈련부터 장비 준비까지 수월하게 되는 일이라곤 하나도 없었다. 매번 너무나 벅차고 힘들었다. 반대에 부딪힐 때마다 내 계획에 대해 설명이 아니라 변명을 해야 하는 것도 지겹고 구차스러웠다. 그럼에도 끝까지 밀어붙인 건 그만두기엔 너무 늦어버렸기 때문이다. 이미 나는 미친놈 소리를 너무 많이 들었다. 만약 여기서 꼬리를 내리면,

안 미친놈이 되는 게 아니라 실없는 놈이란 말을 얹혀서 들을 게 뻔했다. 이럴 때는 미친 짓이 아니라는 걸 행동으로 보여주는 수밖에.

계속되는 "왜?" 때문에 점점 더 소심해지다

'아무렴! 남자가 칼을 뽑았으면 무라도 잘라야지!'라고 외치며 마치 칼자루를 쥐듯 주먹을 불끈 쥐었다. 그러나 기세 좋게 칼자루를 잡았지만, 감히 휘두를 엄두를 못 내고 있었다. 내 칼날의 대상이 무가 아니라 나와 가장 가까운 주변 사람들이었기 때문이다. 그중에서도 매일 얼굴을 맞대는 직장 동료들에게 그 이야기를 꺼내고, 나를 이해시켜야 한다는 게 두렵고도 성가신 일이 됐다.

다들 알 것이다. 직장생활을 할 때 평판과 이미지가 얼마나 중요한지를 말이다. 그때까지 직장에서 내 평판은 '얌전하다, 꼼꼼하다, 성실하다' 같은, 샌님 분위기가 나지만 그래도 좋게 봐주면 긍정적인 말들이 대부분이었다. 한마디로 이런 익스트림 스포츠와는 전혀 안 어울리는 이미지였다. 그런데 느닷없이 '사막마라톤'이란 말을 꺼낸다면 '한 방에 훅 갈' 수도 있었다. 친구들이 그랬듯 미친놈이나 '또라이'라고 생각할까봐 걱정도 됐다.

나는 며칠 동안 전전긍긍했다. 할 수만 있다면 직장에 알리지 않고 몰래 갔다 오고 싶었다. 하지만 열흘가량 장기 휴가를 신청해야 하는데 내가 수증기도 아니고 구름도 아닌 이상 어떻게 그러냔 말이다. 당연히 휴가 목적과 이유를 말하고 미리 양해를 구해야 했다.

몇 날 며칠을 망설이다 직속상관인 최 과장님에게 조용히 면담 신청을 했다. 점심을 먹고 나서 자판기 커피 한 잔씩을 들고 휴게실에 마주 앉았다.

나는 단도직입적으로 그러나 조심스럽게, 4월에 열리는 사하라 사막 마라톤에 참가하기 위해 휴가를 내고 싶다고 말씀드렸다. 지금까지 익숙하게 보아왔던 반응대로 과장님은 눈을 동그랗게 뜨고 나를 쳐다보며 이렇게 말했다.

"사하라사막에? 거기까지, 마라톤을 하러… 간다고?"

아마도 그 말 뒤엔 '왜?'가 생략되었겠지만, 다행히도 더는 직접적으로 표현하진 않으셨다. 그래도 그 놀란 표정에서 '이놈, 미친 거 아냐?'라는 속마음이 읽혔다. 미친놈이라도 나름의 이유가 있는 미친놈이란 인상을 줘야겠다 싶어서 나는 사막마라톤에 대해 성심성의껏 설명을 해드렸다.

내 설명을 다 듣고 난 과장님은 '본인이 가고 싶다는데 뭐 어쩌겠느냐'라는 표정을 지었다. 아직 이해까지는 할 수 없다는 표정도 역력했다.

"신문에서 그런 게 있다는 걸 보기는 했지만 김 주임이 그런 데 취미가 있는지 몰랐네…. 알았어, 자네 휴가에 맞춰 업무를 조절해줄게."

휴가는 무사히 따냈지만 진짜 문제는 이제부터 시작이었다. 그

애기가 알려지자 퇴근 시간 무렵부터 동료들이 하나둘씩 찾아와 묻기 시작했다. "김 주임, 마라톤하러 사막 가려고 휴가 신청했다면서? 진짜야?"부터 "거기 위험하지 않아? 왜 그런데 가려고 해?"라는 지겹도록 들었던 질문에다 "김 주임, 그렇게 엉뚱한 면이 있는지 몰랐어."라는 비난인지 칭찬인지 해석하기 모호한 말까지 툭툭 던져댔다. 그때마다 나는 최대한 사람 좋은 표정과 공손한 태도로 같은 대답을 앵무새처럼 반복했다. 혹시 그들에게 있을지 모를 '엉뚱한 미친놈'이란 선입견을 최소화하기 위한 내 나름의 이미지 전략 같은 거였다.

"그런 곳에 가서 고생 한번 해보는 것도 좋은 경험이 될 것 같아서요."

하지만 일주일 넘게 이 대답을 반복하게 되니 신경이 예민해지고 짜증도 났다. 물론 그들은 호기심과 신기함에 그런 말들을 했을 것이다. 비난하거나 빈정거릴 의도 같은 건 없으리라는 것도 안다. 하지만 똑같은 질문을 계속 받다 보면 마음이 불편해질 수밖에 없잖겠는가. 어쩌면 이제껏 살아오면서 무엇 하나 뚜렷하게 이뤄본 적 없는 스스로에 대한 자격지심이 발동한 건지도 모른다.

불편함과 함께 아무에게도 이해와 지지를 받지 못하는 데 대한 외로움으로 나는 점점 더 위축됐다. 그저 나는 '이 또한 지나가리니'라는 솔로몬의 명언을 되뇌며 이 지긋지긋한 시간이 빨리 흘러가주기만 바랄 뿐이었다.

내 가슴을 울린 뜻밖의 지원군

마음이 우울과 침체의 골짜기에 곤두박질쳐져 있으니 훈련이 잘 될 리가 없었다. 막바지 훈련에 박차를 가해야 하는데도 잡념에 시달리느라 몸이 제대로 움직여주지 않았다.

그러던 어느 늦은 밤, 중랑천 변을 터벅터벅 걷고 있는데 핸드폰이 울렸다. 발신자를 보니 장인어른이었다. 왜 전화하셨는지 대충 짐작이 갔다. 크게 심호흡을 하고 나서 전화를 받았다.

"아버님, 이 시간에 어쩐 일로…. 아직 안 주무셨어요?"

"에미한테 얘기 들었네. 사하라사막에 간다면서?"

"네, 아버님…. 그게…."

무슨 말씀을 하실지 알기에 나도 모르게 한숨이 비어져 나왔다. 뭐라고 말씀드려야 할지 몰라 말끝을 흐리는데 전혀 예상하지 못한 말이 내 귀에 들렸다.

"그래, 준비는 잘 되고 있나? 알아보니까 꽤 힘들 것 같던데."

"네? 아, 네. 준비는 잘 하고 있습니다, 아버님. 지금도 운동하러 나와 있어요."

"사실 나는 자네가 그 위험하고 힘든 곳에 왜 가려고 하는지 잘 모르겠네. 에미가 반대하는 것도 아마 그래서일 거야."

"아버님, 죄송합니다."

"아니야, 죄송은 무슨 죄송. 자네도 다 생각이 있어서 이런 결정을 했겠지. 살아보니 그렇더군. 내가 정말 하고 싶은 일은 다른 사람들의 응원을 받기보다 반대에 부딪히는 때가 더 많은 것 같아. 그렇다고 남들이 다 이해하고 찬성해주는 것만 할 순 없잖아. 사나이가 말이야."

"아버님…."

"사막마라톤이 뭔지는 잘 모르지만 사나이 인생에 그런 경험 한 번 해보는 것도 나쁘진 않지. 하하하!"

정말 뜻밖이었다. 장인어른이 나를 지지해주실 거라고는 생각조차 해본 적이 없었다. 항상 내 의사를 존중하고 믿어주셨지만, 이번만큼은 그런 기대를 할 수 없었다. 다들 말을 꺼내기만 하면 침까지 튀겨가며 안 된다 소리만 하니 장인어른도 어느 정도는 고개를 저으시리라 생각했다. 그리고 뭐라고 질책하셔도 달게 받아야겠다고 마음먹고 있던 차였다.

그런데 장인어른은 나의 외로움과 고민을 정확하게 이해해주셨다. 드디어 내 결심을 지지해주는 첫 번째 지원군이 나타난 것이다! 친구도, 부모도, 형제도 아닌 장인어른이라니. 의외인 만큼 더욱 기쁘고 든든했다. 이 세상에 장인어른의 지지를 받으며 사막마라톤에 참가하는 사위가 나 말고 어느 누가 있겠는가. 잔뜩 쪼그라들었던 내 어깨가 순식간에 활짝 펴졌다. 그런데 나의 두 번째 지원군도 장인어른만큼이나 뜻밖의 인물이었다.

며칠 후 점심을 먹고 사무실로 걸어가는데 뒤에서 나를 부르는 소리가 들렸다. 뒤돌아보니 주택과의 김 팀장님이었다. 굳이 나를 불러 세우는 걸 보니 또 마라톤 얘기를 물어보려는 것 같아 나도 모르게 표정이 굳어졌다.

"김 주임, 사하라에 마라톤하러 간다면서? 진짜야?"

아니나 다를까, 또 한 번의 문답이 반복되겠구나 하는 생각에 절로 방어적인 태세가 되었다.

"네, 뭐…. 경험 삼아 한번 가보려고요."

"이야, 김 주임! 정말 다시 봤어. 마냥 백면서생인 줄 알았더니 이런 멋진 일도 하네. 정말 대단해."

너무나 뜻밖의 말에 어리둥절해져서 눈을 동그랗게 뜨고 팀장님을 쳐다봤다. 그런데 팀장님이 갑자기 주머니에서 봉투 하나를 꺼내더니 내 손에 쥐어주셨다.

"얼마 안 되지만 이거 여비에 보태 써."

얼떨떨했다. 화끈한 격려와 지지만으로도 감격스러운데 여비까지 챙겨주시다니. 천덕꾸러기 취급만 당하던 아이가 갑자기 도련님 대접을 받으면 이런 기분일 것 같았다. 나는 전혀 뜻밖의 상황에 당황해서 그저 얼빠진 사람처럼 팀장님과 내 손에 쥐어진 봉투만 번갈아 바라봤다.

"부럽다. 나도 진작에 김 주임처럼 용기를 내보는 건데. 아무튼 하고 싶은 거 있으면 할 수 있을 때 마음껏 하고 살아. 인생에는 용기 있는 자의 몫이 의외로 많거든."

팀장님은 씩 웃으며 내 어깨를 몇 번 두드리곤 먼저 사무실로 들어갔다. 난 바보처럼 고맙다는 말 한마디도 제대로 못 하고 그 뒷모습만 보고 있었다. 그러는 동안 뭐라 형언할 수 없는 따스한

사막과 오지에서 나의 몸짓과 의식을 알아차릴 사람은 아무도 없다.
그 모습을 지켜보는 사람은 오직 나 자신뿐이다. 남의 명령은 따르기
쉬워도 자신의 명령을 따르긴 어렵다. 그 명령을 아는 사람은 자신밖
에 없기 때문이다. 나는 정말 후회 없이 최선을 다했는가? 자신에게 떳
떳하다면 잘 산 인생이리라.
- 2011년 호주 아웃백 레이스에서

기운이 온몸에 퍼졌다. 나도 몰랐는데 내 맘속에 설움과 외로움 덩어리가 꽁꽁 얼어붙어 있었던 모양이다.

아마도 나는 세상으로부터 고립됐다고 느꼈던 것 같다. 그간 '나는 당당하다'라고 했던 것은, 정말 그렇게 믿었다기보다 그렇게 생각해야 한다는 다짐에 불과했는지도 모르겠다.

은연중에 다른 사람들의 눈치를 보고 움츠러들곤 했다. 그 외롭고 쓸쓸한 모든 기분이 팀장님이 어깨를 몇 번 두드려준 것으로 한 순간에 날아간 것 같았다.

더는 혼자가 아니라는 마음에선지 나도 모르게 눈물이 핑 돌았다. 다 큰 어른이 대낮에 길거리에 서서 훌쩍거리다니, 나는 하얀 봉투를 쥔 손으로 얼른 눈가를 훔쳐냈다.

아내의 허락을 얻기 위한 마지막 카드

그날 저녁 집으로 돌아와서 아내에게 편지를 썼다. 그동안 나 자신조차 정리하지 못해 머릿속으로만 맴맴 돌던 말들을 이제는 할 수 있을 것 같았다.

당신에게

생각해보니 이 편지가 당신에게 쓰는 첫 번째 편지네. 무슨 거창한 얘기를 하려는 건 아니지만 참 어렵게 펜을 들었어. 나도 참 멋대가리 없는 남편인 것 같아. 살갑지도 않고 무뚝뚝하고 재미도 없지. 사하라로 출발하기까지 이제 2주도 안 남았어. 그동안 당신 동의도 없이 내 멋대로 준비해온 거, 미안해. 변명 같겠지만 이게 며칠 만에 뚝딱 할 수 없는 거라서 어쩔 수가 없었어. 아마 당신은 그래서 더 화가 났겠지.

어쩌면 당신은 내가 사막에 가는 걸 끝내 허락하지 않을지도 모른다는 생각도 들어. 솔직히 말하면 당신의 허락을 받고 가벼운 마음으로 비행기에 오르고 싶어서 이 편지를 써.

당신뿐만 아니라 다른 사람들도 내가 사막에 간다고 하니 다들 '왜?' 소리부터 하더군. 솔직히 나도 거기에 가면 뭐가 있을지, 갔다 오면 뭐가 달라질지 잘 몰라. 가고 싶다는 마음만 있지 가본 적이 없잖아. 그래서 거기서 내가 무엇을 찾고 그 일로 내가 무엇을 얻을지 지금은 모르겠어. 오직 가봐야 알 수 있다고 생각해.

이렇게 말하면 무책임하다는 생각도 들 거야. 나이가 몇인데 이유도 목적도 없이 그 많은 돈과 시간을 쓰느냐고 말이야.

여보, 나 그동안 열심히 살았잖아. 물론 앞으로도 계속 그

범위를 벗어나지 않은 채로 살아갈 거야. 그런데 내 인생에서 한 번쯤은 끝까지 가보고 싶어.

예전의 나는 일상의 틀을 넘어설 엄두도 못 내며 살아왔어. 뭔가 시작해보기도 전에 쉽게 포기하곤 했지. 현실적인 문제도 있었지만, 쳇바퀴 돌듯 살면서도 일상 밖을 넘보는 것 자체가 두려웠던 것 같아. 그래서 내 마음엔 늘 후회와 미련이 남아 있었어. 설령 내가 원하는 결말이 아니더라도 '그때 끝장을 볼걸' 하면서 내내 미련에 시달렸고 후회가 많았어. 내가 당신 마음을 상하게 하면서까지 무리를 하는 것도 이 때문일 거야.

인생을 좌우하는 것도 아닌데, 이런 일조차 끝마치지 못한다면 나 스스로가 참 한심하게 느껴질 것 같아. 그리고 이렇게 마음을 완전히 사로잡을 일이 내가 사는 동안 또 있을지도 모르겠고.

여보. 내 인생에서 처음으로 해보는 이 엉뚱한 짓을 끝까지 할 수 있도록 당신이 도와주면 좋겠어. 당신에겐 무리한 부탁일지 모르겠지만, 뜻을 세우고 목표를 이룬 자랑스러운 아빠, 남편이 되고 싶어. 그래서 난 당신의 지지와 격려가 정말 필요해. 부탁해, 여보.

당신의 못난 남편이.

다음 날 이 편지를 식탁 위에 두고 출근했다. 편지를 읽고 아내와 극적인 화해까진 아니더라도 아내의 표정에 약간의 온기라도 보이길 기대했다.

그러나 며칠이 지나도 아내의 찬바람은 가실 기미가 안 보였다. 섭섭함이 가득했지만 더는 뭐라고 할 수도 없었다. 나는 쓸쓸한 마음으로 혼자 배낭꾸리기에 들어갔다.

방풍재킷 덕에 가장 큰 짐을 덜다

MDS 본부에선 대회참가 시에 꼭 지참해야 하는 필수 장비 목록을 정해두었고, 대회를 시작하기 전 장비 검사를 꼼꼼히 한다고 했다. 배낭, 침낭, 나침반, 서바이벌 블랭킷, 라이터, 다용도 칼, 소금, 소독약, 호각, 안티-배넘 펌프 등의 물품들은 반드시 갖춰야 했다. 그중 하나라도 없으면 아예 경기에 참가조차 할 수 없다. 여기에 식량, 버너, 선글라스, 헤드램프, 손전등, 방풍재킷, 스패츠, 버프, 모자, 선크림, 시계, 매트리스 등 사막에서 6박 7일 동안 버티는 데 필요한 각종 장비들이 추가됐다. 스패츠는 신발 속으로 모래가 들어가는 걸 막아 주는 각반 같은 것이고, 버프는 자외선과 모래바람으로부터 얼굴을 보호하는 일종의 마스크다. 그 밖에도 유사시를 대비해 실과 바늘, 구급약, 물파스, 사혈기, 카메라 등등이 필요하니 모두 합치면 필수 장비만 100가지가 넘는다. 문제는 이 많은 물건을 32리터 배낭에 다 집어넣어야 한다는 것이다.

나는 그것들을 배낭에 꾸역꾸역 쑤셔 넣었다. 물론 한 번에 다 들어가지도 않았고, 무게도 장난이 아니었다. 나는 1그램이라도 무게를 줄이려고 배낭을 풀었다 쌌다를 수십 번이나 반복했다. 겨우 겨우 짊어질 정도가 되자 이상이 없는지 확인하기 위해 직접 메고 뛰어보았다. 혹시 무게중심이 잘못되어 한쪽으로 쏠리거나 뛸 때마다 배낭이 심하게 덜렁거리지는 않는지 신경 써서 살펴야 했다.

좀 무겁다 싶으면 머리를 굴려 갖은 꼼수를 동원했다. 물통을 페트병으로 바꾸고, 군용 반합 대신 초경량 코펠을 챙겨 들었다. 건조식품은 일일이 포장지를 뜯어 랩으로 싸서 부피를 줄이고, 치약은 내용물을 짜내 딱 필요한 만큼만 남겼다. 칫솔은 휴대용을 챙기는 것도 모자라 아예 손잡이를 잘라버렸다. 치료용 탈지면은 조각조각 잘라 최소로 담았고, 실도 딱 필요한 만큼만 종이에 감았다. 모두 잠든 한밤중에 식탁에 앉아 양미간에 주름을 잔뜩 잡고 탈지면을 손톱만한 크기로 자르고 있는 남자를 상상해보라. 얼마나 궁상맞아 보이겠는가. 그런데 그만 이 모습을 아내한테 들키고 말았다.

"뭐 하는 거예요?"

"여, 여보. 탈지면 자르고 있었어. 물집 치료할 때 필요하거든."

아내가 먼저 말을 걸어온 게 얼마만인지. 나는 그저 반갑고 감격스럽기만 해서 말투가 퉁명스러운지 어떤지는 알아채지도 못했다. 아내는 마뜩찮은 눈길로 나를 쳐다봤다.

"저것도 물집 치료하는 데 쓰는 거예요?"

아내는 나일론 실을 감은 실패와 바늘통을 가리키며 말했다.

"응. 바늘에 실을 꿰어서 물집을 터뜨리면…."

그러나 아내는 내 말이 끝나기도 전에 휙 하니 안방으로 들어가 버렸다. 내심 기회다 싶어 얘기를 좀 해보려고 했는데 아내는 또다시 찬바람을 일으키며 뒤통수를 보였다. 아내를 이해하려고 해도 서운한 마음이 치미는 건 어쩔 수가 없었다. '아무리 마음에 안 들어도 그렇지. 출국일이 얼마 남지도 않았는데 끝까지 이러기야?' 하는 생각이 들었다. 냅다 쫓아 들어가서 한마디 할까 속으로 생각하고 있는데 갑자기 안방 문이 다시 열렸다.

"나일론은 안 돼요. 이거 써요."

아내의 손엔 면실이 감긴 실패가 들려 있었다. 그게 무슨 차이가 있는 건지 물어보려고 고개를 드는데 쇼핑백 하나가 불쑥 눈앞을 가로막았다.

"사막은 일교차도 크고 바람도 많이 분대요…. 잘 알겠지만."

아내는 내게 쇼핑백을 던져주고는 다시 휙 하니 안방으로 들어가 버렸다.

쇼핑백 안에는 방풍재킷이 들어 있었다. 사고 싶었지만 비싸서 엄두를 못 내던 옷이었다. 이것은 아내가 사막에 가는 것을 허락한다는 의미였다. 저절로 입꼬리가 씨익 올라갔다. 정말 너무나 기뻤다. 가슴을 짓누르던 가장 큰 짐을 덜어준 아내에게 고마운 마음뿐이었다. 한껏 기분이 좋아진 나는 안방을 향해 큰 소리로 외쳤다.

"여보, 정말 고마워! 그리고 사랑해, 여보!"

하지만 안방에선 아무런 소리도 들려오지 않았다.

사막에 가는 것을 허락하는 표시로 방풍재킷을 사다주긴 했지만, 아내의 태도는 달라진 게 없었다. 여전히 찬바람을 쌩쌩 일으키며 나를 봐도 못 본 체했다. 출국하던 날도 아내는 "잘 다녀와요."라는 한마디만 하고 피아노 학원으로 출근해버렸다.

오아시스 일행 중 누구는 건강하게 다녀오라고 집에서 산삼을 달여줬다는데, 나는 산삼은커녕 그날 아침도 전날 먹던 찬으로 대충 때워야 했다. 인간적으로 조금 부럽기는 했지만, 그래도 아내에게 섭섭하거나 서운한 마음은 조금도 없었다. 허락이라도 해준 게 어딘가. 만약 끝까지 허락해주지 않으면 사막에 있는 내내 배낭보다 더 무거운 마음의 짐을 안고 달릴 뻔했는데.

나는 모든 준비를 마친 후 집 청소를 했다. 평소에도 집 청소는 거의 내 담당이어서 익숙한 일이었다. 거실과 방 구석구석 청소기를 돌리고 걸레질도 꼼꼼하게 했다. 아이들 책상과 침대 위에 흐트러져 있는 물건들을 깨끗하게 정리하고 먼지도 깔끔히 닦아냈다. 그래서 평소보다 시간이 더 오래 걸렸다. 그동안 아내의 마음을 힘들게 한 것에 대한 작은 미안함의 표시였다.

깨끗해진 거실을 한 번 둘러본 후 현관문을 나섰다. 묵직한 배낭을 메고 뒤뚱거리며 선 내 모습이 엘리베이터 거울에 비쳤다. 잔뜩 상기된 표정에다 엉거주춤한 모습이라니…. 첫 무대에 오르

기 위해 무대 주변을 서성거리는 광대처럼 낯설고 어리숙해 보였
다. 나도 모르게 바보처럼 피식 웃음이 나왔다.

1년이 넘도록 내 마음에 모래폭풍을 일으켰던 그곳에 진짜로
간다는 게 실감이 나지 않았다. 그래서일까, 한시라도 빨리 사막으
로 가고 싶은 마음에 갑자기 조급해졌다. 나는 오아시스 회원들과
만나기 위해 서둘러 인천 공항행 리무진 버스에 몸을 실었다.

 ## 사막을 꿈꾸는 젊은이들에게

세상에 공짜는 없다. 노동의 대가로 임금을 받고, 물건을 사면 그
값을 치러야 한다. 사막에도 우연이나 요행은 없다. 누구나 갈 수
있지만 아무나 건널 수 없는 곳이 사막이다. 사막에서 레이스가 시
작되면 모든 전사들은 적지 않은 극한의 고비를 넘어야 피니쉬 라
인에 다가설 수 있다. 원하든 원하지 않든 혹독한 대가를 치러야 한
다. 다만 선수 개개인의 임계점이 다를 뿐이다. 원인 없는 결과 없
듯 한계가 서로 다른 데는 다 그럴만한 이유가 있다.

그런데 사막에서 겪는 체험 못지않게 거길 가기 위해 비행기 트랩
을 오르기까지의 과정도 만만치 않다. 일상을 벗어나 생고생을 하
기 위해서는 반드시 갖춰야 할 것이 있다. 이건 사막에서 겪게 될
한계 수위와도 밀접한 관련이 있다. 적지 않은 경비와 시간, 그리고

체력이다. 친구 따라 강남 가는 기분으로 부화뇌동했다가는 진짜 가혹한 대가를 치를 수도 있다. 그러니 누구든 사막을 꿈꾸고 있다면 이것만은 미리미리 준비해야 한다.

직장 먼저 찾아라

사막이나 오지에서 열리는 레이스에 한 번 출전하려면 족히 오백만 원이 넘는 돈이 든다. 경비 조달을 위해 부모님에게 손을 벌리거나 후원을 받으려는 생각은 애당초 접어야 한다. 내가 좋아하는 일을 하는 것이지 만인의 관심을 받는 연예인이나 프로 선수는 아니기 때문이다.

경비 마련 없이 사막을 꿈꾸는 건 꿈으로 끝나기 쉽다. 나는 지금도 여전히 이 비용을 마련하기 위해 말단 공무원의 적은 용돈을 악착

같이 아끼고 개미처럼 모은다. 그리고 매번 대회 참가비와 항공료 지불을 위해 금쪽같이 모은 돈을 한 입에 톡 털어 넣는다.

부탄의 파로 계곡을 달리다 지구상에서 가장 아름다운 수도원, 탁상 곰파(The Tiger's Nest monastery)를 온 가슴으로 품었다. 4천 미터가 넘는 볼리비아의 알티플라노를 넘어 우유니사막 끝자락에서 세상의 끝 경계를 만났다. 대회 출전이 계속되면서 경제적 부담은 더욱 커져갔다. 하지만 일상에서 맛볼 수 없는 벌거벗은 자아를 만나려면 이 정도 부담은 기꺼이 감수해야 했다.

"내 일(My job)이 없으면 내일(Tomorrow)도 없다." 김난도 교수는 젊은이들에게 이렇게 고했다. 그러니 자신이 좋아하는 일을 하면서 궁핍의 악순환을 끊고 싶다면 먼저 재원 확보를 위해 안정된 직장부터 구해야 한다.

시간을 들여라

수명은 늘었지만 하루는 늘 짧고 고단하다. 가진 것은 많아졌지만 가치는 더 줄었다. 하루를 어떻게 보내느냐에 따라 삶의 질은 달라진다. 직장인이 열흘 넘게 책상을 비우는 건 그 자체가 모험이다. 그래도 바쁜 일상 중에 일탈만한 스릴이 어디 있을까. 열심히 일했다면 주저 말고 떠나자. 시간은 백수가 제일 많을 것 같지만 사막을 갈 수 있는 확률은 백수보다 직장인이 훨씬 높다. 알렉산더 비네는 "제일 많이 바쁜 사람이 제일 많은 시간을 가진다."고 했다. 그나마 직장이 있으니 휴가도 챙기며 인생을 즐길 수 있다.

66

행복은 자신이 좋아하는 일에 열정을 쏟을 때 그 과정에 덧입혀지는 향기이다. 운동이든 여행이든 도전이든 좋아하는 일에 시간을 투자하라. 시간이 없다고 투덜거리는 건 변명일 뿐이다. 열사의 땅 사하라사막에서 흙먼지와 땀으로 뒤범벅이 되고, 캄보디아 정글을 넘나들다 온 발바닥이 물집으로 뒤덮여도 웃을 수 있는 건 내가 좋아하는 일을 하고 있기 때문이다. 인생을 어떻게 살 것인가는 마음먹기 나름이다.

체력을 키워라

사막 레이스를 즐기려면 어깨를 짓누르는 배낭의 무게와 모래폭풍 정도는 견딜 수 있어야 한다. 그건 체력과 지구력이다. 달리기와 등

산은 이 능력을 키우는 데 그만이다. 전문 프로 선수가 아닌 이상 운동에만 전념할 수는 없다. 호기만 믿고 자신을 과신하다 엄청난 고통을 겪는 참가자들을 적지 않게 봤다. 그러니 평소에 운동 습관을 붙여야 한다. 운동은 체력뿐 아니라 정신력까지 키워준다. 물론 주변을 잘 정돈하고, 늘 바른 자세를 유지하는 것은 운동만큼 중요하다. 일상에서 의미 없이 버려지는 자투리 시간을 활용하는 것도 절대 잊지 말아야 한다.

스리랑카의 시기리아 락 정상에 당당히 올라설 수 있었던 것도, 브라이스캐니언에 치솟은 수천 개 첨탑들을 온전히 감상할 수 있었던 것도 체력 덕분이었다. 각막을 통해 녹아드는 대자연의 장엄함도 그걸 온전히 받아들일 수 있을 때 하나가 된다. 아무리 좋아하는 일이라도 그 과정이 고통의 연속이라면 심신에 깊은 상처와 후회만 남길 뿐이다. 물집이 터지는 고통은 어쩔 수 없어도 배낭의 하중쯤은 버틸 수 있어야 한다. 늘 지쳐 녹초가 된 선수는 다른 선수들에게 짐만 될 뿐이다.

부와 권력과 명예를 좇아, 1등만을 위해 억지로 10년 세월을 달려간들 무슨 소용이 있겠는가. 자신이 좋아하는 일에 돈과 시간과 노력을 투자하라. 좋아하는 일을 할 때는 힘든 줄을 모른다.

사막에 가는 목전에 경비와 시간과 체력을 한꺼번에 챙기는 건 어불성설이다. 평소에 미리 준비해야 한다. 하지만 누구에게든 이 세 가지 조건이 저절로 갖춰지는 때는 절대 오지 않는다. 부족한 부분을 채우고 경쟁력을 키워서 스스로 그 상황을 만들어 가야 한다.

우물쭈물할 필요는 없다. 자신의 형편을 인정하고 방안을 강구하면 된다. 해 보면 별거 아니다. 남을 위해 사는 인생이 아니라 내가 만들어 가는 인생이 진짜 인생이다. 이 세 가지가 고루 갖춰지면 사막이 아니더라도 내 안의 열망을 현실로 만드는 데 적지 않은 도움이 될 것이다.

모두가 최고만을 위해 최선을 다하지는 않는다. 하지만 영광의 순간은 최선을 다한 사람만이 맛볼 수 있는 전유물인 건 분명하다. 당신은 어떤가. 기회가 오지 않는다고 불평할 것이 아니라 도전하고 싶다면 당신이 먼저 변해야 한다.

PART 2

사막을 내 발로 뛰어
횡단한다는 것

사막에 도착하기도 전에
서바이벌 게임은
시작되었다

비행기 안에서 진통제를 구하고

2003년 4월 2일 저녁 7시 50분, 사하라사막 마라톤에 출전할 한국 선수들을 태운 대한항공 CX490편 비행기가 홍콩의 첵랍콕 공항을 향해 이륙했다. 최종 목적지인 모로코까지 직항 노선이 없어서 홍콩과 영국을 경유해야 했다. 비행기를 몇 번씩 갈아타야 하는데다 장거리 비행이라 다들 긴장한 표정이었다.

비행기가 안전 궤도에 오르자 안전벨트를 풀어도 된다는 사인이 나오고 잠시 후 승무원들이 음료 서비스를 시작했다. 가까이 앉아 있던 우리 일행은 준비해온 간식거리를 나눠 먹으며 앞으로의 일정과 대회 정보를 주고받았다. 하지만 나는 대화에 끼지 않고 일부러 눈을 감고 자는 척했다.

내 신경은 온통 한 달 전 마라톤대회에서 부상을 입은 오른쪽 오금에 쏠려 있었다. 실전을 앞둔 선수에게 가장 큰 치명타가 부상이다. 그래서 제대를 앞둔 말년 병장처럼 떨어지는 나뭇잎 하나라도 경계해야 할 정도로 몸조심을 해야 한다. 그런데 나는 완주하겠다고 욕심을 부리다 어리석게도 화를 자초한 것이다. 어떻게든 출국 전까지 완치시켜 보려고 열심히 침을 맞고 물리치료도 받았지만 부상 부위가 인대여서 그런지 쉽게 낫지 않았다.

그렇다고 이만한 부상 가지고 대회 참가를 포기할 순 없었다. 부상 때문에 참가를 못한다고 하면 내내 고집을 부리다 정작 때가 되니 겁먹고 핑계 대는 것처럼 보일 것 같아 그런 생각은 할 수조차 없었다. 일단 가야만 했다. 그래서 부상당한 것도 숨기고 부득부득 여기까지 왔는데 막상 비행기에 타고 보니 덜컥 겁이 나기 시작했다.

'이런 상태로 경기를 할 수 있을까? 좋은 컨디션으로도 어려운 일일 텐데…. 혹시 완주를 못하면 어떡하지? 아, 어쩌지…. 이번엔 포기하고 다음에 올 걸 그랬나?'

문득 완주를 못할 수도 있다는 생각이 들자 마음이 걷잡을 수 없이 흔들렸다. 그렇게 반대했는데도 눈 한번 꿈쩍 않다가 완주도 못하고 돌아간다면, 그 망신을 어떻게 감당한단 말인가.

구멍 난 풍선에서 바람 빠지듯, 한번 약해지기 시작한 마음은 웬만한 의지로는 기세를 되찾기 힘들었다. 사막마라톤에 대해 가졌던 나름의 포부나 사하라에 대한 막연한 기대도 온데간데없이 사라지고 말았다. 오로지 남은 건 망신당하지 않으려면 어떤 일이 있어도 완주해야 한다는 절박함과 오기뿐이었다.

하지만 절박함이 커질수록 부상에 대한 불안도 커졌다. 그리고 불안의 크기만큼 오금 부위가 더 심하게 땅겨왔다. 나는 옆 사람이 눈치채지 못하도록 손으로 오른쪽 무릎 뒤의 오금 부위와 종아리 윗부분을 열심히 주물렀다. 그러면서 머릿속으로는 부상 악화에 대비한 일단의 대책이 필요하다는 생각을 했다.

그런데 이 죽일 놈의 똥고집 때문에 진통제를 챙겨오지 않은 게 문제였다. 경기 중에 부상을 당하거나 통증이 있으면 타이레놀 같은 진통제의 힘을 빌리는 선수들이 종종 있었다. 물론 그 선수들을 이해 못할 바는 아니었다. 하지만 내 생각에 그건 스포츠맨십에 어긋나는 것으로 보였다. 그래서 나는 절대로 약을 먹지 않겠다는 원칙을 세웠고, 그 원칙에 따라 진통제를 일부러 챙겨오지 않았다. 하지만 그건 무모하다 못해 어리석은 짓이었다.

나는 머리통을 쥐어박으며 '스포츠맨십은 개뿔! 난 왜 이렇게 바보 같으냐?'라고 중얼거렸다. 괜한 고집으로 큰 실수를 했다는 걸 깨닫고 나니 진통제가 더욱 간절해졌다. 먹든 안 먹든 일단 가지고 있기라도 하면 마음이 놓일 것 같았다. 하지만 이제 와선 구할 방법도 없으니 야단 아닌가. 비행기를 갈아타기 위해 홍콩과 영국에 잠시 내리기는 하지만 약을 구할 수 있을지 장담할 수 없었다.

한참을 곰곰이 생각해보다 문득 비행기에는 응급환자에 대비해서 구급약을 갖춰놓고 있다는 사실이 떠올랐다. 승무원한테 진통제를 달라고 하면 된다. 하지만 사람은 한 가지 일에 소심해지면 다른 것에도 소심해지기 쉬운 법. 그냥 두통이 있으니 진통제를 달라고 하면 될 텐데, 평정심을 잃어버리고 나니 그 말조차 쉽게 나오지 않았다. 뭔가 그럴싸한 핑계를 대야 할 것 같아 혼자서 고민에 고민을 거듭했다. 도둑이 제 발 저린다는 건 이런 걸 두고 하는 말 아닐까.

이런 생각에 빠져 있다 보니 시간이 얼마나 흘렀는지도 몰랐다. 잠시 후 홍콩 공항에 도착한다는 기내 방송이 나오자 다급해진 나눈을 번쩍 떴다. 그리고 급히 손을 들고 승무원을 불렀다.

"네, 손님. 무엇이 필요하십니까?"

"저… 저기…, 진통제 좀 주실 수 있을까요?"

"어디가 불편하십니까?"

"네? 머… 머리가 아파서….”

"네, 알겠습니다. 곧 가져다 드리겠습니다.”

이렇게 간단한 몇 마디를 하는 데도 얼마나 긴장했는지 이마에 식은땀이 흘렀다.

"경수 씨, 몸이 많이 안 좋아? 창백해 보여.”

옆에 앉은 김경기 씨가 내 안색을 살피며 걱정스럽게 물었다.

"머리가 조금 아파서…. 약 먹으면 괜찮아지겠죠.”

그렇게 말하면서 스스로 참 묘한 녀석이라는 생각이 들었다. 그냥 솔직하게 부상에 대해 말했다면 약을 구하거나 다른 도움도 쉽게 받을 수 있었을 것이다. 그런데 마치 죄라도 지은 것처럼 나는 자꾸 감추려고만 들었다. 모두 긴장감이 큰 상황이었기에 나 때문에 부담이 더 커질까 봐 그런 점도 있었다.

승무원이 가져다준 타이레놀 두 알을 손에 쥐고 나니 마음이 조금 놓였다. 정말 위급한 상황이 아니면 절대로 이 약을 먹지 않겠다고 다짐했다. 진통제 두 알을 보조가방 안쪽에 잘 챙겨 넣고 나서야 창밖을 볼 여유도 생겼다. 캄캄한 어둠 속에 별처럼 빛나는 홍콩의 야경이 눈앞에 펼쳐졌다.

인천공항을 출발한 지 4시간 정도 지난 밤 11시에 첫 경유지인 홍콩의 첵랍콕 공항에 내렸다. 1시간 후 우리 일행은 영국행 비행기로 갈아타고 출발했다. 이번에는 장장 13시간이 걸리는 장거리 비행이었다. 그렇게 오랜 시간을 좁은 좌석에 꼼짝 않고 앉아 있자니 여간 고역이 아니었다. 기내식을 마치자마자 다들 잠을 청했지만 잠자리가 불편해서인지 깊은 잠을 못 자는 것 같았다. 나도 이리저리 뒤척이며 자다 깨다를 반복했다.

비행기는 4월 3일 현지 시각 새벽 5시경에 영국 히스로 국제공항에 도착했다. 여기서 다시 모로코로 가는 비행기로 갈아타야 했다. 오후 6시에 출발한 비행기는 4월 3일 저녁 9시 10분경 지중해의 아랫입술, 신화와 현실이 공존하는 요술의 나라 모로코 카사블랑카 공항에 안착했다. 유럽의 참가자들은 반나절이면 올 거리인데 우리는 꼬박 이틀을 걸려서 도착했다. 장시간 비행에 지쳐 있던 선수들은 드디어 아프리카에 도착했다는 사실에 감격하며 환

사스가 전 세계를 강타하던 2003년 4월, 북아프리카 사하라에서 열리는 MDS(The Marathon des Sables) 대회 출전을 위해 인천공항 비행기 트랩을 올랐다. 누구도 사스의 공포에서 자유로울 수 없었다.

호성을 질렀다. 그러나 환호성이 끝나기도 전에 우리에게 예상치 못한 위기가 닥쳤다.

당시는 사스SARS 공포가 전 세계를 휩쓸고 있을 때였다. 모로코도 예외가 아니라서 우리는 홍콩을 거쳐서 왔다는 이유로 입국이 거부될 위기에 처했다. 하마터면 사하라에 발도 못 들여보고 귀국 조치가 날 판이었다. 다행히 대한항공 기장인 이영호 씨가 현지 공항 직원을 설득해서 무사히 입국 심사대를 통과했다. 공항에서는 먼저 도착한 현대모비스 소속의 안기형 선수와 손승호, 박재성 선수를 비롯해 한국 취재진이 우리를 반겨주었다.

숨이 턱 막히는 사막과의 첫 대면

모로코에 도착했지만 최종 목적지까진 아직도 지루한 여정이 남아 있었다. 사하라사막이 있는 와르자자트Ouarzazate로 가려면 비행기를 두어 시간 더 타야 했다. 유럽 등 각지에서 모인 선수들과 합류하여 다시 비행기에 올랐다.

캄캄한 새벽에 와르자자트 공항에 내렸을 때 우리 일행은 완전히 녹초가 되었다. 이틀 동안 편하게 누워보지 못한 채 비행기에서 쪽잠만 잔 탓에 다들 침대에 누워 다리 한번 쭉 펴보기가 소원이었다.

공항에서 곧바로 호텔로 이동해 방에 들어서자마자 모두 쓰러지듯 침대에 몸을 던졌다. 나도 샤워를 하고 싶은 마음은 간절했지만 몸이 말을 듣지 않았다. 오는 내내 부상에 대한 불안에 시달리느라 더욱 피곤했는지 머리가 베개에 닿자마자 기절하듯 잠에 빠져들었다. 그래도 의식 한 곳에는 사하라에 왔다는 사실이 강하게 남아 있었던 모양이다. 아침 6시도 안 되어 나도 모르게 눈이 번쩍 떠졌다.

사하라에서 처음 맞은 아침은 상쾌하고 아름다웠다. 아직 태양의 열기가 뜨거워지기 전이라 선선한 아침 공기를 맡으며 야자수 등의 열대 수목이 무성한 호텔 정원을 산책했다. 하지만 엄밀히 말해 여기는 사하라 지역 휴양지이지 사하라사막이 아니었다. 사막까진 차를 타고 6시간 정도 더 가야 했다.

각국 선수 일행은 대회 본부에서 준비한 버스를 타고 사막 한가운데를 향해 출발했다. 가는 동안 본부에서 나온 진행요원들이 경기 안내서를 나눠줬다. 안내서에는 이번 대회의 거리와 코스, 레이스 도중에 만나게 될 각종 지형지물과 대회 규정 등이 상세히 기록되어 있었다.

그런데 버스에 함께 탄 외국 선수들이 안내서를 보더니 갑자기 술렁거렸다. 가만 들어보니 이번 대회의 총 거리가 243킬로미터라는 것 때문이었다. 대회 거리와 코스는 대회 시작 이틀 전까지 공개하지 않는 게 규정이라고 했다. 그래서 모두가 이런 정보를 경기를 코앞에 두고서야 알 수 있었던 것이다.

우리 한국 선수들이야 대회에 처음 참가하는 터라 왜들 저렇게 놀라고 걱정스러워하는지 이해하지 못했다. 나중에야 알게 되었지만, 한마디로 이번 대회 참가자들은 매우 재수가 없다는 뜻이었다. 어떤 선수는 최근 3년간 열린 대회 중에서 가장 긴 코스라며 투덜거렸다.

엘포우드Erfoud라는 곳에 도착하여 버스에서 내리니 뜨거운 열기가 온몸을 덮치는 것 같았다. 뜨거운 사우나에 들어갔을 때처럼 더운 공기가 코와 입으로 밀려드는데 처음엔 숨을 쉬기도 힘들었다. 게다가 사방에서 불어대는 모래가 눈, 코, 입 가리지 않고 마구 덤벼들었다. 계속 침을 뱉어도 입안에서 모래가 계속 씹혔다. 온몸에 줄줄 흘러내리는 땀에도 모래가 다닥다닥 엉겨 붙었다. 뜨거운 햇볕과 열기, 땀과 모래 때문에 정신을 차릴 수가 없었다. 이런 환경에서 마라톤은커녕 제대로 버틸 수나 있을지 걱정이었다.

그런데 여기가 끝이 아니었다. 경기가 열리는 사막 지역까지 가려면 트럭으로 갈아타고 더 들어가야 했다. 본부에서 준비해놓은 수십 대의 트럭이 보였다. 트럭으로 가까이 갈수록 가축 배설물 냄새가 코를 찔렀다. 우리를 데려다 줄 트럭은 일부 군용트럭을 제외하면 소와 낙타를 실어 나르던 트럭이었다. 트럭에 기어오르는데 마치 포로수용소로 끌려가는 패잔병 아니면 도살장에 끌려가는 가축이 된 기분이었다.

트럭 바닥에 쭈그리고 앉은 채 비포장 모랫길과 자갈밭을 30분 넘게 더 들어갔다. 칸막이 사이로 나를 여기까지 오게 한, 1년 전 텔레비전 화면의 사막 전경이 눈에 들어왔다. 참으로 감개가 무량해야 옳지만, 도저히 그런 감흥에 젖을 형편이 아니었다. 구워 삶을 듯한 열기와 코를 찌르는 지린내에다 트럭 바퀴가 일으키는 모래바람 때문에 제대로 숨을 쉴 수가 없었다.

바퀴가 구를 때마다 트럭이 얼마나 요동을 치는지 엉덩이가 깨질 듯이 아팠다. 이러다 대회에 참가하기도 전에 골병이 들 것 같았다. 사막마라톤이 서바이벌 게임이 아니라 사막까지 가는 게 서바이벌이었다. 30분간의 몸부림 끝에 트럭은 첫 번째 비박 장소에 도착했다. '비박'은 사전적 의미로 텐트를 치지 않고 야영한다는 뜻이다.

트럭에서 내리는데 다들 반쯤 혼이 나간 표정이었다. 천신만고 끝에 마침내 목적지에 도착했다는 기쁨도 잠시, 대회가 열릴 장소

모로코 와르자자트에서 버스로 바꿔 타고 엘포우드라는 작은 마을에
도착해서 소와 낙타를 실어 나르는 트럭과 군용 차량으로 사하라 아주
깊숙한 곳으로 이동했다. 베이스캠프까지 가는 자체가 모험이고 도전
이다.

를 보는 순간 다들 다시 넋나간 표정이 되었다. 황량한 사막을 배경으로 대회를 알리는 대형 아치 조형물이 있었고, 그 뒤로 90여 개의 텐트가 둥글게 쳐져 있는 모습이 포로수용소 같았다. 그 텐트는 베르베르인*들이 쳐놓은 것으로, 대회 내내 그들이 우리 잠자리를 준비해주고 여러 도움을 주게 될 터였다.

우리나라에선 지역 마라톤대회만 가도 사람들이 북적댄다. 흥겨운 축제 분위기도 난다. 그런데 600명이 넘는 대규모 인원이 참가하는 국제적인 대회장임에도 어째 파장한 시골 장터보다 더 썰렁했다. 황량한 사막 한가운데 설치했으니 어찌보면 당연한 일이었다. 예상보다 부실해 보이는 시설을 보고 '참가비도 많이 받으면서…'라는 생각이 저절로 들었다. 하긴 우리는 휴양지에 관광하러 온 게 아니라 사막에 마라톤을 하러 왔으니 이런 걸 가지고 실

베르베르인

베르베르족(Berber), 그리스어로는 바르바로이라고 합니다. 자신들을 '이마지겐'이라고 부르는데 고귀한 종족이라는 뜻이라더군요. 백인과 흑인 영역 경계에서 살아서 두 인종의 특징과 생활방식이 섞여 있습니다. 이슬람의 지배를 오래 받아 주로 이슬람교도가 많고요.

제가 본 베르베르인들은 사하라사막에서 살아서인지 주로 얼굴이 까무잡잡하고 체형이 날렵했습니다. 경제적으로 어렵기 때문에 오지레이서나 관광객들의 도우미 활동으로 열심히 부수입을 얻는다고 해요. 레이스를 마칠 즈음 마라톤 참가자들은 원주민들에게 랜턴과 코펠 등의 생활용품, 간식, 비상약 등을 나눠주곤 합니다. 레이서들은 짐을 덜어 부담을 줄이고, 이들은 귀중한 생필품을 얻게 되니 서로 기분 좋은 일입니다.

망하는 것도 우스운 일이다. 어쨌든 이런 것에 신경 쓰고 있을 때가 아니었다.

한국 선수들은 무사히 최종 목적지에 도착했다는 사실을 기뻐하며 한데 모여서 힘차게 파이팅을 외쳤다. 우리가 그러고 있는 사이에 트럭에서 함께 내린 외국 선수들은 어디론가 뿔뿔이 흩어졌다. 얼마 지나지 않아 캠프 입구에는 한국 선수들만 옹기종기 남게 되었다. 그 많은 사람이 다 어디로 갔는지 궁금하기는 했지만, 우리는 누군가가 안내해줄 때까지 참을성 있게 기다렸다. 하지만 아무리 기다려도 우리를 안내해줄 진행요원은 나타나지 않았고, 하다못해 안내방송 같은 것도 없었다.

그런데 '포로수용소' 쪽을 보니 외국 선수들이 텐트를 들락날락하며 오가는 게 보였다.

"어? 저 사람들은 왜 저기 있지? 혹시 텐트에 가 있으라고 방송 나왔어?"

"아니, 그런 소리 못 들었는데. 아무 텐트에나 들어가도 되는 거야? 설마 먼저 잡는 게 임자인 거 아냐?"

"아까 보니까 다들 저기로 가던데."

한 선수가 손가락으로 베르베르인들의 텐트 앞쪽에 우뚝 서 있는 큰 텐트를 가리켰다. 알고 보니 운영요원과 의료진이 있는 본부텐트였다.

우리는 서둘러 짐을 챙겨 들고 그곳으로 우르르 몰려갔다. 그렇지만 텐트 안을 기웃거려도 무슨 일로 왔느냐고 물어보거나 안내해주는 사람이 아무도 없었다. 뻘쭘해져서 눈치만 살피다가 텐트 한쪽에 붙어 있는 게시판을 발견했다. 가까이 가서 자세히 보니 참가국별로 선수들에게 배정된 텐트 상황표였다. 나는 한규식 선배, 김경기 씨 등 여덟 명과 함께 81번 텐트에 배정되어 있었다.

우리는 그제야 외국 선수들이 무얼 하고 있는지 알게 되었다. 그들은 누가 지시하거나 안내해줄 때까지 기다리지 않고 자기들이 알아서 게시판을 보고 텐트를 찾아간 거였다. 그런데 우리는 한국에서처럼 지시가 있을 때까지 기다리고 있었던 것이다. '쳇, 한마디라도 해주면 어디 덧나나?' 처음 참가하는 이들에 대한 배려가 너무나도 없다는 생각에 약간 심통이 났다. 우리도 각자 자기 텐트를 찾아 들어갔다.

평생 봐온 것을 모두 합친 것보다 많은 별을 보다

텐트에 들어가자마자 버스에서 받은 안내서를 다시 꼼꼼하게 살펴봤다. 장비 검사나 대회 시작 일시, 장소 같은 전체 프로그램만 적혀 있을 뿐 안내서 어디에도 캠프 내 일정이나 생활에 대한 설명은 없었다. 한국처럼 식사 시간부터 세부 일정까지 세세히 짜놓고 알려주는 식이 아니었다. 중요한 규칙 외에 나머지 것은 각자 알아서 하라고 맡겨두는 식이었다.

아마도 이런 점이 한국과 서양의 가장 큰 문화적 차이일 것이다. 서양에선 각자 알아서 자발적, 자율적으로 행동하는 걸 당연하게 여긴다. 하지만 일일이 안내하고 지시해주고, 거기 따르는 것에 익숙한 한국 사람에겐 부담스러운 문화였다. 하물며 익숙한 생활 환경도 아니고 낯설고도 낯선 사막에서 각자 알아서 하라니, 우리 가 얼마나 막막했겠는가. 당장 저녁을 몇 시부터 먹어야 할지, 물 은 어디서 구하며 용변은 어떻게 봐야 할지 당혹스럽기만 했다. 나도 눈치는 둘째가라면 서러울 정도로 빠른 편이지만, 이 황량한 사막 한가운데서 뭘 어떻게 해야 할지 감이 잡히지 않았다.

그래도 궁하면 통한다고 어떻게든 살 길은 있는 법이다. 이럴 때 가장 좋은 방법은 남들 하는 대로 따라 하는 것. 그래도 체면이 있지, 남들 하는 걸 보고 그대로 따라 하자니 처음엔 선뜻 되지 않 았다. 그렇지만 이것저것 가릴 처지가 아니었다. 우리는 수많은 외 국 선수를 관찰하며 그중에서 대회 경험이 많아 보이는 사람들을 찾아냈다. 한국과 달리 유럽에선 사막마라톤이 잘 알려진 스포츠 여서 이런 대회에 여러 번 참가한 선수도 많았다. 그들한테선 어 딘지 자연스러움과 익숙함이 어우러진 노련미가 묻어났다. 우리 는 각자 한 명씩을 찍어 뒤를 졸졸 따라다니며 무엇이 어디에 있 고, 뭘 어떻게 해야 하는지 등 생존의 지혜를 배워갔다.

나도 한 흑인 선수 뒤를 따라다닌 덕분에 본부에서 주는 물통도 받고 급수대에서 물도 받아 왔다. 그런데 이 선수가 어느 순간 텐 트 뒤 야트막한 잡목이 나 있는 곳으로 걸어가는 게 아닌가. 모래 만 있는 곳에다는 텐트를 치기 어렵기 때문에 베이스캠프는 보통 텐트 기둥을 세울 수 있는 돌과 잡목이 많은 곳에 마련된다. 아무

86

래도 그가 볼일을 보러 가는 것 같았다. 마침 나도 볼일이 급했기에 졸래졸래 그 뒤를 따라갔다.

텐트에서 조금 떨어지자 그 선수는 지퍼를 내리고 볼일을 보기 시작했다. 주변을 살펴보니 군데군데 볼일을 보는 선수들이 있는 것으로 봐서 이곳을 화장실*로 쓰는 것 같았다. 나도 편안한 마음으로 볼일을 보기 위해 지퍼를 내리려다 화들짝 놀랐다. 조금 떨어진 곳에서 어떤 사람, 정확히 말해 어떤 여자가 앉은 채로 유유히 볼일을 보고 있었기 때문이다. 사막에선 자연스러운 일이라고 해도 나로선 여자가 볼일 보는 모습을 보는 건 처음이라 몹시 당황했다. 나 혼자 얼굴이 벌게져서 몸을 돌리고 어쩔 줄 모르고 있는데, 그녀는 나에 대해선 신경도 안 쓰는 것 같았다. 나중엔 일상다반사로 벌어져서 무감각해질 정도가 되었지만, 사막에 막 도착한 초짜에겐 충격적인 일이었다.

사막의 화장실
사막마라톤에도 엄연히 화장실이 있기는 합니다. 대회 본부에서는 구덩이를 깊이 파고 네 귀퉁이에 기둥을 세운 뒤 천을 대강 덮어 간이 화장실을 만듭니다. 그러나 4면 중 3면만 천으로 덮여 있고 입구는 그냥 뚫려 있습니다. 캠프 전경이 훤히 보이고, 바람이 그대로 불어 들기 때문에 으슥한 풀숲이 오히려 더 안전합니다. 제가 왜 밖에서 볼일을 보았는지 이해가 되시지요? 요즘에는 이런 점이 많이 개선되어 이동식 간이 화장실을 설치하기도 합니다. 그러니 이 글을 읽는 분이 여성이고 사막레이스에 도전할 계획을 세웠다면 이런 점에선 안심하세요.

그 여자 때문에 놀란 사이 내가 뒤쫓던 흑인 선수는 어디론가 사라지고 말았다. 두리번거리던 내 눈에 저 멀리 서쪽 하늘에서부터 노을이 물들어가는 게 보였다. 나는 그대로 서서 넋을 잃었다. 푸른 하늘과 노란 모래바다가 점점 붉게 물들어갔다. '대자연의 웅장함'이라는 틀에 박힌 표현은 쓰고 싶지 않지만 그 외에 어떻게 말해야 할지 알 수 없었다. '그토록 꿈꾸던 사막에 내가 와 있구나.' 하는 생각이 잠깐 들었으나 그게 현실인지 꿈의 연장인지는 분간하기 힘들었다.

그러다가 내 입에서 이런 소리가 터져 나왔다.

"제발 무사히 완주할 수 있게 해주세요. 제발 도와주세요."

속삭이듯 하는 목소리와 함께 두 손이 저절로 앞으로 모아졌다. 어쩌면 나는 그 순간 '아름다움'보다 장엄함에 압도된 것인지도 모른다. 마음속을 가득 메우고 있는 부상에 대한 불안과 완주에 대한 부담이 모처럼의 장소, 모처럼의 순간을 제대로 누릴 수조차 없게 했다. 게다가 내가 상상할 수 있었던 최악의 상황을 뛰어넘는 모래와 열기의 현실 앞에 나는 더욱 주눅이 들었다. 죽이 되든 밥이 되든 해보는 데까지 해보자고 결의를 다지지만 질긴 불안 덩어리는 나를 끈질기게 물고 늘어졌다. 그럴 때마다 오른쪽 다리가 더욱 무겁게 느껴졌다.

저녁 7시부터 대회 본부에서 제공하는 환영 만찬이 시작되었다. 커다란 테이블 위에는 굵은 스파게티 면에 소고기와 토마토를 듬뿍 넣은 소스, 먹음직스럽게 구운 바비큐와 샐러드, 포도주, 빵과

치즈, 꿀 등 고칼로리 음식이 가득 차려져 있었다.

그 위로 모래바람이 수시로 휩쓸고 지나갔다. 평소의 나였다면 그렇게 모래가 펄펄 내려앉은 음식은 아무리 맛있어 보여도 손도 댈 생각을 못했을 것이다. 하지만 버스를 타고 올 때 본부에서 나눠준 도시락을 먹은 후로 아무것도 먹지 못해 배가 너무 고팠다.

그러다 보니 모래 같은 건 눈에 들어오지도 않을 뿐더러 조금 더 지나니 모래가 무슨 고명처럼 보였다.

음식을 받아서 우리 일행과 함께 테이블에 둘러앉았다. 다들 배가 고팠는지 말 한마디 나누지 않고 접시에 코를 박고 오직 먹는 데만 집중했다. 먹고 죽은 귀신은 때깔도 좋다는 옛말처럼 배가 차고서야 사람들 얼굴에 화색이 돌기 시작했다. 나도 맛있는 걸 배부르게 먹고 나니 한결 기분이 나아졌다.

식사가 끝난 후 선수들은 군데군데 모여앉아 모닥불을 피워놓고 사막의 첫날밤을 즐겼다. 우리 일행도 모닥불을 피우고 이날을 위해 준비해온 음식으로 소박한 자축파티를 벌였다. 같은 텐트에 배정받은 외국 선수들도 함께 어울렸다. 이튿날은 장비 검사와 서류 체크 외에 별다른 일정이 없었다. 그래서 다들 긴장을 풀고 편안한 마음으로 느긋하게 휴식을 취했다.

고개를 들어 밤하늘을 바라보니 다이아몬드를 깨처럼 뿌려놓은 듯 수많은 별이 반짝이고 있었다. 북두칠성, 작은곰, 카시오페이아, 오리온, 백조, 전갈…, 이름을 아는 거라곤 그것뿐이어서 더 셀 수는 없었다. 정말 그렇게 많은 별이 있으리라고는 상상도 해본

적이 없었다. 수많은 별자리와 은하수는 망원경도 필요 없이 맨눈
으로도 선명히 보여 황홀할 정도였고, 내 몸이 광활한 우주에 떠
오른 듯한 기분이기도 했다.

어디선가 베르베르 원주민들이 두들기는 북소리와 노랫소리가
들려왔다. 눈앞에 보이는 모든 것, 들리는 소리까지 마치 영화 속
의 한 장면처럼 느껴졌다. 이 아름다운 대자연에 나를 맡기고 싶
었다. 나도 모르게 오른쪽 오금에 손이 갔다. 부상 부위에 손을 대
고 지그시 눈을 감았다. 그리고 저 광활한 우주와 사막을 향해 여
기까지 오게 해준 것에 감사를 표하고 부디 무사히 경기를 완수하
게 해달라고 소원도 빌었다. 지나고 보니, 그날 밤이 사막에서 보
낸 가장 한가롭고 평화로운 밤이었다.

참아낼 것인가,
포기할 것인가

고마운 낙타 똥

사막의 일교차가 크다는 건 알고 있었지만 이렇게 추울 줄은 정말 몰랐다. 밤이 깊을 무렵부터 기온이 떨어지는데 체감 온도가 영하 5도는 될 것 같았다. 침낭에 들어가 있는데도 구멍이 숭숭 뚫린 텐트 그물 사이로 차가운 새벽바람이 스며들어 온몸이 덜덜 떨렸다. 나도 모르게 잠에서 깼는데 머리가 울리면서 눈이 쿡쿡 쑤셨다.

아무래도 서울에서 사하라까지 장시간 비행기를 타고 오면서 쌓인 피로에다 밤새도록 찬바람에 시달리다 보니 감기에 걸린 것 같았다. 부상만으로도 힘겨운 판에 감기까지 걸리다니, 정말이지 울고 싶었다.

주위를 둘러보니 모두 곤히 자고 있었다. 내일을 위해선 조금이라도 더 자야 할 것 같았다. 모래바람을 막기 위해 얼굴을 버프로 감싸고 억지로 잠을 청해보았다. 하지만 한번 깨버린 잠은 영영 달아나버린 듯했다. 버프 사이로 눈만 빼꼼히 내놓고 텐트 구멍을 통해 새벽하늘을 물끄러미 바라보았다. 밤 동안에 위치를 바꾼 하늘의 별자리들이 희미하게 반짝이고 있었다. 곧 동이 터올 모양이었다. 그렇게 한참을 침낭 속에서 꼼짝 않고 동녘 하늘을 바라보는데 마지막 별 하나가 반짝 빛을 발하고 사라졌다. 그리고 잠시 후 기다렸다는 듯 태양이 불쑥 모습을 드러냈다.

그 경이로운 광경을 넋을 놓고 바라보는데 갑자기 스피커에서 노랫소리가 들려왔다. 샹송은 잘 모르지만 에디트 피아프의 노래인 것 같았다. '황량한 사막의 이른 아침에 웬 샹송이람?' 노랫소리 때문에 선수들이 하나둘씩 눈을 떴다. 몇 사람이 "아이, 시끄럽게."라고 구시렁거리는 걸 보니 알람 소리로 착각하는 모양이었다.

선수들의 투덜거리는 소리가 우스워서 혼자 쿡쿡거리고 있는데 갑자기 눈앞이 훤해졌다. 깜짝 놀라서 주위를 둘러보니 경기 진행을 돕는 베르베르인들이 돌아다니면서 텐트를 걷고 있었다. 시계를 보니 정각 6시. 아직 잠에서 덜 깬 선수들이 뭐라고 불만을 터뜨렸지만 그들은 전혀 아랑곳하지 않고 냉정하게 텐트를 걷어갔다. 찬바람과 모래를 하나도 못 막아준다고 투덜거렸는데, 텐트가 사라지고 나니 얼굴에 닿는 공기가 견딜 수 없을 정도로 차가웠다. 나도 더 누워 있을 수가 없어 자리에서 벌떡 일어났다. 다른 선

서쪽 하늘로 태양이 지고 있다. 내 등 뒤로 사막은 완전히 황금빛으로
물들어 있다. 태양이 사라지자마자 기온은 급격히 떨어져 한낮의 열기
만큼이나 우리를 극한으로 내몬다. 그런 다음에는 그야말로 마법 같이
신비한 아침이 찾아온다.

수들도 어쩔 수 없는지 투덜거리면서도 침낭에서 몸을 일으켰다. 이렇게 사하라에서 처음 맞는 아침은 음악 소리와 추위, 어수선함 속에서 시작됐다.

어제 저녁은 대회 본부에서 식사를 제공해준 덕분에 편하게 먹었지만, 아침 끼니부터는 각자 해결해야 했다. 나는 물티슈 한 장으로 얼굴을 닦고 물 몇 모금으로 간단하게 양치질을 끝냈다. 그리고 다른 한국 선수들과 함께 아침상 차리기에 들어갔다. 외국 선수들은 고열량인 스프나 쉐이크 같은 걸로 간단히 끼니를 해결할 수 있지만, 한국 사람은 곧 죽어도 밥을 먹어야 하기에 번거로운 일이 많았다. 각자 준비해온 밑반찬을 꺼내고 즉석 육개장이나 미역국, 라면까지 끓이면 제법 근사한 아침을 먹을 수 있을 것 같았다.

그런데 문제가 생겼다. 아무리 즉석식품이지만 물에다 끓여야 먹을 수 있고, 건조식량인 알파미에도 뜨거운 물을 부어야 먹을 수 있다. 그러기 위해선 물을 끓여야 하는데 불이 지펴지지 않았다. 마른 잡목더미를 쌓아놓고 엄지손톱만한 크기의 고체 연료를 몇 개나 넣어봤지만 불이 붙지 않고 불꽃만 잠깐 일다가 금방 사그라졌다. 다들 다급해져서 불을 지필 방법을 찾기 시작했다. 잡목 외에 땔감이 필요했다.

주위를 둘러보니 베르베르 원주민들이 모닥불을 피우고 있는 게 보였다. 슬금슬금 다가가서 모닥불 재료를 살펴보니 잡목 사이로 시커먼 덩어리 같은 게 보였다. 그걸 보니 문득 야생의 생활을 다룬 다큐멘터리에서 낙타나 소의 배설물을 연료로 쓰는 걸 본 기억이 났다. 나는 다른 선수들과 함께 주변을 뒤져서 낙타의 마른 배설물들을 모아왔다. 마른 풀과 낙타 똥에 고체 연료를 던져 넣으니 불이 활활 타올랐다. 그걸 보고 우리는 마치 최초로 불을 발견한 원시인처럼 환성을 질렀다. 어제 트럭을 타고 오는 동안 내 코를 몹시도 괴롭혔던 낙타의 배설물인데, 오늘은 고맙다고 절이라도 해야 할 판이었다. 덕분에 우리는 무사히 아침을 먹을 수 있었다.

드디어 내 몸과의 싸움이 시작되다

대회 본부에서는 아침부터 이번 대회 출전자들에 대한 장비 검사와 출전 가능 여부에 대한 대면 심사가 진행되고 있었다. 한국 참가자들에 대한 장비 검사는 오후 2시부터 시작되었다. 사막이라는 척박한 환경에서 펼쳐지는 스포츠이다 보니 선수들의 안전을 고려해서 매우 엄격하고 까다롭게 진행한다고 들었다.

실제로 겪고 보니 엄격하고 까다롭다 못해 마치 심문을 당하는 기분까지 들 정도였다. 필수 장비를 모두 일일이 확인하는 건 물론이고, 음식물의 칼로리와 성분까지 따져보고 평소보다 더 큰 신발을 신었는지까지 검사했다. 이렇게 꼼꼼하게 따지니 장비 검사를 하는 데 한 사람당 40분이 넘게 걸렸다.

이것으로도 끝이 아니었다. 심전도EKG 서류를 검토하는 것으로도 모자라 진행요원이 알레르기는 없는지, 평소에 먹는 약이 있거나 건강에 이상이 없는지 등을 체크하면서 질문을 계속했다. 문제는 그들이 영어로 물어본다는 거였다. 영어 공포증을 앓는 우리는 이 위기 상황을 어떻게 헤쳐가야 할지 난감했다. 괜히 어설픈 영어로 대답하려 들었다간 더 곤란해질 수 있었다. 그래서 나는 오직 두 단어로 밀고 나가기로 했다. 확신에 찬 당당한 표정과 자신 있는 목소리로 이렇게 외치기로 했다.

"No problem!"

내 '대단한' 영어가 통한 모양이었다. 한국 선수들은 모두 별 탈 없이 검사대를 통과했다. 나도 무사히 장비 검사를 통과한 뒤 여분의 짐을 대회 본부에 맡기기 위해 텐트 밖으로 나왔다. 경기 기간에 필요하지 않은 짐은 대회 본부에 맡겨두었다가 경기가 끝나고 찾아가면 된다.

서울에서 입고 온 옷과 돌아갈 때 갈아입을 옷, 남은 통조림과 기타 자질구레한 물품들을 담은 배낭을 들고 본부 텐트 앞에서 줄을 서서 기다리고 있었다.

그런데 그때 텐트 입구에 설치되어 있던 대회 홍보 구조물이 바람에 날려 넘어지면서 하필 내 왼쪽 허벅지에 부딪쳤다. 나도 모르게 "으악!" 소리를 지르며 왼쪽 허벅지를 감싸 쥐고 바닥에 주저앉아버렸다. 사람들이 모두 놀라서 쳐다보고, 진행요원과 응급요원들이 달려왔다. 나는 곧바로 들것에 실려 의료실 텐트로 옮겨졌다. 검사를 해본 결과 다행히 큰 부상은 아니었다. 가벼운 타박상이니 찜질을 하고 소염제를 바르면 곧 괜찮아질 거라는 진단을 받았다.

경기에 별 지장은 없을 거라는 의사의 말을 들었지만 내 마음은 이미 캄캄한 암흑 속으로 빠져들고 있었다. 아무리 생각해도 이것은 불길한 징조인 것 같았다.

'오른쪽 다리에다 왼쪽 다리까지…. 이래서야 경기를 제대로 치를 수나 있을까…? 그냥 지금이라도 포기하라는 계시인 걸까?' 우울한 기분은 부정적인 생각으로 이어졌다. 조금 과장하자면, 내 운명이 이 경기를 완주하지 못하도록 되어 있는 게 아닐까 하는 이상한 생각마저 들었다. 솔직히 그때 나는 '탈락'이라는 확실한 계시를 받은 기분이었다.

의료실에서 치료를 받고 텐트로 돌아오니 일행이 걱정스러운 얼굴로 맞아주었다. 파스를 건네주거나 위로의 말을 건네며 다친 나를 배려하려고 애썼다. 다들 그렇게나 애를 써주는데 우거지상을 하고 있을 수는 없었다. 나는 미소를 지으며 괜찮다고 너스레를 떨었다.

치료를 받은 직후라서 그런지 왼쪽 허벅지에서 별다른 통증은 느껴지지 않았다. 그래도 저녁을 서둘러 먹고 일찍 잠자리에 들어야 할 것 같았다. 나뿐만 아니라 다른 사람들도 경기를 위해선 컨디션 조절을 해야 했다. 모두가 배낭 정리는 이미 해두었으니 한 번 더 점검하고 나서 다 함께 저녁을 지어 먹었다.

나는 의료실에서 받아온 소염진통제를 다친 곳에 정성껏 바르고 또 같이 타온 감기약을 한입에 털어놓고는 8시에 침낭으로 들어갔다. 달리 할 일도 없었지만 상처와 체력의 회복을 위해선 잠을 푹 자는 게 제일 좋은 일이었다.

눈을 감고 가만히 사막의 바람 소리에 귀를 기울였다. 휘이잉 소리를 내며 모래가 내 얼굴 위로 내려앉는 게 느껴졌다. 어제까지만 해도 모래가 얼굴에 묻는 게 신경 쓰여 손으로 치워내기 바빴는데 하루 만에 적응이 되었는지 별 감각이 없었다. 밖에서는 아직 잠자리에 들지 않은 사람들이 모닥불을 피우고 이야기를 나누는 소리가 들렸다. 낮게 소곤거리듯 해서 대화 내용은 알아들을 수 없었지만 목소리에서 긴장감이 느껴졌다.

하긴 내일부터 본격적인 경기가 시작되니 긴장되지 않는 게 이상할 것이다. 다들 큰맘 먹고 여기까지 찾아왔지만, 막상 와보니 사막에서 마라톤을 한다는 게 보통 일이 아니라는 걸 절감하고 있었다.

힘들 거라는 각오는 물론 충분히 했었다. 하지만 사막은 우리의 상상과 환상과 결의 모두를 무색하게 했다. 이제 남은 건 예측을 넘어서는 고행을 감내하는 길밖에 없었다. 그걸 알기에 사람들의 표정에선 어떤 비장함이 느껴졌다. 어제의 시끌벅적하고 들썩거리던 분위기와는 반대로 이틀째 밤의 캠프는 침묵에 휩싸였고 전운마저 감돌았다.

캠프의 아침은 어제와 같은 모습으로 시작됐다. 스피커에서 음악이 나오면 그때부터 베르베르인들의 냉정한 텐트 걷기도 시작되었다. 그와 함께 선수들의 비명과 불만 소리가 불협화음처럼 터져나왔다.

마침내 다가온 결전의 날 아침, 스피커에선 아름다운 클래식이 흘러나왔다. 가만히 들어보니 영화 〈쇼생크의 탈출〉에서 들어본 음악이었다. 텐트가 걷히고 간밤의 잠자리가 고스란히 드러났다. 찬바람을 맞으며 웅크리고 앉은 수백 명 선수들의 머리 위로 모차르트의 〈피가로의 결혼〉 3막에 나오는 〈산들바람에 부치는 작은 노래〉가 내려앉았다. 나도 눈곱을 떼며 음악을 듣는데 아이러니하면서도 우습다는 생각이 들었다. 경기가 시작되는 결전의 날에 〈터키 행진곡〉 같은 씩씩한 노래가 아니라 감미로운 사랑 노래라니…. 대체 누가 선곡했는지는 모르겠지만, 어딘가 삶의 이중성을 좋아하는 사람일 것 같았다.

간밤에 잠을 푹 잔 덕분인지 몸이 가뿐했다. 어제 다친 왼쪽 허벅다리에 멍이 들긴 했지만 별다른 통증도 없고, 감기도 그럭저럭 나은 듯했다. 오른쪽 오금 부위가 여전히 불편했지만 손으로 살살 주무르며 부디 오늘 하루 잘 견뎌달라고 부탁했다.

첫날부터 배낭 무게에 어깨뼈가 빠지는 것 같고

2003년 4월 6일 오전 9시, 드디어 30여 국가에서 온 671명의 참가자가 출발선 앞에 섰다. 모두의 표정에 강한 의지와 결기가 흘러넘쳤다. 곳곳에서 들리는 "파이팅!" 소리가 파도를 이루었다. 한국 출전자들도 중간쯤에 같이 모여서 힘차게 파이팅을 외쳤다. "우리는 해낼 수 있다!", "완주하고 만나자!" 같은 촌스러운 구호를 외치며 서로를 격려했다. 나도 힘차게 파이팅을 외치며 자신 있다는 듯 주먹을 불끈 쥐었다.

하지만 속마음은, 할 수만 있다면 당장이라도 이곳에서 벗어나고 싶다는 생각으로 꽉 차 있었다. 배낭이 너무 무거웠다. 아직 출발도 하지 않았는데 14킬로그램의 배낭이 어깨뼈를 파고드는 것 같았다.

출발 신호에 앞서 이 대회 창시자인 패트릭 바우어가 지프 지붕 위에 서서 오늘의 레이스 거리와 코스, 주의사항에 대해 설명해주었다. 그리고 이라크 전쟁 직후 세계평화를 기원하는 뜻에서 하얀 비둘기까지 날려 보냈다.

하지만 나에게는 아무것도 들리지 않았고 보이지도 않았다. 무거운 배낭을 메고 가만히 서 있으니 다리가 후들거렸다. 차라리 걷는 게 더 나을 것 같았다. 배낭 무게 탓인지 달궈지기 시작한 공기 탓인지 식은땀만 줄줄 흘리며 어서 빨리 출발 신호가 울리기만 기다렸다.

잠시 후 출발을 알리는 카운트다운이 시작되었다. "와아~~~!" 모래밭을 울리는 함성과 함께 선수들이 일제히 달려나가기 시작했다. 나도 사람들 사이에 섞여서 앞으로 달려나갔다. 마치 썰물이 지듯 선수들은 앞으로 앞으로 몰려갔다.

첫날의 코스는 자갈길과 모래밭이 대부분이었다. 처음엔 자

갈길을 한참 동안 달려야 했는데, 고르지 못한 노면과 배낭 무게 때문에 자꾸 중심을 잃었고 몸이 휘청거렸다. 부지런히 다리를 움직여봤지만 1킬로미터도 채 가지 못하고 나는 완전히 지쳐버렸다. 정말이지 땀이 비 오듯 쏟아졌다. 숨을 쉴 때마다 뜨거운 열기가 입 속에 가득 들어차 숨쉬기도 힘들었다.

잠시 쉬기로 하고 주위를 둘러보니 그 많던 선수들이 아무도 보이지 않았다. 앞선 선수의 모습은 까마득히 지평선에 걸려 있었다. 뒤를 돌아보니 저 멀리서 한 선수가 비틀거리며 달려오는 게 보였다. 서서 숨을 고르려고 해도 배낭 때문에 편하게 숨이 쉬어지지 않았다. 당장에라도 배낭을 벗어서 내동댕이치고 싶었다. 1킬로미터밖에 안 왔는데, 벌써 후회가 들기 시작했다.

"내가 진짜 미쳤지. 집사람이 말릴 때 못 이기는 척하고 들을걸. 아이고, 죽겠네!"

이런 말이 저절로 튀어나왔다. 하지만 이제 와서 후회한들 무슨 소용이겠는가. 이미 와버렸는걸. 사막에 도착해서 처음 든 생각이기도 했지만, 이렇게 사막을 실제 달리고 보니 완주를 기대하는 것 자체가 큰 욕심이었음을 깨달았다. 완주는 고사하고 며칠만이라도 버틴다면 대단하다고 해야 할 것 같다.

아무리 그래도 체면이 있지, 첫날부터 포기할 수는 없었다. 어쨌든 오늘 하루, 아니 첫 번째 CP까지라도 가자고 마음먹었다. CP는 레이스 구간 중간에 선수들의 통과 시간을 체크하고, 선수들에게 물을 공급하는 체크 포인트Check Point를 말한다. 일단 거기까지

가서 포기할지 말지 생각해보기로 하고 다시 발걸음을 옮겼다.

하지만 CP1까진 너무도 멀었다. 출발선에서 고작 11킬로미터 거리인데도 내겐 1,000킬로미터처럼 느껴졌다. 마음을 다잡고 다시 출발했지만 얼마 못 가 오른쪽 오금이 심하게 땅기기 시작했다. 걱정했던 일이 실제로 발생한 것이다. 손으로 그 부위를 주물러가며 오른쪽 다리를 절면서 걷다 뛰다를 반복해야 했다.

그런데 자갈길에서 모래밭으로 바뀌면서 본격적으로 모래의 공격이 시작되었다. 신발에 모래가 들어오는 것을 막기 위해 스패츠를 장착했지만 별 소용이 없었다. 걸음을 옮길 때마다 모래가 한 움큼씩 신발 속으로 들어왔다. 그 모래가 신발 속에서 마찰을 일으키면서 순식간에 물집이 잡히기 시작했다.

한 걸음 한 걸음 옮길 때마다 물집과 모래 무게 때문에 나도 모르게 비명이 터져 나왔다. 걷는 게 힘들어서 기어가고 싶을 정도였지만 배낭 때문에 그럴 수도 없었다. 눈물을 흘리며 한 발 한 발 CP1을 향해 걸어갔다.

CP1에 도착하자마자 진행요원이 주는 1.5리터짜리 물통을 받아들고 곧바로 주저앉아버렸다. 정신이 몽롱해지는 것 같았다. 진행요원이 "Are you OK?"라고 물었지만 대답할 힘도 없어 고개만 끄덕거렸다. 나는 물통째로 입에 대고 정신없이 물을 들이켰다. 여기서 배급받은 물로 다음 CP까지 버텨야 하는데, 그걸 따질 여유도 없었다.

그래도 물을 마시고 나니 사물이 제대로 보이기 시작했다. 잠시 쉴 곳을 찾아서 일단 신발부터 벗었다. 신발에서 모래가 와르르 쏟아져 나왔다. 조심스럽게 양말을 벗어보니 양 발가락이 물집으로 엉망이 되어 있었다. 어떤 것은 터져서 피가 흐르기도 하고, 어떤 것은 공기에 닿자마자 주먹만큼 부풀어오르기 시작했다. 보조 가방에 넣어둔 실과 바늘을 꺼내 물집을 터트렸다. 알코올로 소독하고 약을 바른 뒤 양말을 신었다. 그러고 나니 조금 덜 아픈 것 같았다. 하지만 그런 행동은 레이스 중에 절대로 해서는 안 되는 일이었다. 우선은 모래가 들어오는 걸 막기 위해 신발에 이런저런 장치를 하기 때문에 신발을 벗고 다시 신는 데 너무 많은 시간이 소요된다. 그리고 물집을 치료해도 금방 다른 물집이 잡히므로 고통은 마찬가지였다.

무엇보다 한 자리에 오래 있다 보면 몸의 긴장이 풀어질 위험이 있었다. 제일 좋은 방법은 그날의 레이스가 끝날 때까지 물집이 터지든 모래가 쌓이든 꾹 참고 달리는 것이었다. 나는 이 점을 첫날의 레이스를 마치고서야 깨달았다.

아, 사막에 대한 내 모든 생각은 환상이고 사치였구나

그래도 물을 마시고 잠시 쉬고 나니 생각이라는 걸 할 여유가 생겼다. 조금 전까지는 CP1까지만 가서 포기하자고 생각했지만, 어떻게 그럴 수 있겠는가. 사나이 체면이 있지, 죽어도 오늘의 레이스는 마치고 죽자고 결심했다. CP1에서 CP2까지는 10킬로미터.

한없이 멀게만 느껴졌지만 오늘 레이스를 마치기 위해선 감당할 수밖에 없는 거리였다. 배급받은 물을 내 물통에 나눠 넣고 자리에서 일어났다.

하지만 사나이의 오기는 절반도 못 가 바닥을 드러내고 말았다. 정말 죽을 것 같았다. 오른쪽 오금 부위가 땅기는 것도 모자라 아침엔 멀쩡하던 왼쪽 허벅지까지 부어오르기 시작했다. 양 다리가 성치 못한데다 배낭 무게 때문에 몸이 자꾸만 휘청거렸다. 영화에서 조난자들이 비틀거리며 걷는 걸 보고 과장이라고 생각했는데, 절대 아니었다. 만약 누군가가 나를 지켜봤다면 술이나 약에 취한 사람처럼 보였을 것이다. 정말이지 발을 옮길 때마다 이를 악물어야 했다.

이젠 땀이고 모래고 신경도 안 쓰였다. 솔직히 그 자리에 주저앉아 쉬고 싶다는 것 외에는 아무 생각도 들지 않았다. 아까 CP1에서 포기했으면 됐을 텐데 뭐하러 다시 배낭을 둘러멨는지 후회막심이었다. 죽기를 각오하면 못할 일이 없다고 하지만, 아무래도 내가 죽을 자리를 찾아온 것 같았다. 죽고 싶으면 뭔 짓을 못하랴.

그러나 한편으론 여기서 포기하자니 절반 넘게 온 게 아까웠다. 더욱이 이 모래 천지인 사막 한가운데로 누가 나를 구하러 온단 말인가. 그냥 주저앉아서는 죽도 밥도 안 되는 상황이었다. 어떻게든 CP2까지 가서 장렬하게 포기하자고 다시 나를 다독였다. 그런 마음으로 CP2까지 거의 기다시피 걷고 뛰기를 반복했다.

드디어 CP2, 만약 CP2에서 캠프까지 거리가 두 자리 숫자였다

사막은 지난 1년간 내가 계획하고 준비한 모든 것이 얼마나 사치스럽
고 허황된 것이었는지를 단 하루 만에 알려줬다. 매 순간 죽을 것 같은
고통을 참아낼 것인지 그대로 주저앉아 포기할 것인지를 선택하게 했
다. 하지만 여기까지 왔으니 나는 달려야 했다. 끝까지 달려야 내가 사
막에 온 이유를 깨달을 수 있을 것 같았다.

면 그냥 포기했을지 모른다. 그런데 남은 거리는 고작 4킬로미터였다. 레이스 첫날이니 워밍업 차원에서 총 25킬로미터만 뛰라고 본부에서 나름대로 배려해서 짠 것 같았다.

조그만 더 가면 오늘의 레이스를 완주할 수 있는데 포기하자니 억울하다는 생각이 들었다. 오직 4킬로미터만 더 가면 된다는 희망으로 힘겹게 CP2를 나섰다.

출발선을 떠난 지 4시간 10분 만에 나는 25킬로미터 지점을 통과했다. 왼쪽 허벅지와 오른쪽 오금의 부상을 안고 두 곳의 CP를 무사히 지나 첫 번째 스테이지 캠프에 도착한 것이다. 첫날의 레이스를 완주한 기쁨이나 성취감 같은 건 떠오르지도 않았다. 오직 '이제 살았다'는 안도감밖에 들지 않았다. 도착하자마자 물 세 통을 받아들고 81번 텐트를 찾아 들어갔다.

아침에 텐트를 걷어간 베르베르인들은 레이스가 시작되면 다음 스테이지 캠프에 미리 와서 텐트를 쳐놓는다. 그들의 노고 덕분에 우리는 캠프에 도착하면 텐트에 들어와서 편히 쉴 수 있었다. 나는 어깨를 짓누르는 배낭을 풀어 내릴 기력도 없이 그대로 주저앉아 정신없이 물을 들이켰다. 너무 심한 고통이 지속되면 나중엔 고통을 못 느끼게 된다고 하더니 정말 그랬다. 온몸이 어디 한 군데 안 아픈 곳이 없는데도 고통이 느껴지지 않았다. 그야말로 아무 생각이 없었다. 널브러진 채로 숨만 쉬어대고 있었다. 나보다 일찍 도착해 텐트 안에서 쉬고 있는 다른 선수들도 비슷한 모양새였다. 기절한 건지 자는 건지 아무렇게나 쓰러져 있었다. 그리고 나도 그들처럼 자리에 앉은 채로 기절하듯 잠들어버렸다.

얼마나 시간이 지났을까. 텐트 안으로 들어오는 선수들 소리를 듣고 부스스 잠에서 깼다. 레이스를 마치고 온 선수들은 정해진 절차이기라도 한 듯 전부 자리에 철퍼덕 주저앉았다. 그러고는 잠시 기절하듯 잠들었다. 그만큼 힘들었다는 뜻이다.

한국 선수들이 속속 텐트로 귀환했다. 내가 굉장히 늦게 온 줄 알았는데 나보다 늦게 온 선수들이 많았다. 저 지옥 같은 사막의 레이스를 뚫고 무사히 귀환한 그들을 향해 박수를 보냈다.

첫날 레이스를 마쳤을 뿐인데 선수들 상태는 다들 엉망이었다. 양말을 벗겨보면 물집 때문에 양쪽 발이 시뻘겋게 짓물러 있었다.

박재성 씨와 김경기 씨, 강호 씨 상태가 특히 안 좋았다. 김보승 씨는 신발을 잘못 골라서 물집이 너무 심하게 잡혀 의료진에게 치료를 받아야 했다. 김효정 씨는 점심 먹은 게 체해서 텐트에 들어오자마자 자리에 누워버렸다. 이렇게 상태가 안 좋은데도 우리 선수 전원이 첫날의 레이스를 완주했다. 사막마라톤 초짜들이 지옥같은 이 레이스를 이겨낸 것이다. 다들 대단하다는 생각이 들었다. 저녁때가 되면 본부 캠프 게시판에 그날의 대회 결과와 기록에 대한 상황표가 게시되었다. 첫날 탈락하거나 포기한 선수가 16명이나 되었다. 내 이름이 저기에 포함되지 않은 것만도 다행이라는 생각에 가슴을 쓸어내렸다.

상황표에서 내 기록을 보니 평균 시속 5.98킬로미터, 레이스 시간 4:10:42로 462위를 기록했다. 기록에 대해선 좋은지 나쁜지조차 느낌이 없었다. 그저 무사히 캠프에 들어왔다는 것만도 감사할 뿐이었다. 그 끔찍한 고통을 이겨낸 것만으로도 나 자신이 대견하게 느껴졌다.

그렇다면 내일의 레이스는? 솔직히 아무 생각도 안 들었다. 내일 레이스를 할지 말지는 내일 아침에 일어나봐야 알 것 같았으니까.

사막은 지난 1년간 내가 계획하고 준비한 모든 것이 얼마나 사치스러웠고 허황된 것이었는지를 하루 만에 확인시켜 주었다. 물론 그렇게라도 했으니 견뎌낸 거라고 볼 수 있겠지만, 사막의 혹독한 환경은 계산이나 계획 같은 건 허용하지 않았다. 그냥 죽을 것 같은 고통을 참아내느냐 아니면 편하게 포기하느냐, 이 두 가지 선택만 있을 뿐이었다. 그래서 아무것도 장담할 수 없었고 기대할 수도 없었다. 다만, 내가 그 고통의 순간들을 잘 이겨내길 바라는 수밖에.

다큐멘터리에서만 보던
빅듄의 실체를
마주하다

사막의 지형은 변화무쌍했다

다음 날 나는 두 번째 경기에 도전하기 위해 선수들과 출발선에 섰다. 오늘 코스에 자신이 있다거나 무슨 일이 있어도 이번 대회를 완주하겠다는 포부나 각오는 이미 사라졌다. 조금 바보같이 들릴 수도 있겠지만, 우리 선수 중 아무도 경기를 포기하지 않았기 때문에 나도 다시 배낭을 멘 것이다. 만약 한 사람이라도 경기를 포기하겠다고 했다면 나도 슬그머니 따라서 포기했을지도 모른다.

그런데 밤새도록 끙끙 앓던 사람들이 아침이 되자 경기에 나서기 위해 꾸역꾸역 배낭을 챙겼다. 즉, 아침 시간은 포기하기엔 적당한 때가 아니라는 뜻이었다. 포기하려면 레이스 도중에 해야 한다. 그래서 울며 겨자 먹기로 나도 배낭을 짊어지고 출발선에 섰다.

워밍업 수준의 첫날 레이스와 달리 둘째 날부터는 사막의 험난한 지형을 위주로 하여 본격적인 코스가 짜였다. 특히 둘째 날은 듄 데이라고 불릴 정도로 코스가 온통 듄, 즉 모래산으로 이루어져 있었다.

사막은 우리가 알고 있는 것보다 훨씬 다양하고 변화무쌍한 지형이다. 끝없이 펼쳐진 모래벌판 중간중간 듄이 파도처럼 이어진다. 그리고 그 사이사이로 자갈밭과 광야, 돌산, 마른 호수, 와디 등이 있다. 와디는 평소에는 건조하다가 우기에 물이 흐르는 골짜기로 걷기 때는 통행로로 이용된다. 사람들은 사막마라톤이라고 하면 끝없는 모래밭만 지루하게 달릴 거라고 생각하지만 그건 사막에 대한 큰 오해다. 사막은 지루하기는커녕 매 순간 생사를 걸고 대처해야 할 만큼 예측이 불가한 곳이다.

그날 햇빛을 받아 거대한 황금처럼 빛나는 듄을 처음 대면했을 때, 내가 사막에 와 있다는 게 몸으로 느껴졌다. 세상에서 오직 사막에 가야만 만날 수 있는 듄, 나를 사막으로 이끈 그 주인공을 잠시 감상했다. 고운 황금빛 융단 같은 듄의 능선에서 우아한 중량감과 엄숙함 속의 신성함 같은 묘한 아름다움이 느껴졌다.

하지만 몸으로 체험하는 듄은 눈으로 보는 아름다움과는 거리가 먼 모래지옥 같은 것이었다. 듄에 발을 내딛는 순간 거대한 모래구덩이가 다리를 빨아들이는 것 같기 때문이다. 한 발자국 옮기

려면 사력을 다해 다리를 잡아당기는 모래의 힘을 뿌리쳐야 했다. 그렇게 한 발을 앞으로 내딛는 동안 지탱하고 있던 다리의 무게가 모래더미를 무너뜨린다. 한 걸음 나아가려 할수록 뒤로 세 걸음 밀려나는 꼴이다. 내 딴엔 위로 올라가기 위해 필사적으로 애쓰지만 모래더미 위에서 허우적거리는 것밖에 안 되었다.

듄을 빨리 오르는 비결은 중간에 멈추지 않는 것이다. 곤충들이 벽을 타고 기어오르듯 단숨에 파바박 하고 뛰어 올라가야 한다. 잠깐이라도 멈췄다가는 올라온 거리만큼 뒤로 미끄러져 내리거나 자칫 중심을 잃고 뒤로 굴러 떨어질 수 있다.

하지만 이 요령을 터득하지 못한 나는 고작 100미터 높이의 듄에 오르는 데도 기어올랐다 미끄러져 내리기를 수없이 반복하며 모래더미와 사투를 벌였다. 100미터 높이에 '고작'이란 수식어를 붙인 것은 이 정도 높이의 듄은 수도 없이 많기 때문이다. 동네 뒷동산 같은 야트막한 높이부터 바라보기도 벅찬 거대한 듄이 끊임없이 이어졌다. 하나의 듄을 기어오르면 눈앞에 또 다른 듄이 나타났다. 몇 시간을 듄의 파도를 넘자 구세주처럼 CP가 나타났다.

사람들이 목적을 달성하지 못하는 데에는 많은 이유가 있겠지

자연이 얼마나 위대한지를 나는 사막에 와서야 깨달았다. 아는 것과 깨닫는 것은 다르다는 것조차 사막에서 배웠다. 그러니 내가 할 수 있는 일이란 오직 지금 이 순간에 충실한 것이며, 당장 내 눈앞에 있는 이 듄을 넘는 것이다.

만, 목표가 너무 멀리 있거나 모호하기 때문일 수도 있다. 만약 그때 내가 그날의 경기를 완주하는 것으로 목표를 잡았다면 아마 나는 중간에 포기했을 것이다. 넘어도 넘어도 끝없이 나타나는 듄 때문에 의욕을 잃고 말았을 것이다.

하지만 내 목표는 늘 단순했다. 눈앞에 있는 이 듄을 넘는 것! 삶의 목표가 이 듄을 넘는 것에 있는 사람처럼, 오금이 땅기는 것도 잊은 채 오직 기어오르는 데만 집중했다.

내가 지금까지 조난 상태였던 거야?

그렇게 필사적으로 듄의 바다를 건너 CP2를 지나 마지막 CP를 목전에 두고 있었다. 그런데 갑자기 내 앞에 거대한 모래 장벽이 나타났다. 높이가 족히 700미터는 되는 빅듄이었다. 물론 이 정도 높이의 듄이 갑자기 보였을 리 없다. 실은 멀리서부터 이 거대한 물체가 계속 시야에 잡혔다. 보통은 듄의 정상에 올라서야 다음 듄이 보이지만, 이 괴물은 계속해서 내 눈앞을 가로막았다. 그때마다 마음속에 불안이 파도처럼 일렁였다.

'설마 저걸 넘어야 하는 건 아니겠지? 설마…!'

내 눈에 저 빅듄은 도저히 인간이 넘을 수 있는 높이가 아니었다. 저걸 넘으라는 건 그냥 이 경기를 포기하라는 권유와도 같았다. 어쩌면 그 '설마'라는 생각이 동력이 되었을 수도 있다. '설마, 설마…' 하면서 부지런히 여기까지 왔으니까.

116

하지만 설마가 사람 잡는다는 말마따나 나의 기대는 완전히 무너졌다. 주로를 알리는 작은 푯대의 방향은 다음 코스로 정확히 그 빅듄을 가리키고 있었다. 그것을 확인한 순간 나도 모르게 걸음이 멈춰졌다. 머릿속이 하얗게 비는 기분이었다. 거대한 빅듄을 올려다보는데 암담함이 밀려왔다. 입에서 저절로 욕이 튀어나왔다.

"대체 어떤 자식이 코스를 짠 거야? 아주 선수들을 잡아 죽이려고 작정을 했네. 잡히기만 해봐라. 아주 그냥….."

아무도 없는 사막 한가운데 서서 얼굴도 이름도 모르는 누군가를 향해 욕을 퍼부어댔다.

그런데 욕을 하면 할수록 속이 시원해지고 오기가 생기는 게 아니라 자신감만 더 떨어졌다. 이제 어떻게 해야 할지 막막했다. 여기서 또 포기 운운하자니 지금까지 고생한 게 아깝고, 그렇다고 계속하자니 저 까마득한 듄을 기어 올라갈 자신이 없고…. 그야말로 진퇴양난이었다.

한참을 망설인 끝에 듄에 오르기로 마음먹었다. '이것만 넘으면 마지막 CP가 있다. 그러면 오늘 경기를 완주할 수 있다…..' 여기까지 나를 끌고 온 건 '저기까지만'이라는 주문이었다. '저기까지만 가자', '저곳만 넘으면 CP가 있다', 그렇게 수많은 '저기까지만'을 되뇌며 나를 독려해왔다. 그래서 이번에도 '저기까지만'이란 주문을 외며 빅듄을 기어오르기 시작했다.

하지만 나는 이미 빅듄에 압도당해 전의를 상실한 상태였다. 마음이 무거우면 몸은 더욱 무기력해지기 마련이다. 마음에 가득 찬 두려움과 불안이 발바닥과 종아리에 온통 옮겨 붙은 것처럼 한 발자국 옮기기도 힘들었다. 거대한 모래더미의 손길에서 벗어나기 위해 발버둥칠수록 걸음은 더욱 느려지고 체력도 소진되어갔다. 결국 나는 듄의 절반도 못 가서 완전히 지쳐버렸다. 오른쪽 오금이 끊어질 듯 땅겨서 한 발자국도 움직일 수 없었다. 심한 갈증과 허기로 현기증도 났다. 잠시 쉬었다 가기 위해 거대한 빅듄의 중턱에 주저앉았다. 배낭에서 이온음료 분말을 꺼내 물에 타서 마시고 파워젤*로 허기를 달랬다. 한낮엔 섭씨 50도를 넘나드는 고온의 사막에서 뜨거운 태양 빛을 그대로 받으면 일사병에 걸릴 수 있었다. 나는 일사병을 막기 위해 재빨리 서바이벌 블랭킷을 꺼내서 뒤집어썼다.

거대한 빅듄의 허리쯤에서 나는 서바이벌 블랭킷을 뒤집어쓴 채 한참 동안 그 자리에 주저앉아 있었다. 뭘 어떻게 해야겠다는 생각조차 들지 않았다. 물병을 손에 들고 물을 홀짝이며 황금빛 모래가 끝없이 펼쳐진 사막만 하염없이 내려다보고 있었다.

그렇게 얼마나 시간이 흘렀을까? 내가 아까 지나온 건너편 듄의

파워젤
파워젤은 팩에 들어 있는 젤리입니다. 혈당을 유지시키며, 섭취 후 빠르게 분해되어 온몸에 탄수화물과 에너지를 제공합니다. 가볍고 열량을 즉시 보충할 수 있어서 레이스 내내 매우 유용했습니다.

정상에 사람의 형체가 불쑥 나타났다. 그는 듄을 뛰어 내려와 모래밭을 달려 잠시 후 내가 앉아 있는 빅듄의 아래쪽에 도착했다. 나는 구경꾼처럼 그가 듄을 오르는 것을 지켜보았다. 몸을 움직이는 모양새를 보니 사막마라톤에 참가한 경험이 많은 선수인 것 같았다. 나처럼 중심을 잃고 허우적거리거나 어떻게 해야 할지 몰라 미적거리는 법이 없었다. 단숨에 치고 올라왔다가 잠깐 숨을 고르고 다시 치고 올라오는 모습에서 노련미가 느껴졌다. 사슴처럼 가볍게 듄을 오르는 그의 동작을 보며 감탄하는 사이에 그가 점점 가까이 다가왔다.

독일 선수인 그는 나를 발견하고는 걱정스러운 얼굴로 "Are you OK?"라고 물었다. 보통 때면 억지로라도 웃으며 "OK!"라고 대답할 텐데, 어찌 된 일인지 입이 떨어지지 않았다. "OK!"라고 해야 할지 "Not OK."라고 해야 할지 망설이고 있는데 그가 몇 번이나 "Are you OK?"를 되풀이했다. 내가 대답이 없으니 걱정스러운 듯 계속 뭐라고 말하는데 너무 빨라서 무슨 뜻인지 알아들을 수가 없었다. 그런데 'distress'라는 단어가 귀에 탁 걸렸다.

'distress는 조난이란 뜻인데⋯. 그럼 내가 조난당했다는 거야?'

'조난'이란 단어가 머릿속에 떠오르는 순간 정신이 번쩍 났다. 나는 힘들어서 잠시 쉰다고 생각했는데 그의 눈엔 내가 조난 상태로 보였던 모양이다. 아니, 어쩌면 실제로 나는 조난 상태였는지도 모른다. 그리고 만약 그가 말해주지 않았다면 나는 정말로 조난당했을 수도 있다.

정신을 차리고 그의 말을 유심히 들어보았다. 그의 말은 이런 빅듄의 중간에서 지체하다 조난이라도 당하면 구조대가 와도 구조를 할 수 없으니 올라가든 내려가든 빨리 결정을 하라는 거였다.

"듄을 오를 땐 절대로 중간에서 쉬면 안 돼. 잊지 마!"

내가 정신을 차린 걸 확인하고 나서 그는 이 말을 남기고 먼저 정상을 향해 올라갔다.

그제야 나는 조금 전 내가 얼마나 위험한 상태에 있었는지를 깨달았다. 이걸 두고 '코요테 모멘트'라 하던가. 사냥에 정신이 팔린 코요테가 자신이 바로 절벽 끝에 있음을 갑자기 깨닫는 순간 같은 것 말이다. 갑자기 머릿속이 하얘졌다. 만약 그가 지나가지 않았더라면 계속 앉아 있다가 그대로 쓰러졌을지도 모른다. 위험은 급작스럽게 다가올 수도 있지만, 어물거리는 사이 슬금슬금 다가오기도 한다. '조난'이란 단어는 나와는 거리가 먼 것으로만 여겼는데, 언제든 내게도 일어날 수 있는 일임을 섬찟하게 깨달았다.

나는 당장에 벌떡 일어났다. 그곳에서 잠시도 더 지체하고 싶지 않았다. 한 순간이라도 빨리 이곳을 벗어나 듄의 정상에 올라야 한다는 생각만이 간절했다. 곰처럼 허우적대며 기어오르던 조금 전의 모습과 달리 나는 사자에게 쫓기는 사슴처럼 듄의 능선을 뛰어 올라갔다. 숨이 턱에 차올라 죽을 것처럼 괴로웠지만 잠시도 쉬지 않았다. '내가 오를 수 있을까, 없을까?' 하는 갈등 같은 건 끼어들 틈이 없었다. 오른쪽 다리의 오금이 땅기는 걸 느낄 새도 없었다. 오직 듄의 꼭대기에 올라가야 내가 살 수 있다는 절박함만이 내 등을 세게 떠밀었다.

그리고 마침내 듄의 정상에 올라섰을 때, 한 줄기 서늘한 바람이 내 얼굴을 스치며 지나갔다. 그 바람 한 줄기로 그간의 모든 고통과 시름이 날아가는 기분이었다. 드넓은 사하라사막이 한눈에 들어왔다. 광활한 모래벌판 너머로 광야와 마른 호수가 보였다. 그 너머로 커다란 돌산이 버티고 서 있었고 곳곳에 와디도 보였다. 그리고 가까이에 오늘의 마지막 CP인 CP3가 보였다. 저기까지만 가면 나는 오늘의 레이스를 완주하는 거다.

조난의 위기를
극복하며
롱데이를 통과하다

칠흑 같은 밤에도 달려야 하는 롱데이가 시작되다

사람은 적응의 동물이라고 했다. 나도 어쨌거나 사막에 서서히 적응해갔다. 아니, 적응했다기보단 거기서 살아남을 방법을 하나하나 찾아갔다는 게 맞을 것이다. 그러지 못했다면 이미 한국행 비행기에 올랐을 테니까.

　나를 둘러싼 한증막 같은 열기와 들이마시는 게 공기인지 모래인지 구분하기 어려운 상황도 나는 차츰 크게 의식하지 않게 되었다. 더군다나 문명의 맛을 알고 있는 내가 부닥친 수많은 '극한' 환경도 사흘쯤 지나니 별 저항감 없이 그럭저럭 적응할 수 있게 됐다. 처음엔 얼굴과 몸에 달라붙는 모래를 털어내며 깔끔을 떨었지만 그게 몇 년이나 된 일인 듯 아련하게만 느껴진다. 사막에는 수

시로 할라스*라는 광풍이 불어대는데 이젠 그것조차 버프 하나로 묵묵히 버틸 정도가 됐다.

사막에 와서 가장 놀란 것 중 하나가 할라스가 몰아치는 속에서 뛰어노는 아이들이었다. 우리는 할라스가 시작되면 텐트로 몸을 피하거나 몸을 웅크린 채 숨어 있기 바빴다. 그런데 아이들은 그 속에서도 까르르 웃어대며 친구들과 뛰어다녔다.

처음엔 그 모습을 보고 신기하기도 하고 이해가 안 되었다. 그런데 경기를 사흘째 치르고 보니 그게 사막에서 생존하는 방식이란 걸 알게 되었다. 사방천지 모래로 휩싸인 곳에서 살면서 모래 때문에 스트레스를 받는다면 결국 견뎌내지 못할 것이다. 그곳에서 살아가려면 열악한 환경에 적응하고 그 안에서 삶의 즐거움을 찾아야 한다.

하지만 그건 사막에서 태어나고 자란 사람들이나 가질 수 있는 여유다. 우리처럼 마라톤을 위해 잠깐 머무는 이방인들에게 사막은 여전히 낯설고 두려운 곳이다. 우리가 사막에 적응해간다고 여

할라스(Hallas)

중동 지역의 사막에서 부는 모래폭풍을 말합니다. 아랍어로 '끝나다, 마지막'이라는 뜻이라고 합니다. 눈을 못 뜨는 건 기본이고, 심하면 텐트를 종잇장처럼 뒤집을 정도로 매섭게 불어댑니다. 지금도 저는 사하라의 할라스를 떠올리면 나도 모르게 뺨이 따끔거립니다. 하지만 그 따가운 바람 속에서 흘린 땀과 모래 섞인 밥을 먹은 경험은 서울에서는 맛볼 수 없는 특별한 것이지요. 그래서 저는 그 바람을 또 맞을 준비가 늘 되어 있습니다.

기는 것은 생활의 아주 작은 부분에 불과했다.

그 작은 부분을 믿고 우리는 대회 중 가장 길고 험난한 레이스인 롱데이를 통과해야 했다. 사막마라톤의 하이라이트인 롱데이는 무박 2일 동안 밤을 새워 달리는 것이다. 이번 대회에서는 대회 넷째 날부터 다섯째 날까지가 롱데이였다. 82킬로미터라는 장거리를, 칠흑같이 어두운 시간에도 달려야 한다는 사실에 선수들은 바짝 긴장하고 있었다. 나도 그 점이 제일 걱정됐다.

사막에선 환한 대낮에도 길을 잃기 쉽다. 앞선 선수의 뒷모습을 좇아 달리지만 선수 간 거리가 순식간에 벌어지기도 하므로 자칫하면 혼자만 남게 되곤 한다. 그럴 때 의지할 수 있는 게 주로走路를 알리는 작은 푯대였다. 푯대라고 해봤자 명함 두 개를 합쳐놓은 크기밖에 안 되지만, 그것만 집중해서 따라가도 주로를 벗어나 길을 잃을 위험은 없다. 하지만 밤이라면 아무리 헤드랜턴을 켠다고 해도 푯대를 못 볼 가능성이 있다. 그러면 길을 잃거나 사고를 당하기 십상이다. 그래서 롱데이 때 조난 사고도 제일 많이 일어나고, 탈락자들도 많이 발생한다. 이런 위험이 있기 때문에 이번 롱데이 때는 CP를 여섯 군데나 설치했다.

출발선에 선 선수들의 표정에는 이전 며칠과 비교할 수 없는 긴장감이 돌았다. 마치 치열한 전장으로 떠나는 병사들처럼 묘한 비장감마저 느껴졌다. 출발 신호를 기다리며 나도 마음을 다해 기도를 올렸다.

'제발 아무 탈 없이 롱데이를 통과하게 해주세요. 제발 롱데이가

끝날 때까지 오른쪽 다리가 잘 버티도록 도와주세요.'

사흘간의 경기를 겨우겨우 완주하면서 오른쪽 다리의 부상 부위가 심각하게 악화되었다. 어제는 김경기 씨가 준 근육이완제도 먹었지만 별 소용이 없었다. 다들 내 부상 부위를 보더니 롱데이를 해낼 수 있겠느냐고 걱정스럽게 물었다. 괜찮다고는 말했지만 사실 나도 자신할 수 없었다. 지금까지처럼 어제 경기를 마쳤으니 오늘 경기에 나서는 것뿐이었다. 물론 완주하고 싶다는 욕심과 완주하겠다는 의지도 있었다. 하지만 내게 주어진 모든 것이 자신 있게 완주를 기약할 수 있는 상황이 아니었다.

그래서 나도 모르게 신을 찾았던 모양이다. 어렸을 때부터 어머니 손에 이끌려 교회에는 가끔 나갔지만 진심으로 기도한 적은 없었다. 결혼 후에는 독실한 크리스천인 아내 때문에 마지못해 예배에 참석했지만 진심으로 신의 존재를 믿은 적이 없었다. 롱데이를 위한 출발선에 서서야 그동안 별로 믿지도 의지하지도 않았던 신을 찾다니, 신에게 미안하기는 했다. 하지만 아무리 나이롱 신자라도 나 같은 상황에 놓이면 신을 찾을 수밖에 없을 거라고 스스로를 변명했다. 그럴 정도로 내 상황이 열악했고, 완주에 대한 바람은 간절했다.

출발 신호가 울리자 보통 때처럼 선수들이 괴성을 지르며 우르르 몰려나갔다. 하지만 평소와 달리 처음부터 빠르게 치고 나가는 선수들은 별로 없었다. 밤새도록 달려야 하므로 체력을 아껴야 했다. 나도 빨리 달리고 싶은 마음을 자제하고 체력 안배를 위해 페이스를 조절했다. 무엇보다 롱데이가 끝날 때까지 오른쪽 다리가 버틸 수 있도록 더욱 신경을 써야 했다.

10킬로미터 지점에 있는 CP1까지는 거대한 기암괴석들이 병풍처럼 이어졌다. 이 광활한 모래벌판에 이처럼 거대한 암석들이 솟아 있다니 정말 신기했다.

넓게 펼쳐진 표면이 석회같이 하얗고 거북 등짝같이 갈라진 마른 호수를 지나니 21킬로미터 지점에 CP2가 나왔다. CP3는 32킬로미터 지점에 있었는데 CP2에서 CP3까지 달리는 동안은 척박한 바위산과 나무들이 우거진 계곡이 이어졌다. 앞서 간 선수들의 흔적을 찾기 어려울 정도로 나무들이 빽빽하게 들어차 있었다. 그런데 45킬로미터 지점에 있는 CP4 바로 다음 구간은 풀 한 포기 찾아볼 수 없는 황량한 광야와 뾰족한 자갈밭이 펼쳐졌다. 경기를 하면서 몇 번이나 경험했지만 도무지 종잡을 수 없는 변화무쌍한 사막의 모습에 당황스러울 지경이었다. 10여 킬로미터 사이에 환경이 확확 바뀌었다.

그래도 CP4까지는 무사히 달려왔다. CP에 도착할 때마다 충분한 휴식을 취하며 오른쪽 다리를 주물렀다. 다행히 오른쪽 다리가 별 탈 없이 잘 버텨주고 있었다. 야간 레이스를 위해 체력을 아껴둔 덕분에 피로감도 덜했다. CP1에서 CP3까진 일정한 속도로 달려왔지만 해가 떠 있는 동안 조금이라도 더 가려면 속도를 높여야 했다. CP4를 나서면서부터 빨리 달리기 시작했다.

그런데 CP5까지 반도 못 온 상황에서 해가 지기 시작했다. 서쪽 하늘에 노을이 물드는가 싶더니 금세 주위가 회색빛으로 변했고, 순식간에 사막은 암흑천지가 되고 말았다.

예상했던 일이지만, 어둠에 잠긴 사막을 보고 있으니 공포감에 압도당하는 것 같았다. 어둠 속에서 흐릿하게 보이는 듄의 형체가 거대한 모래바다 위에 떠 있는 유령선처럼 보였다. 한번 공포에 휩싸이면 이성을 잃기 쉽다. 그러면 눈앞에 뻔히 있는 푯대도 못 보고 지나칠 수 있다.

나는 걸음을 멈추고 잠시 그 자리에 서서 심호흡을 했다. 공포가 일렁이는 마음을 다독이며 내 눈과 몸을 어둠에 적응시키기 위해서였다. 그리고 헤드랜턴을 켰다. 동그란 불빛이 모래에 꽂힌 야광 표지판을 비췄다. 고개를 들어 불빛을 멀리 비추니 저만치 앞서 달려가는 선수의 형체가 어렴풋하게 보였다. 순간 안심이 됐다. 나는 그 선수의 흔적을 놓치지 않기 위해 다시 달리기 시작했다.

운전도 야간운전이 낮에 하는 것보다 더 힘들다. 제한된 불빛에 의지해 사물을 식별하고 판단하기 위해선 더 집중해야 하기 때문이다. 그런데 불야성을 이룬 도시가 아닌 사막에서 헤드랜턴 불빛 하나에 의지해 달리려면 그보다 더한 집중력이 필요하다.

주로를 가리키는 희미한 야광 표식을 놓치지 않기 위해 신경을 곤두세우고 바닥을 살폈다. 그러면서 동시에 앞선 선수의 흔적을 따라 정신없이 뛰고 걷기를 반복했다. 초긴장 상태에서 쉼 없이 달려온 탓인지 CP5에 도착하자마자 곧 쓰러질 것처럼 체력이 급격히 저하됐다. 잠시 쉬는 것으론 회복될 것 같지 않았다. 여기서 저녁을 지어 먹고 체력을 충분히 회복한 뒤 출발하기로 했다.

텐트 한쪽에서 저녁을 먹고 있는데 머리 위로 초록색 띠가 포물선을 그리며 밤하늘을 날아가는 게 보였다. 선수들을 주로로 유도하기 위해 CP6에서 CP5를 향해 레이저 빔을 쏘아 올린 것이다. 모로코 사하라사막 마라톤대회만의 특별한 이벤트였다. 밤하늘에 뜬 초록색 무지개가 나그네의 길을 밝혀주는 안내자처럼 보였다.

그 무지개를 바라보며 수많은 선수가 암흑의 사막을 건너고 있었다. 나도 초록색 무지개를 따라 CP6으로 향했다.

군대 경험이 목숨을 살리다

4월 10일 새벽 1시경에 68킬로미터 지점에 있는 CP6에 도착했다. 직전 구간을 어떻게 달려왔는지 기억조차 나지 않았다. 사방은 암흑이었고 동그란 헤드랜턴 불빛으로는 내가 지금 어떤 지형을 지나고 있는지를 파악하기 힘들었다. 그리고 그럴 여유도 없었다. 여기서 길을 잃으면 죽을 수 있다는 공포심과 긴장감으로 끊임없이 발을 움직였다.

안전지대에 도착하고 나니 오른쪽 다리가 끊어질 듯이 아팠다. 이 다리로 어떻게 CP6까지 왔는지 내가 보기에도 신기할 정도였다. 평상시였다면 벌써 병원에 입원했을 정도로 통증이 심각했다. 만약 그때 CP에 있는 의료진에게 보였다면 경기 중단을 선언했을지도 모른다. 솔직히 그러고 싶은 마음도 있었다. 한 발자국도 못

갈 것 같았다.

하지만 나의 고질병인 '여기까지 왔는데…'가 다시 발동했다. 아무리 생각하고 또 생각해도 여기까지 왔는데 항복한다는 건 너무 아까웠다. 이제 조금만 더 가면 결승선을 밟을 수 있지 않은가. 한발 내디딜 때마다 발바닥을 칼로 그어대는 것 같은 통증으로 끔찍했지만, 조금만 더 참으면 롱데이를 완주할 수 있다는 욕망이 더 컸다. 무엇보다 롱데이를 완주하면 이번 대회 완주도 기대할 수 있다.

나는 김경기 씨가 챙겨준 근육이완제와 비행기에서 얻은 진통제를 한입에 털어 넣었다. 그동안 진통제의 힘을 빌리고 싶은 순간이 수없이 많았으나 꾹 참아왔다. 하지만 지금은 먹어야만 한다. 이 최악의 상황을 위해 남겨두었던 게 아닌가. 약을 먹은 후 잠시 눈을 붙이고 가려고 침낭을 바닥에 깔고 누웠다.

CP6 곳곳에 야간 레이스에 지친 선수들이 널브러져 있었다. 다들 지쳐서 쓰러져 있기도 했지만, 아예 CP에서 비박을 하고 새벽에 떠날 요량으로 침낭에서 자는 선수들도 있었다. 나도 처음엔 여기서 비박을 하고 새벽에 떠날 생각이었다. 그런데 누워서 곰곰이 생각해보니 '지금 잠들었다가 새벽에 못 일어나면 어떡하지' 하는 걱정이 들었다. 이대로 눈만 살짝 감아도 몸과 마음의 긴장이 풀어질 것 같았다. 아무리 봐도 내 상태는 한숨 자고 나면 회복되기보단 완전히 퍼져버릴 것 같았다. 한참을 고민하다 힘들더라도 캠프까지 곧장 가기로 했다.

결론부터 말하자면 그 결정은 조급함이 부른 패착이었다. 또다시 나는 완주 욕심에 화를 자초했다. CP6을 나서서 새벽 3시가 지나면서부터 시야가 흐려지며 졸음이 쏟아지기 시작했다. 온종일 달린데다 새벽 시간이니 졸린 것은 당연하겠지만, 그보다는 2시간 전에 먹은 근육이완제와 진통제의 약기운이 몰려온 탓이었다.

약기운은 레이스에 대한 긴장감뿐 아니라 생존본능까지도 무장해제시켜버렸다. 눈앞에 보이는 사물들이 대형버스로 보이기도 하고, 고래등 같은 기와집처럼 보이기도 했다. 암흑의 바다 위로 거대한 물체들이 둥둥 떠다녔다. '이게 사막의 신기루라는 건가?' 약기운에 취한 나는 눈앞의 환영을 보고도 이상하다는 생각도 못한 채 흐느적거리듯 모래 위를 걸어갔다. 군대에서 행군할 때 졸면서 걸었던 것처럼 무의식적으로 걸음을 옮겼다. 의식을 완전히 상실한 상태였다. 그래도 계속 가야 한다는 의지 한 줄기 덕분에 멈추지 않고 걸었다.

얼마나 시간이 지났을까. 약기운이 사라지고 제정신이 들면서 내가 방향을 잃고 주로에서 벗어났다는 걸 본능적으로 깨달았다. 정신이 번쩍 나면서 공포가 밀려들었다. 아무리 주위를 둘러봐도 방향 표시등이 보이지 않았다. 작은 불빛도, 인기척도 느낄 수가 없었다. 숨 막히는 어둠 속에 무거운 침묵만이 나를 감싸고 있었다. 잠에 취해 얼마나 걸어왔는지, 그 시간에 비례해서 주로에서 얼마나 이탈했는지 아무것도 가늠할 수 없었다. '조난'이란 단어가 퍼뜩 떠올랐다. 밤에 사막에서 길을 잃는다는 건 곧 조난을 의미

했다. 그리고 여기서의 조난은 삶보다 죽음에 훨씬 가까웠다.

머리칼이 쭈뼛 서며 식은땀이 흘렀다. 서둘러 보조가방에서 호각을 꺼내 있는 힘껏 불기 시작했다. 가슴이 터질 것 같았지만 있는 힘을 다해 호각을 20여 차례 불었다. "삑~! 삑~!"호각 소리가 어두운 사막에 퍼져 나갔다. 잠시 후 어둠 속에서 기척이 느껴졌다. 혹시 사막에 사는 들짐승일지 몰라 잔뜩 긴장해서 바라보는데, 그 물체가 점점 내게 가까이 다가왔다.

어둠 속에서 나타난 사람은 버나드라는 이름의 프랑스 선수였다. 그도 길을 잃고 헤매다가 내 호각 소리를 듣고 달려왔다고 했다. 생판 모르던 사이지만 그런 상황에서 만나니 너무나 반가웠다. 반갑다 못해 고마울 지경이었다. 우리는 누가 먼저랄 것 없이 와락 부둥켜안았다. 아마 사지에서 만난 전우라도 그보다 더 반갑지는 않을 것이다. 달도 기울어 칠흑같이 어두운 사막 한가운데에 혼자 있다는 것 자체가 공포였다. 누군가 함께 있다는 것만으로도 큰 위안과 의지가 됐다.

우리는 힘을 모아 주로를 찾아가기로 했다. 북극성을 중심으로 각을 잡은 뒤 지도를 놓고 나침반을 가지고 주로의 방향을 예측해 봤다. 헤드랜턴을 비춰가며 지도를 찬찬히 살펴보니 아무래도 우리가 주로에서 오른쪽으로 이탈한 것 같았다. 다시 주로로 돌아가기 위해선 여기서 왼쪽으로 가야 했다.

그런데 버나드가 자꾸 반대방향이라고 고집을 부렸다. 서툰 영어로 내가 맞니 네가 맞니 하며 토론을 벌였다. 서로 영어가 서툴다 보니 보디랭귀지를 동원해도 대화가 원활하지 않았다.

나는 너무 답답한 나머지 이렇게 외쳤다.

"야, 버나드! 내가 대한민국 육군 155미리 6군단 포병 출신이야. 너 인마, 견인포 알아? 너 군대 안 갔다 왔지? 포병은 측각이 기본이야. 내가 이런 계산을 얼마나 많이 해봤는데."

지도를 가리켰다 그를 봤다 하며 한국말로 막 떠드는데 신기하게도 그가 알아듣는 눈치였다. 버나드가 "Army?"라고 물었다.

"그래. 내가 그거 갔다 왔다고! 그러니 내 말이 맞아. 이리로 가야 해."

군대라는 말에 신뢰감이 들었는지 버나드는 내가 잡은 방향으로 순순히 따라왔다. 방향을 잃지 않기 위해 계속 지도를 살피며 둘이서 어깨를 나란히 하고 걸었다.

얼마나 걸었을까. 멀리서 캠프와 차량의 희미한 불빛이 시야에 들어왔다. 그걸 보자마자 우리는 동시에 "캠프다!"라고 소리를 질렀다. 드디어 살았다는 생각에 안도의 한숨이 저절로 터져 나왔다. 우리는 힘든 것도 잊은 채 손을 잡고 캠프를 향해 달려갔다.

4월 8일 아침 9시에 레이스를 시작한 나는 82킬로미터의 대장정을 무사히 마치고 다음 날인 9일 새벽 4시 45분에 캠프에 도착한 것이다.

캠프가 있는 스테이지를 통과한 모든 선수는 대회 운영요원에게 인식표에 확인 펀칭을 받아야 했다. 나는 확인 펀칭을 받은 뒤 1.5리터짜리 물 세 통을 받아 들고 가장 가까이에 있는 텐트로 기어들어갔다. 지금까지는 아무리 힘들어도 다들 자기 텐트를 찾아 갔지만, 롱데이 때는 자기 텐트고 남의 텐트고 가릴 상황이 아니었다. 모두 지칠 대로 지쳐서 누울 자리만 있으면 아무 데서나 뻗어버렸다. 텐트에 들어가자마자 나는 기절하듯 잠들어버렸다. 롱데이를 통과했다는 기쁨을 음미할 새도 없었다.

처음으로 완주의 기대를 품다

잠결에 어디선가 내 이름을 부르는 소리를 들었다. 처음엔 꿈인 줄 알았다. 혹시 내가 죽어 서 염라대왕 앞에 불려온 건 아닌가 싶기도 했다.

"경수 씨 아직 안 들어왔어? 경수 씨, 김경수 씨!"

이번에는 똑똑하게 들렸다. 김경기 씨의 목소리였다. 나는 눈을 뜨고 눈동자만 움직여 주위를 살펴봤다. 텐트 가득 잠에 곯아떨어진 선수들이 널브러져 있었다. 몸을 일으키려는데 말을 듣지 않았다. 밖에서 나를 찾는 경기 씨의 목소리가 계속 들렸다. 나는 텐트 입구까지 기어가서 밖으로 얼굴만 내밀었다. 정오의 태양이 얼굴 위로 날카롭게 쏟아졌다.

"경기 씨!"

목소리조차 제대로 나오지 않았다. 나는 몸에 힘을 주고 쥐어짜듯 다시 불렀다. 나를 발견한 경기 씨가 작대기 같은 걸 짚고 절룩거리며 다가왔다. 물집 때문에 발이 많이 상했는지 걸음이 온전치 못했다. 내 몰골도 말이 아니지만 경기 씨도 완전히 거지꼴이었다. 하긴 캠프의 모든 선수가 마찬가지였다.

"괜찮아?"

말할 기운이 없어 고개만 절레절레 저었다. 철인3종경기 출신자답게 이 힘든 경기를 마쳤는데도 경기 씨는 쌩쌩하게 돌아다녔다.

그는 나뿐만 아니라 텐트를 돌아다니며 한국 선수들을 돌봤다. 고맙다는 말로는 부족해 눈물이 날 정도였다. 그는 내게 근육이완제를 먹이고 마사지를 해주었다. 그제야 몸을 움직일 수 있었다. 경기 씨의 부축을 받아 지정 텐트로 돌아온 나는 다시 깊은 잠 속으로 빠져들었다.

역시 피로 회복엔 잠이 최고였다. 10시간가량 푹 자고 나니 어느 정도 몸이 회복되는 것 같았다. 컨디션을 회복한 선수들이 어슬렁거리며 돌아다니자 야전병원 같던 캠프에 다시 활기가 돌기 시작했다.

나도 밥을 먹고 나니 한결 살 것 같았다. 오른쪽 부상 부위가 아프긴 하지만 견딜 만했다. 내일과 모레 경기가 남았지만, 왠지 잘 해낼 수 있을 것 같았다. '롱데이라는 큰 산도 넘었는데, 뭔들 못하겠는가' 하는 자신감이 마구 솟아났다. 어쩌면 이번 대회를 완주할 수 있겠다는 기대를 여기 온 뒤 처음으로 가졌다. 첫날엔 대회 완주는커녕 하루 경기를 완주하는 것만도 벅찼다. 하지만 롱데이를 통과한 지금, 대회 완주는 결코 꿈이 아니었다. 충분히 손에 쥘 수 있는 열매였다.

매일 밤 캠프는 물집과 인대가 늘어난 부상 선수
로 야전병원을 방불케 했다. 과욕이 부른 선수들
의 최후는 극심한 고통과 상처로 얼룩졌다. 한계를
넘어서지 못한 선수는 눈물을 머금고 레이스를 멈춰
야 했다. 내 왼쪽 엄지발가락과 새끼발가락도 진즉에 죽어 발
톱이 흐물거렸다. 진물이 흘러 양말이 흥건히 젖을 정도였다.

오후 5시가 넘어서도 롱데이 코스를 마친 선수들이 계속 캠프로 들어왔다. 지칠 대로 지친 선수들은 결승선을 밟자마자 그대로 주저앉아버렸다. 어떤 선수는 펑펑 울기도 했다. 탈진 상태가 심각한 선수들은 곧바로 의료 텐트로 실려갔다.

롱데이의 마지막 주자가 오후 7시 30분, 무려 34시간 만에 도착했다. 감동의 드라마가 완성되는 순간이었다. 모든 사람이 캠프 입구로 몰려나와 마지막 주자의 입성을 축하했다.

주로에서 34시간을 보냈다니, 입이 떡 벌어졌다. 그건 달렸다기보단 버텼다는 표현이 더 적합할 것이다. 다른 곳도 아니고, 사막이다. 사막의 그 뜨거운 낮과 암흑의 밤을 견뎌냈다는 것 자체가 놀라운 일이었다. 그 긴 시간 동안 포기하지 않고 끝까지 버텨낸 그의 의지는 단순한 놀라움을 넘어 감동이라 할 만했다.

두려움과 절대 고독의 5박 7일을 이겨내다

시작이 있으면 끝이 있듯 5박 7일간의 사막마라톤도 마지막 경기를 남겨놓고 있었다. 대회 마지막 날이고 남은 거리도 22킬로미터밖에 되지 않아서인지 선수들의 표정에는 여유가 넘쳤다. 다들 완주를 자신하는 듯 미리 축하 인사를 나누기도 했다. 한국 선수들도 완주는 기정사실인 것처럼 벌써 무용담을 늘어놨다. 하기야 나조차 완주를 장담할 정도였으니…… 천재지변이 일어나지 않는 한 굴러서라도 갈 자신이 있었다.

실은 롱데이 때 너무나 지쳐서 여섯째 날 경기를 할 수 있을지 걱정스런 상황이었다. 계속 뛰고 싶은 마음은 굴뚝같지만 다리가 말을 듣지 않으면 포기할 수밖에 없었다. 고지가 바로 저긴데, 코앞에서 포기해야 하는 억울한 일이 벌어질 수도 있었다. 다행히 경기 씨의 도움과 진통제의 위력으로 여섯째 날 경기도 무사히 마쳤다. 이런 어려움을 다 극복해놓고, 마지막 날 22킬로미터밖에 안 되는 거리를 포기하는 건 바보 같은 짓이었다.

준비해온 열아홉 끼니 중 마지막 남은 알파미와 육개장으로 아침을 먹었다. 이제 남은 식량은 주로에서 열량을 보충할 칼로리바란스와 파워젤 하나뿐이었다. 나뿐 아니라 다들 상황이 비슷했다. 남은 장비와 물품들을 정리해봤다. 침낭은 땀과 모래가 엉겨 붙어 때가 꼬질꼬질했고 매트리스에선 퀴퀴한 냄새가 났다. 얼굴을 닦고 난 후 물로 대충 헹군 물티슈로 설거지를 해온 코펠엔 온갖 음식 찌꺼기와 기름때가 덕지덕지 붙어 있었다. 이 더러운 코펠에 끓인 음식을 어떻게 먹을 수 있었는지 신기하기만 했다. 장비들을 정리한 뒤 배낭을 저울에 달아보니 6킬로그램쯤 됐다. 14킬로그램이 넘던 무게가 그간 절반 넘게 줄어든 것이다.

마지막 레이스 준비를 마치고 주변을 돌아보는데 모닥불을 피워놓고 둘러앉은 베르베르인들이 보였다. 새벽마다 텐트를 냉정하게 걷어가는 바람에 선수들의 원성을 사기도 했지만, 시간이 흐르면서 서로 많이 친해졌다.

베르베르인들은 항상 아침저녁으로 모닥불을 피워놓고 음식을 먹으며 대화를 나누거나 작은 북을 두드리며 노래를 불렀다. 그러면 선수들이 다가가 그들과 함께 어울려 놀기도 하고 음식을 나눠 먹기도 했다. 비록 말은 통하지 않았지만 웃음과 몸짓만으로도 충분히 친해질 수 있었다.

그런데 가만 지켜보고 있으니 한 외국 선수가 베르베르인들에게 뭔가를 주고 담배를 얻는 게 보였다. 대회 규정상 담배는 금지 품목이었다. 아마도 이들에게 물건을 주고 담배 같은 걸 구한 모양이었다. 일종의 물물교환인 셈이다. 하긴 우리도 그들에게 물건을 주고 필요한 걸 구했다. 가끔은 운 좋으면 사과나 배 같은 과일을 얻어먹을 수도 있었다. 작고 못생겼지만 뜨거운 햇볕을 많이 받아 매우 달고 맛있었다. 끊은 지 꽤 되었는데도 베르베르인들과 어울려 담배를 피우고 있는 그를 보니 나도 담배가 몹시 당겼다. 사막에서, 그것도 경기 마지막 날 피우는 담배 한 모금! 도저히 참을 수가 없었다. 배낭에서 헤드랜턴 한 개를 꺼내 베르베르인들에게 다가가 슬쩍 내밀며 말했다.

"시가레뜨."

그중 한 명이 내 뜻을 알아챘는지 씨익 웃으며 담뱃갑에서 담배 두 개비를 꺼내 주었다. 나는 그들 틈에 끼어 앉아 담배에 불을 댕겼다. 사막의 쌀쌀한 아침 공기 속으로 담배 연기를 내뱉으니 그간의 온갖 시름이 사라지는 기분이었다. 가만 생각해보면 사막에 와서 처음으로 낭만과 여유를 느껴보는 것 같다. 떠날 때가 되어서 그런지 그동안 지긋지긋하다고만 생각했던 모래바람조차 신선

하게 느껴졌다.

대회 마지막 경기, 드디어 마지막 출발 신호가 떨어졌다. 모든 선수는 구령에 맞춰 큰 소리로 카운트다운을 하다가 환호성을 지르며 앞으로 달려 나갔다. 배낭도 가볍고, 몸도 마음도 가벼웠다. 경기를 시작하고 처음으로 달리는 즐거움을 만끽했다. 어쩐 일인지 오른쪽 다리도 별로 아프지 않았다.

9.8킬로미터 지점에 있는 CP1을 56분 만에 통과했다. 모래밭과 와디, 작은 마을과 자갈밭을 쉼 없이 지나고 나니 15킬로미터 지점부터 제법 큰 마을들이 나타났다. 마을 노인과 아낙네들, 아이들이 나와서 달리는 선수들을 향해 손을 흔들어줬다. 때로는 선수들을 따라서 달리는 아이들도 있었다. 나는 아이들 손을 잡고 함께 달리기도 했다.

마을들을 지나고 모래밭을 벗어나니 아스팔트로 포장된 도로가 나타났다. 거의 8일 만에 만나는 문명의 증거였다. 그것은 곧 원시의 사하라를 떠나 내가 살던 일상으로 돌아갈 때가 되었다는 의미이기도 했다. 힘든 경기를 마치고 한국으로 돌아간다는 게 기쁘면서도 뭔지 모를 서운함이 느껴졌다.

잠시 후 마지막 도착지 타자린 시내로 들어섰다. 선수들을 구경 나온 사람들과 각국 취재진이 거리를 가득 메우고 있었다. 길가로 인파가 몰려 있고 그 가운데를 선수들이 달리는데, 사람들은 선수 한 명 한 명에게 환호성과 격려를 보내줬다.

모퉁이를 도니 결승선을 알리는 조형물이 보였다. 그 옆에는 이

대회 창시자인 패트릭 바우어가 기다리고 있다가 골인 지점에 도착한 선수들을 축하했다. 각국에서 달려온 방송기자와 카메라맨들이 쉴 새 없이 플래시를 터뜨리며 선수들을 취재하는 모습도 보였다.

한 발 한 발 골인 지점을 향해 달려가는데, 가슴이 벅차올랐다.

내 인생에서 처음 경험해본 특별한 7일간이 머릿속에 주마등처럼 스쳐갔다. 뜨거운 태양과 어깨를 짓누르는 배낭의 무게, 쓰라린 물집을 견뎌야 하는 고통의 시간이었다. 두려웠고, 고독했고, 절망감에 빠지기도 했다. 그 모든 순간을 혼자서 떨치고 일어서야 했다. 나도 모르게 눈가에 눈물이 번졌다. 마침내 나는 결승선을 밟았다.

모로코 사하라사막 마라톤대회에서 나의 최종 성적은 46시간 00분 47초, 평균 시속 5.28킬로미터, 종합순위 408등이었다. 18시간 56분 08초, 평균 시속 12.8킬로미터라는 경이로운 기록을 세운 우승자 아한살 형제에 비하면 초라한 성적이었다.

하지만 나는 그들의 기록이 조금도 부럽지 않았다. 완주했다는 것만으로도 가슴이 터질 듯했다. 이번 대회에서 탈락한 38명 중에 내 이름이 끼지 않은 것만 해도 너무나 감사했다. 그 무자비한 고통을 이겨내고 골인 지점까지 왔다는 사실에 나 자신이 한없이 자랑스럽고 대견했다.

대회 본부에 마련된 국제전화로 집에 전화를 걸었다. 여기는 한낮이니 한국은 저녁때쯤이다. 뚜- 뚜- 하는 신호음이 한참 들리더

5박 7일의 처절했던 그때 그 모험이 내 인생에 어떤 선물이었는지 아
주 오랜 세월이 지난 후에 알았다. 어느새 훌쩍 10년 이상의 세월이 지
났지만, 여전히 사하라는 그곳에 있고, 나는 내 안에 있었다.

니 잠시 후 아내의 목소리가 들렸다.

"여보세요?"

와르자자트 공항에서 마지막으로 통화를 하고 8일 만에 처음 듣는 목소리였다. 아내 목소리를 들으니 갑자기 목이 메어왔다. 골인 지점을 향해 달려갈 때 애써 참았던 눈물이 갑자기 목까지 차올랐다.

"여보, 나야."

"어디에요? 몸은 괜찮아요?"

아내 목소리에서도 물기가 느껴졌다. 무소식이 희소식이라지만 8일씩이나 연락 한 통 없는 남편에게 서운하기도 하고 걱정도 되었을 것이다.

사실은 대회 본부 텐트에 있는 국제전화로 연락할 수도 있었지만, 일부러 하지 않았다. 하루하루 안간힘을 쓰며 고통을 견뎌야 하는 상황에서 괜찮은 척할 자신이 없었기 때문이다. 여기로 등 떠민 사람이 있었던 것도 아닌데, 끝끝내 고집 부려 와놓고선 힘들다고 말할 수가 없었다. 그래도 가끔은 아내 목소리로 위안을 얻고 싶었지만 이를 악물고 꾹 참았다.

하지만 이제 모든 고통의 시간은 지나갔다. 나는 '완주'라는 자랑스러운 결과를 손에 거머쥐고 당당히 말할 수 있게 되었다.

"여보, 나 완주했어! 방금 243킬로미터를 끝냈어."

"그래요? 정말 잘했네요. 진짜 애썼어요. 그런데 언제 와요?"

"이제 와르자자트로 돌아가서 하루 쉬고 출발할 거야. 집엔 별일 없지? 아이들도 잘 있고?"

"다 잘 있어요. 당신 오기만 기다리고 있어요."

"그래? 그럼 비행기에서도 달려서 최대한 빨리 갈게. 하하하."

아내와의 통화를 끝내고 나니 그제야 모든 것이 끝났다는 게 실감 났다. 모든 걸 녹여버릴 듯 뜨겁게 타오르던 사막의 열기도, 몇 번이나 엎어지고 나뒹굴어야 했던 모래언덕 듄도, 온몸을 휘감으며 세차게 불어대던 할라스도, 척박한 광야와 날카로운 돌산도 모두 과거가 되었다. 그리고 그 속에서 지낸 모든 시간은 추억이 되었다.

누군가 내게 사막에 왜 왔느냐고 묻는다면 나는 '사막을 경험하기 위해서'라는 대답밖에 할 수 없다. 7일간이나 극한을 체험하고도 내가 왜 여기 왔는지, 여기서 무엇을 느꼈는지는 여전히 알 수 없다.

어쩌면 지금 당장은 알 수 없는 게 당연할지도 모른다. 하지만 언젠가는 5박 7일의 절박했던 이 모험이 내 인생에 어떤 선물인지를 알게 될 것이다. 그날을 위해 나는 내가 살아온 익숙한 일상으로 다시 돌아갈 준비를 했다.

사막을 건너는 법, 인생을 사는 법

손을 씻다가 세면대 앞에 걸린 거울 속의 나와 눈길이 마주쳤다. 거울에 비친 얼굴 뒤로 끝없는 사하라의 모래언덕이 펼쳐졌다. 몸은 서울 한복판에 있는데 모래와의 사투는 아직 끝나지 않은 모양이다.

2010년 10월, 3명이 팀을 꾸려 도전을 감행했던 260킬로미터 사하라 레이스 5일째 밤, 잠에 취해 비틀거리는 나를 김지산 기자가 부축했다. 지척을 분간할 수 없는 사막의 밤 한가운데 맥없이 주저앉았다. '더 지치기 전에 미쳐야 한다. 미치지 않으면 다시 일어설 수 없다.' 아무나 갈 수는 있지만 누구도 쉽게 건널 수 없는 곳이 사막인가 보다.

얼굴의 물기를 훔치다 다시 거울을 들여다보았다. 무덤덤한 표정 뒤에 비친 화장실 벽면의 하얀 타일, 선명했던 사하라의 잔상이 사라지고 나는 다시 일상으로 돌아왔다. 누구든 사막과 오지로 뛰어들 때는 자신감으로 넘쳐난다. 거침이 없고 사기는 충천하다. 하지만 대자연에 묻혀 오지를 넘나드는 일이 그리 만만할 리 없다. 체력의 한계에서, 예측할 수 없는 대자연의 광기 앞에서 초라해지고 무기력해진다. 그러니 사막이나 오지를 온전히 건너고 싶다면 이것만은 명심해야 한다.

144

쉬어가라

레이스가 시작되면 대부분의 선수들은 혹독한 대자연에 압도되어
첫날부터 거의 패닉 상태에 빠진다. 호기를 떨거나 자신의 체력을
과신했다가는 낭패를 보기 십상이다.

2013년 5월, 6일 동안 하루도 거르지 않고 빗속을 뚫으며 히말라
야 산맥 동부의 부탄, 푸나카의 산야 200킬로미터를 오르내렸다.
고통을 겪어봐야 고통을 이겨낼 수 있다. 길을 잃어봐야 길을 찾을
수 있다. 수시로 찾아오는 근육경련이 온몸을 오그라뜨렸다. 기어
오르는 길목에서 수없이 개울에 몸을 처박다 다시 일어섰다.

145

주로에 10~15킬로미터 간격으로 CP(Check Point)가 설치되어 있는 건 그럴만한 이유가 있다. 주로를 이탈한 선수를 확인하고, 부상과 피로에 지친 선수들의 쉼터가 필요하기 때문이다. 조금 빨리 가려고 CP를 무시하고 지나치는 건 화를 자초할 뿐이다.

해발 3,100미터의 파로 계곡 건너편에 주저앉아 거친 호흡을 토해냈다. 앞질러 내달리는 선수들의 뒷모습이 계곡 아래로 멀어져갔다. 목 위까지 찬 숨을 고르자 계곡을 휘감은 물안개가 갈리면서 장엄한 타이거네스트 사원이 위용을 드러냈다. 자신의 체력을 인정해야 한다. 앞서가는 선수들의 모습에 의기소침할 필요도 없다. 빨리 가면 놓치는 것이 너무 많다.

함께 가라

사막이 좋은 이유는 홀로 온밤을 지새우며 절대고독을 체험할 수 있기 때문이다. 절대고독은 나를 성숙시키는 기회이기도 하다. 하지만 혼자 갈 수는 있어도 혼자서는 살아남을 수 없는 곳이 사막이고 오지다.

위기의 순간을 만날 때, 혼자 견디기보다 동반자를 만나 함께 가라. 힘들 때 누군가 옆에 있는 것만으로도 큰 힘이 되고 격려가 된다. 때로는 거인의 어깨에 잠시 머리를 기대는 것이 흠은 아니다. 2012년 그랜드캐니언에서 나는 그 거인을 만났다.

그랜드캐니언과 시온캐니언의 대협곡을 넘나들던 270킬로미터 G2G 레이스에서 나는 급격한 체력 소진으로 경기를 포기할 뻔했다. 하지만 70세 고령인 이무웅 님을 만나 용케 무박 2일의 76킬로미터 롱데이 구간을 무사히 통과할 수 있었다. 27시간 동안 그는 나를 재촉하지도 내버려두고 떠나지도 않았다. 그저 묵묵히 내 옆을 지켜줄 뿐이었다. 그러니 사막에서 누군가 당신에게 손을 뻗거든 조건 없이 그의 손을 잡아줘라. 그는 당신을 평생 잊을 수 없는 은인으로 기억할 것이다.

포기하지 마라

사막레이스에서 선수들을 가장 힘들게 하는 건 점점 커져가는 발가락 물집과 예측할 수 없는 대자연의 심술이다. 특히 힘든 건 어깨를 찍어 누르는 배낭의 무게이다. 배낭의 하중을 견디지 못한 선수는 몰래 자신의 식량을 모래 속에 버리거나 경기를 포기할 궁리를 찾는다. 위험해서 포기하고 겁이 나서 포기한다. 귀찮아서 포기하고 승산이 없다고 지레 포기한다. 하지만 지구상 어디도 인간이 다다를 수 없는 곳은 없다. 더 깊고 더 높은 곳을 향한 인간의 도전은 여전히 진행 중이다.

나도 때론 포기하고 싶은 때가 있었다. 2009년 시각장애인 송경태 님과 부시맨의 고향, 1년 중 300일 이상 태양이 불타는 나미브사막 에서 된서리를 맞았다. 무박 2일 동안 100킬로미터를 달리는 구간 에서 제한시간에 걸려 탈락의 위기를 맞은 것이다. 10킬로미터당 평균 3~4시간을 기어 80킬로미터 지점까지 왔지만 우리에게 주어 진 시간은 이제 3시간 남짓뿐이었다. 하지만 나도 그도 포기하지 않았다. 저승사자처럼 그의 손목을 움켜잡았다. 그리고 땀줄기를 흩날리며 내달렸다. 신은 분명 인간이 극복할 만큼의 고난을 준다. 그러니 포기하지 않으면 못 이룰 것도 없다.

인생을 살다 보면 가끔 숨 고를 여유가 필요하다. 나무도 해거리를 한다. 멈춤이 결코 안주는 아니다. 오늘보다 나은 내일을 위한 도약 이다. 불능독성不能獨成, 세상에 혼자서 이룰 수 있는 일은 별로 없 다. 험난한 여정에서 서로에게 버팀목이 되어주는 동반자가 있는 것만으로도 든든하다. 피할 수 없는 위기의 순간과 맞닥뜨릴 때 포 기하지 않고 잘 견뎌낸다면 훗날 당신은 성공한 모험가로 변신한 자신의 모습을 만나게 될 것이다.

사막이든 일상이든 살아남는 방법은 매한가지다. 어쩌면 일상이 사막보다 더 가혹할지도 모른다. 남의 인생에 곁눈질하기에는 우리에게 주어진 시간이 턱없이 부족하다. 어제와 같은 오늘은 진짜 퇴보다.

굳이 사막을 건너지 않더라도 이 세 가지 방법은 인생을 살아가는 데 적지 않은 도움이 될 것이다.

나는 오늘도 내일을 꿈꾼다.

PART 3

꼭 잡은 손과
단단한 끈

내 낙타가
되어
줄래요?

은근히 자랑하고 싶어지는 마음

사람들은 능력을 넘어선 큰일을 하고 나면 자신에게 뭔가 대단한 변화가 일어날 거라고 은근히 기대한다. 자신의 한계에 도전하거나 무모한 시도를 하는 것도 이런 심리 때문일 것이다.

내가 그토록 사막에 가고자 했던 것도 그런 이유였던 것 같다. 소심하고 고지식한 나 자신에게, 이 지루하고 별 볼 일 없는 일상에 뭔가 즐겁고 긍정적인 변화를 일으키고 싶었다. 그래서 미친놈 소리까지 들어가며 사막으로 달려갔고, 과정이야 어찌 되었든 무사히 레이스를 마치고 돌아왔다.

그런데 아무리 기다려도 내게 변화 같은 건 일어나지 않았다. 그 엄청난 일을 하고 왔으면 거창한 일까진 아니더라도 뭔가 조금이라도 달라져야 할 텐데, 아무리 기대하고 기다려도 그럴 기미조차 보이지 않았다. 나는 다시 강북구청 공무원 김경수로 돌아가 성실하게 직무에 충실했다. 충실한 정도가 아니라 예전보다 더 고지식할 만큼 일에만 열중해야 했다. 혹여 조금이라도 풀어진 모습을 보이거나 튀는 행동을 했다간 '저 사람, 사막 갔다 오더니 허파에 바람만 잔뜩 들었군.' 하는 소리를 들을까 걱정이 되어 더 소심해졌다.

집에서도 달라진 건 별로 없었다. 사막에서 막 돌아왔을 때 아이들은 사진 한 장 한 장을 보면서 탄성을 질렀다. 거긴 어디고 어떤 일이 있었고, 이 아빠가 얼마나 죽을 고생을 한 다음의 모습인지를 설명해주면 눈을 반짝반짝 빛내며 귀를 기울였다. 하지만 사막 스토리의 유통기한은 그리 길지 못했고, 아이들은 일상으로 되돌아가버렸다. 더불어 당연하다시피 나도, 재미없고 무뚝뚝한 아빠의 자리로 원위치해 있었다. 그나마 약간의 변화가 있다면 텔레비전에서 사막과 관련된 다큐멘터리가 나오면 아이들이 꽤 관심을 가지고 챙겨 보는 정도라고나 할까.

그나마 아이들은 반짝 관심이라도 보여줬지만, 아내는 내가 출국하기 전이나 돌아와서나 여전히 시큰둥했다. 마치 내가 동네 약수터에라도 다녀온 것처럼 말이다. 내심 서운했던 나는 사막이 얼마나 척박하고 열악한 곳인지 침을 튀겨가며 강조하고, 그래도 끝내 완주를 해냈으니 대단하지 않느냐는 반응을 유도했다. '어머, 그렇게 험한 곳이었어요? 보기엔 평화로워서 그냥 좀 덥고, 모래 달라붙고 하는 정돈 줄 알았는데. 정말 대단해요, 여보! 존경해요!' 하는 호들갑까지는 바라지도 않지만, '그 힘든 상황을 포기하지 않고 견뎠다니, 정말 고생 많았어요.' 같은 반응은 나올 거라고 기대했다. 하지만 아내는 "다친 데 없이 무사히 다녀왔으니 다행이네요."라는, 상당히 무덤덤한 관전평이 전부였다. 왠지 나는 50점짜리 시험지를 들고 엄마에게 달려가 100점 맞은 것처럼 칭찬해주기를 기대하는 아이가 된 기분이었다.

그나마 사막에 갔다 온 보람을 느끼게 해준 이들은 나를 미친놈 취급하던 친구와 지인들이었다. 나에 대한 평가가 '이상한 데 꽂힌 미친놈!'에서 '대단한 일을 해낸 멋진 놈!'으로 확 바뀌어 있었다. 나한테 대놓고는 '정신 차리라'느니 '나이가 몇인 줄 아느냐'느니 하는 소릴 해댔지만 그래도 친구가 가겠다는 곳이라 아무래도 관심을 가지게 된 모양이었다.

당시 사하라사막 마라톤대회를 앞두고 신문이나 방송에서 꽤 많은 기사를 내보냈다. 이런 기사를 읽다 보니 '사서 고생하는 미친놈들'이 세상에 얼마나 많은지를 알게 된 것이다. 그리고 그들이 하는 짓이 '이상한 짓'이 아니라 인간 한계에 도전하는 경이로운 스포츠라는 인식도 생긴 듯했다. 그런데 자기들의 친구 김경수가 그 극한을 이겨내고 돌아오지 않았는가.

여러 곳에서 나의 무용담을 들으려는 술자리가 많아졌다. 그리고 술자리의 주인공으로 등극한 나는 청중의 기대에 부응하기 위해 신나게 '썰'을 풀었다. 사막이 얼마나 뜨거운지, 할라스가 얼마나 거센지, 빅듄이 얼마나 높은지, 롱데이가 얼마나 힘들고 괴로운 여정인지를 생생하게 묘사했다. 그러면 사람들은 탄성을 지르며 "정말 대단하다!", "놀랍다!", "나 같으면 꿈도 못 꿀 일을!" 하는 다양한 감탄사로 추임새를 넣어 분위기를 고조시켰다.

상황이 그러한지라 거기다 대고, '실은 몇 번이나 포기하려고 했는데 억지로 한 거야.' 같은 솔직한 마음은 도저히 덧붙일 수가 없었다. 사실 사람들의 반응을 보면서 그때 포기 안 하길 정말 잘했다는 생각에 몇 번이나 가슴을 쓸어내렸는지 모른다. 어휴, 생각만 해도 끔찍하다. '미친놈'까지는 그래도 괜찮은데 '그거 봐라, 우리가 뭐라든?' 하는 소리를 들으면 정말 자존심이 여지없이 무너지고 말았을 것이다.

이렇게 사람들의 반응이 열렬하다 보니 이야기를 할 때마다 약간의 과장과 포장이 가해질 수밖에 없었다. 예를 들자면, 거대한 빅듄을 오를 때 조난당할 뻔했던 상황은 슬쩍 얼버무리고 사슴처럼 날렵하게 오르던 그 독일 선수의 모습을 내 모습인 양 묘사하는 식으로 말이다. 그러면서 완전히 꾸며낸 거짓말은 아니라고, 뜨끔거리는 내 양심을 살살 달랬다. 정말로 조난당한 것도 아니었고, 나중엔 그 독일 선수처럼 날렵하게 빅듄을 올라간 건 사실이니까. 그러다 보니 어느 순간부터 나는 사막을 종횡무진하는 전사가 되어버렸다.

도띠체 이 아쉬움과 미련은 뭐지?

처음에는 그냥 재미있었을 뿐이다. 그런데 이상하게도 사람들의 반응과 칭찬이 강해질수록 내 마음속에선 아쉬움과 미련이 점점 커졌다. 무용담을 늘어놓다 보면 자연히 대회 전체 과정을 복기하게 된다. 그런데 돌이켜볼수록 아쉬운 점이 너무나 많았다. 오른쪽 다리 부상만 없었더라도 더 잘할 수 있었을 텐데, 그랬다면 경기를 즐기면서 더 멋진 레이스를 펼쳤을 텐데 하는 생각만 들었다. 완주의 성취감보단 그 과정의 미흡함이 자꾸 미련을 부채질했다.

그리고 미련은 잔상과 꿈으로 불쑥불쑥 나를 덮쳤다. 세면대에서 얼굴을 씻다 문득 거울을 보면 내 뒤로 황금빛의 거대한 빅듄이 나타났다. 초록색 레이저 빔이 창공을 가르던 롱데이의 밤이 꿈에 나타나기도 했다. 사막의 잔상들이 눈에 밟힐 때마다 나도 모르게 "내가 미치긴 단단히 미쳤구나."라는 혼잣말이 튀어나왔다. 사하라에서 생사를 넘나들던 당시는 '내가 미쳤지! 뭐하러 이 생고생을 하러 왔을까?' 하며 그렇게 후회하지 않았던가. 그런데 그게 얼마나 됐다고 그 미친 짓이 또 하고 싶어지냐 이거다. 한 번만 갔다 오면 사막에 대한 열망이 풀릴 줄 알았는데…, 아니었다. 시간이 갈수록 더해지기만 했다.

미련까지 더해진 그 열망을 풀고자 여러 방법을 찾았으나 무얼 해도 속이 시원해지지 않았다. 풀코스마라톤이나 100킬로미터가 넘는 울트라마라톤에 부지런히 참가해서 열심히 뛰어보았지만 늘

어딘가 부족했다. 처음부터 너무 센 걸 해버린 부작용이었다. 아무리 생각해도 사막마라톤에 한 번 더 가는 방법밖에 없겠다는 생각이 점점 강해졌다.

그렇지만 내가 그 말을 꺼내면 사람들은 대번에 "한 번 갔다 왔으면 됐지, 또 가?"라고 할 것이다. 그러면 뭐라 한담. 나는 아직도 "사막에 가서 뭘 느꼈어?"라는 질문에 제대로 답을 못하고 있었다. '사막에 가서 뭘 느꼈지? 뭘 얻으려고 갔었지? 사막은 내게 뭐였지?' 머릿속에서는 질문들만 맴맴 돌았다. 그 답을 찾기 위해서라도 다시 한 번 다녀와야 했다.

다시 사막에 갈 계기를 찾기 위해 혼자 전전긍긍하고 있는데, 어느 날 이용술 씨로부터 전화가 왔다.

이용술 씨는 시각장애인이다. 눈이 안 보이는 장애에도 그는 국내 마라톤대회뿐만 아니라 사하라사막 마라톤대회에도 참가한 뛰어난 마라토너다. 사하라 때는 윤충준 씨의 도움을 받아 정상인도 하기 힘든 경기를 완주해낸 대단한 사람이다. 용술 씨와는 사하라에 가기 전, 내가 도우미가 되어 마라톤대회를 완주한 인연이 있었다. 다녀온 다음에도 용술 씨의 도우미가 되어 국내 대회에서 함께 달린 경험도 몇 번 있었다.

전화를 받자마자 용술 씨는 대뜸 이렇게 말했다.

"김 형, 나 이번에 고비사막에 가려고 하는데, 같이 안 갈래?"

"뭐? 고비? 고비사막에 간단 말이야?"

귀가 번쩍 뜨였다. 작년 가을부터 오지레이스 기획사 레이싱 더 플래닛 홈페이지에 4월에 열릴 고비사막 마라톤대회에 대한 홍보 글이 게재되었다. 그 글들을 읽을 때마다 나도 가고 싶다는 마음은 굴뚝같았지만, 형편이 형편인지라 애써 마음을 달래던 중이었다.

"응. 그래서 김 형이 내 낙타가 되어줬으면 하는데…. 난 김 형이 도우미를 해줄 때가 제일 좋았거든. 정말 김 형하고 꼭 같이 가고 싶어."

가슴이 두근거렸다.

'그래, 도우미! 용술 씨 도우미로 가면 되겠구나!'

시각장애인의 도우미라면 다시 사막에 갈 이유로 충분했다. 이 생각을 왜 진즉 못 했을까. 벌써 마음은 사막을 향해 달려가기 시작했다. 하지만 무턱대고 약속부터 할 수는 없었다. 갈 수 있을지 없을지 상황을 살펴봐야 했다. 일단 생각해보고 나서 연락을 주기로 했다.

전화를 끊자마자 2년 전 사하라에 가기 위해 대출받은 마이너스 통장을 꺼내보았다. 잔고를 보니 이제 두 달만 더 갚으면 되었다. 지난 2년은 사하라의 후폭풍을 감당해야 했던 시기라고 해도 과언이 아니다. 이 대출금을 갚기 위해 나는 마른행주 쥐어짜듯 온 일상에서 치밀하고도 세세하게 절약을 실천해야 했다. 그렇게 한 푼 두 푼 모아서 거의 갚게 되었는데, 다시 대출을 받자니 마음이 조금 복잡하기는 했다. 다녀와서 또 뒤치다꺼리를 해야 할 생각에 말이다. 하지만 그건 잠깐 스쳐 간 걱정이었을 뿐이고 고비

사막의 너른 벌판이 머릿속을 온통 차지하고 말았다.

그날 밤, 집에 와서 아내의 눈치를 살피며 운을 떼보았다.

"여보, 용술 씨 알지? 얼마 전에 북한산 우이령 마라톤대회 때 내가 도우미해준 시각장애인 말이야."

"그런데요?"

"용술 씨가 4월에 열리는 고비사막 마라톤대회에 간다면서 같이 가달라고 자꾸 부탁하더라고. 정말 어떻게 해야 할지 모르겠어…. 당신도 알겠지만, 사람들이 장애인 도우미 같은 거 잘 안 하려고 하잖아. 그래서 내가 몇 번인가 했었잖아. 하겠다는 사람이 없으니까 말이야. 당신도 알지?"

말을 하면서 나는 의도적으로 '당신도'를 자꾸 끼워 넣었다.

"그거야 알죠."

"계속 못 한다고 말은 했는데…, 오늘도 또 전화가 왔어. 이번 대회 완주하면 장애인들을 위한 후원 같은 걸 받을 수 있다면서 어찌나 통사정을 하는지…. 아무래도 용술 씨가 움직이면 방송에서 취재도 오고 장애인 후원도 많이 되고 그러니까 꼭 해야 하는 상황인가 보더라고…. 용술 씨가 내가 아니면 자기 혼자 해낼 수가 없다고 거듭 부탁하는 거야. 용술 씨 생각하면 같이 가 주고도 싶지만, 내가 그럴 처지가 못 되잖아. 아, 이거 정말 안타깝네…."

용불용설用不用說이라더니, 사람들에게 무용담을 늘어놓을 때 훈련을 톡톡히 해서인지 뻥치는 솜씨가 엄청나게 늘었구나 싶었다. 예전 같으면 식은땀을 줄줄 흘리며 말을 더듬었을 텐데, 나는 능수능란하게 이 말 저 말 갖다 붙였다.

그렇다고 전부 지어낸 말만은 아니었다. 정말로 용술 씨는 자신뿐만 아니라 장애인들을 위해서 뭔가를 하려는 의지가 강했다. 완전히 근거 없는 말은 아니었기에 내 속셈도 어느 정도 감춰진 모양이었다. 보통 때 같으면 말을 마치기도 전에 아내의 눈꼬리가 올라가며 찬바람이 쌩쌩 불었을 텐데, 어쩐 일인지 그날 아내는 진지하게 듣고만 있었다.

나는 슬쩍슬쩍 아내의 눈치를 살피면서 "안타깝네, 미안하네."라며 들릴 듯 말 듯 혼잣말을 했다.

잠시 후 아내가 말문을 열었다.

"정말로 도우미해주는 사람이 없대요?"

"여러 곳에 알아봤는데도 정말 찾을 수가 없나 봐. 사실 다른 장애도 아니고 시각장애인 도우미하면서 경기 뛰는 건 힘들거든. 그러니 다들 마음은 있어도 선뜻 나서질 못하는 거지. 그리고 용술 씨 생각에는 다른 사람보다 꼭 내가 해줬으면 좋겠다는 거야."

"그렇게 힘든 일을 당신은 할 수 있겠어요?"

"나야 장애인 도우미를 많이 해봤잖아. 용술 씨뿐만 아니라 다른 시각장애인 도우미도 했고, 자폐아 도우미도 해봤잖아. 아마 나만큼 장애인 도우미로 경기 많이 뛴 사람도 없을걸."

아, 이 근거 없는 자신감이 얼마나 엄청난 착각이었는지를 얼마 후 나는 눈물이 쏙 빠질 만큼 절감하게 된다. 42.195킬로미터의 마라톤을 같이 하는 것과 사막마라톤처럼 200~300킬로미터를 며

고비사막에서 시각장애인 이용술 씨가 내게 말했다. "김 형! 김 형은
이제부터 낙타가 되는 거야. 나는 낙타만 따라갈게. 사막에서는 낙타
가 제일 믿음직하잖아." 그때부터 나는 시각장애인을 인도하는 충직
한 한 마리 낙타가 되었다.

칠씩이나 꼭 붙어서 도우미를 하는 것은 하늘과 땅만큼의 차이가 있다는 걸 그때는 몰랐다.

어찌 되었든 그 덕분에 아내로부터 허락을 받아냈고, 그때부터 나는 다시 바빠지기 시작했다. 대회 개최일까지 석 달도 안 남은 상태라 준비할 시간이 별로 없었다. 참가 신청부터 물품 준비까지 할 일이 많았다.

게다가 나는 내 것뿐만 아니라 용술 씨 것도 함께 준비해야 했다. 나는 대회에서 도우미만 하면 된다고 단순히 생각했는데 그게 아니었다. 도우미 노릇은 준비하는 과정에서부터 시작됐다. 그래도 거기까지는 별 무리가 없었다. 문제는 엉뚱한 곳에서 일어났다.

이 미션을 내가 수행할 수 있을까

아내를 설득할 때 했던 '방송에서 취재도 오고'라는 건 순전히 내가 덧붙인 말이었다. 그런데 말이 씨가 된다더니 정말로 MBC에서 용술 씨의 레이스를 취재하고 싶다는 요청이 들어왔다. MBC의 간판급 예능 프로그램인 〈일요일 일요일 밤에〉에서다.

당시 한국에선 별반 관심이 없었지만 외국의 신문이나 방송에선 사막이라는 극한의 땅에서 벌어지는 사막마라톤에 관심을 갖고 취재를 하는 경우가 있었다. 대회 때만 되면 각국에서 스포츠 뉴스나 관련 프로그램의 기자들이 몰려와 선수들을 인터뷰하고 취재에 열을 올렸다. 또 스포츠 다큐멘터리를 제작하는 사람들 중에는 선수들과 함께 경기를 치르면서 찍는 이들도 있었다. 이런 경우는 선수들의 자연스러운 경기 모습을 따라다니면서 촬영하는 형식이라 선수들이 신경 써야 할 게 별로 없으므로 부담이 없다.

하지만 예능 프로그램은 다르다. 짜인 대본에 따라 움직여야 하는 부분도 있고, 선수들이 제작진의 요구에 맞춰야 할 것도 많다. 그래서 용술 씨로부터 방송제의가 들어왔다는 얘기를 들었을 때, 나는 거절했으면 좋겠다고 말했다.

그랬더니 며칠 후에 김구산 PD라는 분이 작가와 함께 강북구청으로 나를 찾아왔다. 예고도 없는 방문에 당황하기도 한데다 단호하게 거절하지 않으면 계속 끌려다니게 될 것 같았다. 그가 몇 마디 하기도 전에 "나는 절대로 방송에 나갈 생각이 없습니다."라고 아주 분명하고 냉정하게 의사를 표시했다.

그런데 방송하는 사람들은 근성도 참 대단했다. 김구산 PD는 작은 간이의자를 가져오더니 내 자리 뒤에 놓고는 거기 앉아서 몇 시간을 묵묵히 기다렸다. 담당 PD가 그러고 있으니 같이 온 작가까지 덩달아 기다릴 수밖에 없었다. 제발 가달라고 몇 번이나 말했는데도 그는 끄떡도 하지 않았다.

그들은 출근 시간에 맞춰 와서 점심시간이 다 되도록 꿈쩍 않고 자리를 지키고 있었다. 하루 종일 버틸 게 분명하다는 생각이 들었다. 아무래도 내가 진 것 같았다. 그러던 중에 김구산 PD가 뜻밖의 말을 했다. 용술 씨는 방송출연을 허락했으니 나만 OK 하면 된다는 것이다. 순간 뒤통수를 얻어맞은 것 같았다. 내가 분명히 방송출연은 안 하겠다고 말하지 않았던가. 그런데 어떻게 나한테 한 마디 상의도 없이 제멋대로 결정해버렸다는 말인가. 배신감이 들었다.

내 표정이 갑자기 굳어지자 김 PD는 내 기분을 이해한다면서 용술 씨가 방송출연을 허락한 이유에 대해 말해줬다.

"저희 프로에선 출연자들이 정해진 임무를 완수하면 4,000만 원 상당의 장애인용 이동차량을 장애인 단체에 기부하기로 되어 있습니다. 만약 두 분이 고비사막 레이스를 완주하면 이용술 씨 이름으로 이 차량을 기부할 수 있어요."

얘기를 듣고 보니 그가 왜 방송출연을 허락했는지 알 것 같았다. 같은 처지여선지 '장애인을 도울 방법이 없을까' 항상 궁리하던 그였기에 장애인용 차량은 욕심나는 제안이었을 것이다.

나 역시 생각이 기울었다. 내 돈 주고 사서 기부할 형편은 못 되지만, 레이스 완주라는 미션만 해내면 좋은 일도 할 수 있다는데 마다할 이유가 없어 보였다. 우리가 경기에 참가하는 것도 레이스 완주가 목적이니 일거양득이라는 생각까지 들었다. 촬영 때문에 고생은 좀 되겠지만 그래도 좋은 일을 할 수 있으니 그 정도는 감수할 수 있을 것 같았다. 그래서 나도 용술 씨처럼 4,000만 원이 넘는다는 그 장애인용 차가 욕심나서 그만 방송출연을 허락해버렸다.

언제나 그렇듯 욕심이 화를 부르는 법이다. '좋은 일 한 번 해보자' 하는 단순한 생각으로 허락은 했지만, 촬영이 시작되면서 후회도 함께 시작되었다. 사막을 달리는 모습만 찍는 게 아니라 경기 전 준비 과정까지 찍기 때문에 많은 시간을 거기에 맞춰주어야 했다. 훈련하고 준비하는 데만 해도 가뜩이나 시간이 부족한데, 방송 카메라까지 따라붙으니 내가 혼자서 쓸 수 있는 시간이 별로 없었다.

그래도 거기까지는 참을 만했다. 문제는 제작진의 요구가 무궁무진했고, 방송을 위해서 나와 용술 씨는 무조건 협조해야만 한다는 것이었다. 훈련을 할 때도 훈련의 목적은 둘째가 되고, PD가 OK를 할 때까지 같은 곳을 몇 번이나 뛰는 등 '방송 분량'이란 걸 만들어야 했다.

한 번은 가지고 갈 물품들을 찍어야 한다며 배낭에 있는 걸 꺼내 놓아 달라고 했다. 앞에서도 말했지만 사막 레이스에 갈 때 배낭 꾸리기는 대충 집어넣기만 하면 되는 게 아니다. 무게며 부피를 고민해가면서 기를 쓰고 욱여넣어야만 한다. 그런데 그것들을 몽땅 꺼내서 하나하나 설명을 해야 했다. 이건 뭐고, 이건 뭐고 하면서 설명을 하고 있는데 갑자기 울컥 짜증이 치밀었다. 괜한 짓을 벌였다는 후회만 들었다.

사실 나로선 용술 씨의 도우미를 하는 것만도 벅찼다. 24시간 내내 옆에 붙어서 그의 일거수일투족을 도와줘야 하기 때문이다. 그것도 삶과 죽음이 맞닿아 있는 사막에서 말이다. 생각하면 할수록 첩첩산중으로 빠져드는 기분이었다. 솔직히 이쯤에서 발을 빼고 싶었다. 좋은 마음으로 시작했지만, 도저히 잘 해낼 것 같지 않았다. 시간이 지날수록 부담감이 자신감을 잡아먹어갔다.

내가 이런 갈등을 하고 있다는 걸 용술 씨도 눈치를 챈 모양이었다. 시각장애인들은 시력이 없기에 다른 감각들이 더 예민하고 섬세하다. 그는 표정은 보지 못하지만 숨소리와 말투만 듣고도 내 기분을 알아채곤 했다.

어느 날, 촬영이 끝난 후 용술 씨가 술 한잔 하자고 해서 용술 씨네 집 근처 호프집으로 갔다. 평소에는 용술 씨 손에 잔을 쥐여주고 내가 술을 따라준다. 그런데 그날은 자리에 앉자마자 그가 대뜸 이러는 거다.

"김 형, 눈물주라는 거 알아?"

"눈물주? 아니, 몰라. 처음 들어보는데…?"

"그럴 줄 알았어. 그럼 내가 김 형을 위해 눈물주 한 잔 만들어줄게."

용술 씨는 소주잔을 눈 밑에 바짝 대고 조심스럽게 소주를 따랐다. 그리고 술이 가득 차서 넘치기 직전에 딱 멈췄다. 그걸 빈 맥주잔에 붓더니 이번에는 그 맥주잔을 들어 눈 밑에 대고 맥주를 부었다. 이번에도 술이 넘치기 직전에 딱 멈췄다. 어떻게 넘치기 직전에 딱 멈출 수 있는지 정말 신기했다.

용술 씨는 가득 찬 맥주잔을 내게 내밀며 씩 웃었다.

"김 형, 이게 바로 눈물주야. 마셔봐."

"고마워. 세상에서 이렇게 신기한 폭탄주는 없을 거야."

나는 그가 건네준 눈물주를 쭈욱 들이켰다. 칼칼하던 목이 시원하게 뚫리는 것 같았다.

"술맛 어때? 좋아?"

"혹시 나 모르게 술에다 조미료 뿌렸어? 이렇게 맛있는 술은 처음 먹어보는 것 같아."

"다행이네. 실은 김 형한테 만들어주려고 집에서 연습 많이 했거든. 안 그러면 술을 흘릴 테니까. 그러면 다른 사람이 그걸 닦아야 하잖아."

순간 가슴이 먹먹해졌다. 그가 어떤 노력을 했을까는 생각해보지도 않고 그저 신기하게만 바라본 게 미안해졌다.

"내가 각목에 맞아서 실명하게 된 거, 김 형도 알지? 그때 앞을 못 보게 되고 나서 제일 자존심 상했던 게 뭔지 알아? 이젠 누군가의 도움 없이는 아무것도 못 하게 되었다는 거였어. 그게 너무너무 싫더라고. 몇 번 죽으려고도 했어. 자존심이 말도 못하게 상했지. 그래서 다른 사람 도움 없이 나 혼자 할 수 있는 일들을 찾아서 열심히 했어. 그런데 말이야, 그런 일이 그렇게 많지 않더라고. 뭔가 다른 일, 새로운 일을 하려면 다른 사람의 도움을 받아야만 할 수 있더라고. 그래서 어떻게 했는지 알아? 자존심을 버렸어. 내가 계속 살아가려면 남의 도움을 받아야 하는데, 도움을 받으면서 자존심까지 챙기겠다는 건 욕심인 것 같아서…. 지금까지 많은 사람이 내 눈이 되어줬어. 그 사람들 한 명 한 명에게 그저 미안하고 고마울 뿐이야."

뭐라고 말해야 할지 몰라 아무 말 없이 그의 잔에 술을 따라 손에 쥐여줬다. 술을 쭉 들이켜고 나더니 그가 테이블을 더듬으며 내 손을 찾는 것 같았다. 내가 먼저 그의 손을 감싸 쥐었다.

"고마워, 김 형. 내 욕심 때문에 김 형이 많이 힘든 거 알아. 그런데 그 욕심을 도저히 버릴 수가 없어. 고비에 가서 완주도 하고 싶고, 그래서 그 차도 기부하고 싶고…. 내가 욕심이 좀 많지?"

"알면 됐어. 그럼 수고비로 눈물주나 한 잔 더 만들어줘."

내 말에 용술 씨가 '하하하' 하며 큰 소리로 웃었다. 나도 따라서 크게 웃었다. 시원하게 웃고 나니 마음속에서 부글거리던 갈등과 고민이 사그라지는 것 같았다. 하기야 이제 와서 갈등한다고 뭐 어쩌겠는가. 이미 물은 엎질러져서 한강이 돼버렸는데….

용술 씨가 만들어준 눈물주를 넙죽넙죽 받아 마신 덕분에 이튿날은 일정이 모두 엉망이 돼버렸다.

갈등이 사라졌다고 부담감까지 사라진 건 아니었다. 출국일을 며칠 앞두고는 잠을 못 이룰 정도로 부담감에 시달렸다. 이번 일은 잘하고 싶다는 의욕만 가지고 되는 게 아니었다. 정말로 잘해낼 수 있는 체력과 의지가 필요했다. 내게 그럴 만한 능력과 자질이 있는지 걱정이 안 될 수가 없었다. 이런저런 생각으로 뒤척이고 있는데 아내가 자리에서 일어나는 소리가 들렸다.

"어디 가?"

"당신 안 자고 있었어요? 새벽기도 가려고요."

목사 딸인 아내는 특별한 일이 없으면 거의 날마다 새벽기도를 하러 갔다. 그 말을 듣고 나는 용수철처럼 자리에서 일어났다.

"당신은 이 새벽에 어딜 가려고요? 운동하러요?"

"아니, 당신 따라 나도 교회 한번 가보려고…."

"당신이 웬일로…?"

머쓱해진 나는 뒤통수를 긁적이며 주섬주섬 옷을 챙겨 입었다. 생각해보니 2년 전 사하라 롱데이 때 하나님을 찾은 이후 지금까지 기도조차 딱히 해본 적이 없었다. 급할 때만 찾는 게 염치없는 짓이긴 했지만 이번에도 어쩔 수 없었다.

'하나님, 제발 도와주세요. 이번에도 도움이 필요하게 되었습니다. 제 분수도 모르고 좋은 일 하겠다는 생각만 가지고 나섰는데, 그러기엔 너무 위험 부담이 큰 일입니다. 하나님, 제가 인간 김경수가 아니라 힘 세고 충직한 낙타 김경수가 될 수 있도록 꼭 좀 도와주세요.'

며칠 후, 나는 이용술 씨의 낙타가 되는 미션을 수행하기 위해 고비사막으로 가는 비행기에 몸을 실었다.

이제 두 사람은
손을
놓아선 안 돼

지금부터 나는 낙타 김경수

2005년 4월 24일, 중국 서역 톈산산맥의 광활한 계곡에 있는 동구시앙에 '2005 고비사막 마라톤대회' 캠프가 설치됐다. 캠프 일대는 경기 시작 카운트다운을 앞두고 흥분과 긴장으로 술렁대고 있었다. 세계 각국에서 달려온 88명의 선수들은 출발선에 서서 신호가 울리기만 기다리고 있었다. 나와 용술 씨도 손을 꼭 잡고 선수들 사이에 서 있었다.

내 오른쪽 팔과 용술 씨의 왼쪽 팔은 1미터짜리 가는 끈으로 연결되어 있었다. 혹시나 위급한 상황이 닥쳐서 부지불식간에 서로 떨어질 수도 있기 때문에 이에 대비한 최소한의 안전책이었다. 하지만 그 끈만으론 안심이 되지 않았다. 끈은 풀릴 수도 있고 끊어질 수도 있었다. 그러니 어떤 일이 있어도 우리는 서로의 손을 놓아서는 안 되었다. 특히 내가 그래야 했다. 용술 씨를 보호해야 한다는 책임감과 압박감에 손에 힘이 들어갔다.

이번 고비사막 마라톤대회는 세계에서 두 번째로 광대한 사막이자 가장 추운 사막으로 알려진 고비사막과 지구상에서 가장 낮은 투루판 분지를 무대로 펼쳐질 예정이었다. 두 곳 다 사막을 탐험하는 모험가들 사이에선 험하기로 악명 높은 지역이었다.

그 때문인지 참가한 선수도 88명밖에 되지 않았다. 671명이 참가했던 사하라 때와 비교해보면 단출하다고 느껴질 정도로 적은 인원이었다. 그만큼 사하라에 비해 위험하고 험난한 지형이 많다는 뜻이기도 하다. 비행기에서 내려다본 고비사막의 모습은 딱 보기에도 척박하고 황량해 보였다. 나로서는 여러 모로 좋지 않은 환경과 조건을 동시에 갖춘 대회라고 느꼈다.

오전 11시, 드디어 대회 시작을 알리는 북소리가 둥둥둥둥 울리기 시작했다. 곧이어 "탕!" 하는 출발신호가 떨어졌다. 선수들이 일제히 "와아아아!" 함성을 지르며 힘차게 달려나가기 시작했다.

그런데 함성의 여운이 채 가시기도 전에 황당한 상황이 벌어졌다. 단 5분? 아니, 그 정도도 안 걸렸을 것이다. 정말 눈 깜짝할 사이에 그 많은 선수가 시야에서 사라졌다. 우리 둘만 덜렁 남은 것이다. 시각장애인과 함께 뛸 때는 제 속도를 낼 수 없으므로 뒤처질 수밖에 없다는 각오는 하고 있었지만, 어떻게 시작하자마자 꼴찌란 말인가. 이런 일은 처음이라서 마음이 다급해졌다.

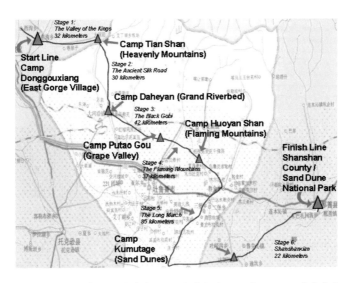

과거 실크로드의 요충지였던 중국 북서부 우루무치Urumqi 지역에서
고비 사막 레이스(Gobi March)의 대장정이 시작됐다. 전 세계 32개국
에서 모여든 89명의 전사들은 5박 7일 동안 253km에 달하는 고비 사
막과 투루판(Turpan) 분지의 산야를 넘나들었다.

"이 형, 우리가 꼴찌야! 좀 더 속도를 내야 할 것 같은데, 괜찮겠
어?"

"어…, 알았어."

나는 재촉하듯 용술 씨의 손을 잡아끌며 발을 빠르게 놀렸다.
그런데 이상하게도 용술 씨가 속도를 전혀 내지 못하는 것이다.
보통 땐 내가 이 정도로 리드하면 그도 금방 속도를 내서 따라왔
었다. 뭔가 이상하다는 생각은 들었지만 앞선 선수들을 얼른 따라
잡아야 한다는 조급함에 속도를 늦추지 않았다.

결국 몇 발자국 못 가서 용술 씨가 고꾸라지고 말았다. 튀어나온 자갈에 발이 걸린 것이다.

"이 형! 괜찮아?"

"괜, 괜찮아."

다행히 넘어지기만 했을 뿐 부상은 입지 않은 것 같았다. 용술 씨가 넘어지고 나서야 나는 그가 속도를 못 낸 이유를 깨달았다.

우리가 달리는 길은 불규칙한 크기의 자갈들이 깔린 농로였다. 일반인이 뛰기엔 그다지 무리가 없었지만 용술 씨에게 자갈길은 장애물 구간이나 다를 바가 없었다. 내가 불편함을 못 느꼈기에 용술 씨 입장을 생각하지 못한 것이다. 갑자기 너무나 미안해졌다.

"이 형, 미안해. 내가 좀 더 신경 썼어야 했는데….

"김 형이 왜 미안해. 내가 잘못해서 넘어진 건데."

생각해보니 한국에서 용술 씨의 도우미로 마라톤을 할 땐 거의 아스팔트나 장애물이 없는 비포장도로에서 달렸다. 그런 곳에선 방향을 잡아주거나 전방의 장애물만 경계하면 되었다. 하지만 여기선 전방뿐만 아니라 노면 상태에도 신경을 써야 했다.

그러니 사소한 것까지도 용술 씨 입장에서 생각하고 판단해야 했다. 내가 여기 온 것은 김경수로서 레이스를 완주하기 위해서가 아니라 이용술의 도우미로서 그의 완주를 돕기 위해서라는 사실이 비로소 실감났다.

'나는 이제부터 진짜로 인간 김경수가 아니라 낙타 김경수가 되어야 한다.'

내 역할의 무게와 막중함이 가슴을 짓눌렀다.

한숨이 절로 나오는 코스

용술 씨가 일어나서 잠깐 숨을 돌리는 사이, 나는 아까 본부에서 받은 유인물을 꺼내 들었다. 출발 전 본부에서 선수들에게 A4 한 장짜리 유인물을 나눠줬는데, 오늘의 코스에 대한 간략한 설명만 있었다. 사하라 때와 달리 이번 대회에서는 전체 코스나 구간별로 통과해야 할 지형지물, 고도 등이 표시된 지도를 제공하지 않았다. 이 때문에 선수들 사이에서 불만이 많았다. 이런 간략한 정보를 가지고는 그날 주로에서 전개될 상황을 예측하거나 긴급 상황에 대비할 수가 없기 때문이다.

어쨌거나 나는 오늘의 코스를 다시 한 번 찬찬히 살펴봤다. 해발 1,325킬로미터에서 출발해 높은 산봉우리를 지나 동구시앙의 동남쪽으로 향한 넓은 계곡을 따라 해발 2,050미터 지점까지 올라야 했다. 거기서 약 3킬로미터 정도 급경사의 내리막길을 지나 오늘의 결승 지점인 톈산 캠프까지 가는 것이었다. 그중에서 가장 큰 문제는 '제왕의 계곡'이라고 불리는 구간이었는데, 돌과 진흙으로 덮인 험난한 지형이어서 이곳 원주민들도 접근하기 꺼리는 곳이라 했다.

그런데 출발하자마자 자갈밭에서부터 헤매고 있으니 나도 모르게 한숨이 나왔다. 순위는커녕 부상 없이 제한시간 안에 캠프에

176

갈 수 있느냐를 걱정해야 할 판이었다.

자갈밭이 끝나는 구간까지 나는 잠시도 긴장의 끈을 놓을 수 없었다. 전방의 상황과 근거리의 노면 상태를 번갈아 살피면서 용술 씨가 발 딛기 편한 쪽으로 안내했다. 그러다 보니 어쩔 수 없이 나는 더 험하고 불편한 곳을 디뎌야 했다.

자갈밭이 끝나자 평탄한 시골길이 나타났다. 이런 길에서라도 최대한 속도를 내야 앞서 간 선수들을 따라잡을 수 있다. 우리는 손을 꼭 잡고 있는 힘껏 달리기 시작했다. 하지만 우리가 맘껏 달릴 수 있는 평탄한 길은 그리 많지 않았다. 그래도 우리는 바짝 긴장한 채 앞으로 나아가는 데만 집중했다.

이윽고 주로를 알리는 분홍 푯대가 나왔는데, 마른 강바닥을 따라 계곡 상류 쪽으로 향하고 있었다. 계곡 양옆으로는 오랜 풍화 작용이 만들어낸 기묘한 형상의 암벽들이 줄지어 늘어서 있고, 바짝 마른 강바닥엔 어른 머리통만한 굵은 돌덩어리들이 깔려 있었으며, 그 사이사이로 끝이 날카로운 가시덤불이 우거져 있었다. 그리고 이것들 위로 누런 흙먼지가 포장지처럼 덮여 있었다. 여기가 바로 제왕의 계곡이었다.

나도 모르게 "헉!" 하는 신음소리가 터져 나왔다. 거짓말 하나도 안 보태고, 인상 험하고 성질 더러운 조폭과 맞닥뜨린 기분이었다. '여기를 지나가야 한다고? 미치겠네!'

"왜 그래, 김 형? 뭐가 잘못됐어?"

내 신음소리가 심상찮게 들렸던지 용술 씨가 걱정스럽게 물었다. 이 상황을 어떻게 설명해줘야 할지 난감했다. 여기까지 오는 동안 나는 상황이 변하거나 장애물이 나타날 때마다 최대한 자세하게 설명해줬다. 하지만 이 계곡에 대해서는 꼭 그래야 할까 하는 생각이 들었다. 사실대로 다 알아서 좋을 것 같지만은 않았기 때문이다.

"그게…, 여기서부터 제왕의 계곡이 시작되는 것 같아. 그런데 돌이 좀 많네."

"돌? 크기가 얼마만 한데?"

"주먹만한 것도 있고, 머리통만한 것도 있고…. 골고루야."

"아이 씨, 우리가 사막에 온 거야, 자갈밭에 온 거야? 무슨 놈의 사막이 모래는 안 보이고 온통 자갈투성이야!"

아까 자갈밭에서 고생해선지 용술 씨도 신경이 곤두서는 모양이었다. 하긴 그로서는 지뢰밭을 걷는 것이나 매한가지니 짜증이 날 만도 했다.

나는 용술 씨를 달래가며 계곡으로 발을 들였다. 그가 한 발 한 발 내디딜 때마다 나는 피가 마를 정도로 긴장이 됐다. 자칫하면 발목을 접질리는 정도가 아니라 부러질 정도로 날카로운 돌이 많아서였다.

거의 엉금엉금 기다시피 계곡을 따라 걸었더니 첫 번째 CP가 보였다. 나 혼자라면 50분 정도면 충분했을 9킬로미터 구간을 달리는 데에 1시간 반이 넘게 걸렸다.

CP가 얼마 안 남았으니 조금만 더 힘을 내자고 서로 격려하

며 발걸음을 재촉하는데 어디선가 우리를 부르는 소리가 들렸다. MBC 촬영팀 중 한 사람이었다. 출발선에서 출발하는 장면을 찍은 촬영팀은 우리가 CP로 들어오는 장면을 찍기 위해 미리 CP에 와서 기다리고 있었다. 카메라맨이 경기 전체 과정을 찍기는 힘들기 때문에 우리가 출발할 때와 들어올 때 위주로 촬영하려는 모양이었다.

그런데 촬영을 하려면 동시녹음을 위해 복대 같은 묵직한 장비를 허리에 두르고 마이크를 차야 했다. 우리는 동시에 한숨을 내쉬었다. 조금만 더 가면 쉴 수 있다고 생각했는데, 이제부턴 촬영을 위해서 생쇼까지 벌여야 했다. '이 웬수 같은 촬영!' 10분 정도면 갈 거리를 우리는 또 30분이나 허비하면서 간신히 CP에 도착했다.

용술 씨가 쉴 수 있는 자리를 마련해주고 나는 옆의 아무 곳에나 주저앉아 벌컥벌컥 물부터 들이켰다. 여기까지 오는 구간에서는 용술 씨에게 먼저 물을 먹여야 했기에 나는 갈증이 심해도 되도록 참을 수밖에 없었다. 사실 이것도 물 조절에 실패한 내 책임이다. 도우미인 내가 두 사람분의 물을 챙겨야 했는데, 땀을 많이 흘리기 때문에 물을 많이 마셔야 하는 용술 씨의 체질을 고려하지 않고 내 기준으로만 생각해서 물이 부족했던 것이다. 눈앞이 깜깜했다. 경기 시작하고 겨우 두어 시간 왔을 뿐인데, 며칠은 지난 것 같았다. 이 짓을 앞으로 일주일 동안 해야 한다니….

'아, 눈물주에 넘어가지 말고 그때 발을 뺐어야 했어…. 남아일

언 중천금은 얼어 죽을…. 사나이 체면 챙기려다 고비에서 과로사하게 생겼네. 이 일을 어쩌지?'

후회가 파도처럼 밀려왔다. 아무 생각 없이 도우미를 하겠다고 덥석 허락한 것부터 고비에 가게 되었다고 철없이 좋아했던 것까지 줄줄이 후회막심이었다. 사하라 때는 펄펄 뛰며 말리더니 여기 오는 건 선뜻 허락해준 아내까지 원망스러워졌다.

CP 주위에서 염소 몇 마리가 어슬렁거리고 돌아다니면서 풀을 뜯고 있었다. 그 녀석들은 거친 잡목 사이에서도 용케 여린 풀들을 찾아냈다. 고비사막에 사는 원주민들은 양과 염소, 소, 낙타를 기르며 유목생활을 하므로 이런 모습이 자주 눈에 띄었다. 한가롭게 풀을 뜯는 염소를 보니 내 신세가 더 처량하게 느껴졌다. 급기야는 분위기 파악 못하고 앞에서 얼쩡대며 자꾸 카메라를 들이대는 카메라맨까지 얄미워졌다.

"김 형, 어디 있어? 이제 출발해야지."

주인님이 부르는 소리가 들렸다. '그래, 주인님이 부르면 낙타는 가야지.'

"알았어."

물을 넉넉하게 챙겨서 배낭에 넣고, 풀어놓은 끈을 다시 내 팔과 용술 씨 팔에 묶었다. 이제 와서 보니 그건 우리를 연결해주는 끈이 아니라 내 목줄 같았다. 카메라맨은 이 모습을 또 열심히도 찍어댔다. 나는 속으로 한숨을 삼키며 용술 씨 손을 잡고 다음 CP를 향해 출발했다.

말라버린 좁은 협곡의 바닥을 따라 레이스는 계속되었다. 다행히 경기 첫날은 제한시간이 없으므로 시간에 쫓기지 않아도 되었다. 이미 꼴찌는 맡아놓았으니 캠프에 무사히 도착하는 게 오늘 레이스의 목표였다.

하지만 시간이 길어질수록 배낭 무게의 압박이 점점 심해졌다. 용술 씨의 배낭은 10킬로그램 정도이지만 내 배낭은 12킬로그램이 넘었다. 낙타가 괜히 낙타겠는가. 물이나 간식 같은 당일 레이스에 필요한 물품들은 당연히 낙타 배낭에 들어 있다. 어깨가 무너질 것 같은 배낭 무게 때문에 자꾸 한숨이 나왔다.

내 한숨소리를 들으면 용술 씨는 무슨 일이냐고 묻곤 했다. 시각장애인들은 대부분 말투나 숨소리의 작은 변화만 가지고도 상대의 기분 변화를 읽어내는 놀라운 재주가 있다.

특히 용술 씨는 다른 사람들보다 더 예민하고 섬세한 편이다. 여기까지는 좋은데 문제는 까다롭다는 것이다. 뭔가 이상하다 싶으면 그냥 넘어가는 일이 절대 없다.

"왜 자꾸 한숨이야? 무슨 문제라도 생겼어?"

"아니야. 배낭이 무거워서 그래."

"정말? 다른 일 때문이 아니고?"

자기가 만족스러울 때까지 꼬치꼬치 캐묻는다.

"아니라니까. 얼마나 무거운지 내 배낭 한번 들어볼래? 사람 말을 왜 그렇게 못 믿어?"

"알았어. 아무 일 없으면 다행이고."

'다행은 무슨 다행, 나는 어깨가 빠질 지경이고만….'

어휴, 예민한 주인님을 둔 탓에 낙타는 맘 놓고 한숨조차 쉴 수 없었다.

가도 가도 협곡은 끝이 안 보였다. 강바닥에 쌓인 황토가 바람이 일 때마다 공중으로 흩날렸다가 머리와 얼굴 위로 고스란히 내려앉았다. 나중엔 황토팩을 한 것처럼 온몸에 황토가 덮였다. 게다가 종아리는 가시넝쿨에 긁혀서 생채기투성이가 됐다.

오후 3시 반이 넘어서 겨우 CP2에 도착했다. CP1에서 여기까지 무려 3시간가량이 걸린 것이다. 그래도 CP2부터 캠프까지는 그 지긋지긋한 협곡이 아니라 산길이어서 천만다행이었다.

우리는 경사진 오르막길을 부지런히 달려 해발 2,055미터의 언덕 정상에 이르렀다. 그곳을 넘어서자 멀리 텐샨산맥으로 둘러싸인 가파른 계곡이 보였고, 그 아래로 하얀색 텐트들이 어우러진 캠프가 시야에 들어왔다. 드디어 지옥 같은 레이스의 끝이 보였다.

재난영화에서나
보던 광경이
눈앞에 펼쳐지다

대자연의 광기, 혹독한 고비에서의 신고식

오후 5시 9분, 레이스를 시작한 지 6시간 만에 텐샨 캠프에 도착했다. 하지만 낙타는 쉴 수가 없었다. 주인님이 쉬는 동안 저녁을 지어야 했다. 정말 다 때려치우고 도망가고 싶은 마음이 굴뚝같았지만, 거기서 도망을 가봐야 어디로 가겠는가. '참을 인忍'자 대신 속으로 '나는 인간이 아니라 낙타다!'라는 주문을 외며 저녁 준비를 시작했다. 내가 쉬려면 한시라도 빨리 일정을 마치는 수밖에 없었다.

부지런히 저녁을 차려 용술 씨를 비롯한 한국 선수들과 함께 저녁상에 둘러앉았다. 고비사막 대회가 험하다는 소문 때문인지 이번엔 한국 선수도 강영선, 김효정, 유지성, 이무웅, 이석우, 그리고 용술 씨와 나까지 포함해서 일곱 명밖에 참가하지 않았다. 첫날부터 네 명이나 레이스를 포기했는데, 한국 선수들은 모두 무사히 캠프로 귀환했다. 국그릇으로 무사귀환을 축하하는 건배를 하고 저녁을 먹었다.

드디어 목이 빠지게 기다리던 쉬는 시간이 되었다. 한국 선수들에게 지정된 82번 텐트로 들어가 온종일 고생한 내 몸을 편하게 뉘어주었다. 얼마나 고단했던지 등이 바닥에 닿자마자 그대로 잠들어버렸다.

시간이 얼마나 흘렀을까. 갑자기 들리는 비명소리에 잠에서 깨어났다. 텐트 안에 있던 다른 선수들도 모두 깨어났다. 무슨 일인지 영문을 몰라 어리둥절하고 있는데 밖에서 또다시 "우오오옹!" 하는 동물 울음소리 같은 게 뚜렷하게 들려왔다. 그리고 그 울음소리와 함께 텐트 전체가 흔들거리기 시작했다.

우리는 급히 텐트 밖으로 나가보았다. 캠프 주변으로 거센 모래폭풍이 몰아치고 있었다. 토네이도처럼 회오리바람을 일으키며 고비사막을 휘젓고 다녔다.

텐트 몇 개는 이미 뒤집혀 나뒹굴고 있었고, 사람들은 바람에 휩쓸려가는 물품들을 챙기려고 안간힘을 쓰고 있었다. 참가국을 알리고자 캠프 입구에 꽂아두었던 각국 국기들이 꺾이고 부러져 위험하게 흔들렸다. 모두들 아수라장이 된 광경에 넋이 나갔다.

하지만 마냥 넋 놓고 있을 수는 없었다. 우리 텐트를 고정시켜놓은 철핀이 흔들리는 게 금방이라도 빠져 날아갈 것만 같았다.

급히 달려가 발로 철핀을 누르며 다른 선수와 텐트 기둥을 붙잡았다. 잠시 후 하늘이 컴컴해지면서 멀리서 "우르릉" 하는 천둥소리가 들렸다. 모래폭풍에 이어 비바람이 몰려오는 듯했다. 그리고 고막을 찢을 것처럼 엄청난 천둥소리가 울리더니 번쩍 하고 번개가 치며 섬광이 주위를 환하게 밝혔다. 마치 그것이 신호인 듯 장대비가 내리기 시작했다. 곳곳에서 비명소리가 들려왔다. 재난영화에서나 보던 광경이 눈앞에서 실제로 벌어졌다.

"우르릉 쾅!" 번쩍!

"우르릉 쾅쾅!" 번쩍번쩍!

고막을 찢을 듯한 천둥소리와 번뜩이는 섬광이 비바람 속에서 요동쳤다. 두려웠다. 대자연의 광란 앞에서 완전히 겁에 질려버렸다. 무엇을 어떻게 해야 할지 아무 생각도 나지 않았다. 모두들 우왕좌왕했다.

그때 나를 애타게 부르는 용술 씨의 목소리가 들렸다. 아차, 용술 씨를 깜빡 잊고 있었구나. 급히 텐트 안으로 들어갔다.

"경수 씨, 무슨 일이야? 전쟁 났어?"

앞이 안 보이기 때문에 천둥소리가 더 크게 들렸을 것이다. 텐트 안에 혼자 남겨진 용술 씨는 겁에 질려 몸을 덜덜 떨고 있었다. 이럴 때 내가 당황하거나 두려운 기색을 보이면 그는 더 크게 동요할 것이다. 침착해야 했다. 별일 아니라는 듯 지나가는 말투로 이야기했다.

"전쟁은 무슨…. 남자가 왜 이렇게 겁이 많아?"

"정말 전쟁 난 거 아니야? 그럼 이게 무슨 소리야? 텐트는 왜 이렇게 심하게 흔들려?"

"천둥소리야. 여기 지대가 높잖아. 그래서 천둥소리가 더 크게 들리는 것 같아. 바람도 더 심한 것 같고. 곧 괜찮아질 거야."

"정말 별일 없는 거야?"

"그러엄. 폭풍이 지나가고 있는데 곧 괜찮아질 거야. 시끄러울 테니 귀 막고 한숨 자고 있어."

한 치 앞을 예측할 수 없는 위급 상황이었지만, 천연덕스럽게 거짓말을 할 수밖에 없었다. 용술 씨가 현재 상황을 안다고 해서 달라질 건 아무것도 없었다. 도리어 그에게 공포감만 심어줄 뿐이다. 나는 용술 씨의 침낭을 꺼내 자리를 제대로 봐준 다음, 귀를 꼭 막고 있으라고 몇 번이나 당부하고 텐트 밖으로 나왔다.

굵은 빗줄기가 얼굴을 때렸다. 사람들은 장대비와 거센 바람을 온몸으로 견디며 텐트를 지키기 위해 안간힘을 쓰고 있었다. 짧은 시간에 폭우가 내리면서 텐트 주변으로 물이 고이기 시작했다. 이 대로 봐두면 텐트 안으로도 물이 스며들어올 게 뻔했다. 나는 선수들 몇 명과 함께 텐트 옆으로 물이 빠지도록 물꼬를 내기 시작했다. 그리고 물이 들어올 틈이 없도록 텐트 가장자리를 빙 둘러서 묵직한 텐트 커버로 눌러 막았다. 군대에서 야영할 때 배운 것들을 이렇게 써먹을 줄은 몰랐다. 우리가 하는 것을 보더니 외국 선수들도 "Good idea!"를 연발하며 따라했다.

고비사막을 집어삼킬 듯 2시간 넘게 요동치던 대자연의 광기가 조금씩 진정되는 기미가 보였다. 천둥소리도 잦아들고 거센 바람도 누그러지기 시작했다.

9시 30분, 고비사막의 서녘 하늘이 붉은 물감을 뿌려놓은 듯 뻘겋게 물들면서 밤이 찾아왔다. 이곳은 9시가 넘어야 해가 지기 시작하므로 밤이 늦게 찾아온다. 그리고 세계에서 가장 춥고 일교차가 큰 사막답게, 어둠이 내리리자마자 기온이 급격히 떨어진다.

아직 빗방울은 거세지만 다행히 바람이 잦아들었기에 텐트가 날아갈 걱정은 안 해도 될 것 같았다. 모두 텐트에 들어가서 쉬기로 했다. 침낭에 들어가 잠을 청했지만 텐트 천장에 부딪치는 요란한 빗방울 소리 때문에 쉬이 잠들 수 없었다. 온종일 힘든 경기를 치른 데다 비바람에 시달려서 몸이 물에 젖은 솜처럼 무거웠다. 더욱이 불안감도 완전히 가시지가 않았다.

'오늘 밤을 무사히 보낼 수 있을까? 혹시 자는데 또 돌풍이 불면 어떡하지?'

다른 사람들도 이런 걱정을 하는지 잠 못 들고 뒤척이는 소리가 들렸다. 다행히 용술 씨는 내 거짓말에 속아서 그 난리통 속에서도 깊이 잠들어 있었다. 하나둘씩 잠이 드는지 코 고는 소리가 여기저기서 들렸다. 나도 어느 순간 깊은 잠속으로 빠져들었다. 밤새 그칠 줄 모르던 빗소리는 동이 터올 무렵이 되어서야 잠잠해졌다.

참으로 혹독한 신고식이었다. 쟁쟁한 사막 마라토너들조차 고비사막에 대해서만큼은 혀를 내두르는 이유를 뼈저리게 실감한 첫 날이었다. 지형도, 코스도, 하다못해 날씨까지 고비사막에 비하면 사하라사막은 아이들 놀이터였다는 생각이 들 정도였다. 사람마다 특성이 다르듯 사막의 특성 역시 다 다르겠지만, 특히 고비사막은 위험천만하고 험한 요소는 골고루 갖춘 악당 같은 곳이었다.

둘째 날의 경기 코스는 고비사막의 악명을 유감없이 체험해볼 수 있도록 짜여 있었다. 그래서 코스 길이도 첫째 날의 35킬로미터보다 짧은 30킬로미터였다. 대체 얼마나 험하면 코스 길이까지 줄여놓은 것일까? 유인물에서 둘째 날 부분을 봤을 때 내 머릿속에 대뜸 떠오른 마음은 '포기하자!'였다. 고대 한나라 왕들의 하계 휴양지인 톈치에서 고대 실크로드로 이어지는 코스였는데 대부분 구간이 마른 하천 바닥과 강변의 자갈길, 그리고 비포장 자갈길이었다. 용술 씨와 나에겐 그야말로 지옥 같은 길이었다. 여기다 한 술 더 떠 강을 가로질러 건너야 하는 구간도 있었다.

'아무리 애를 써도 우리 걸음으론 제한시간 내에 들어가기 힘들 거야. 어차피 탈락할 건데 고생하지 말고 그냥 여기서 포기하는 게 낫지 않을까.'

이건 엄살이 아니었다. 여기저기서 "Oh, my God!"을 포함하여 욕설로 들리는 각국의 온갖 감탄사가 터져 나왔다. 다양한 인종이 모이다 보니 욕도 다양했다. 각자 언어는 다르지만 그 억양과 표정을 보면 욕이라는 걸 의심할 여지가 없었다. 나도 용술 씨한테 안 들리게 조용히 욕을 내뱉었다. 이건 도저히 욕을 안 할 수 없는 코스였다. 특히 시각장애인의 도우미를 하는 내 입장에선 남들보다 몇 배나 욕을 해도 직성이 풀리지 않을 정도였다.

일단 용술 씨에게 코스에 대해 자세히 설명해주기로 했다. 원래 출발 전에 당일의 코스에 대해 설명해줘야 하지만, 오늘은 특히 더 자세하게 이 코스의 문제점을 알려줘야 할 것 같았다. 그러면 용술 씨도 나와 같은 생각을 하게 될 것이다. 눈치 없이 따라붙는 카메라맨을 따돌리고 한적한 곳으로 용술 씨를 데려갔다.

예상대로 코스에 대한 설명을 듣는 용술 씨의 표정이 점점 굳어졌다. 온통 자갈밭 아니면 돌밭 천지를 가야 하는 상황에서 용술 씨도 갈등이 되었을 것이다. 양미간에 주름을 잡으며 깊이 고민하던 용술 씨가 마침내 입을 열었다.

"김 형, 그래도 하는 데까지 해봐야 하지 않을까? MBC 사람들과 약속도 했는데…."

아, 그놈의 4,000만 원짜리 차! 나나 용술 씨나 그 차에 완전히 코가 꿰어 있었다.

'그때 끝까지 거절했어야 했어. 죽어도 못한다고 버텼어야 했다고!'

후회가 해일처럼 밀려왔다. 왜 난 후회할 일만 골라서 할까?

'어쩔 수 없지. 주인님이 가자면 가야지. 낙타가 뭔 힘이 있나.'

나는 울고 싶은 마음을 억지로 누르며 용술 씨 손을 잡고 출발선으로 향했다.

만년설이 녹아 흐르는 독하게 찬 물을 맨발로 건너고

우리는 자갈밭을 걸어서, 돌밭을 기어서 10여 킬로미터를 왔다. 협곡과 계곡과 자갈밭이 번갈아 나타나는데, 사막마라톤에 참가하고 있는 건지 계곡 트레킹을 온 것인지 헷갈릴 지경이었다. 두 번째 CP를 출발한 후로는 협곡을 거슬러 올라가자마자 계곡의 물줄기가 우리 앞을 가로막았다. 주변을 살펴보니 분홍색 푯대가 계곡 건너편에서 나풀거리고 있었다. 드디어 본격적인 수중 레이스가 시작된 것이다.

우기도 아닌데 사막에 이렇게 물이 풍부하게 흐르는 계곡이 있다니, 보기만 해도 신기했다. 고비사막은 1년에 비가 60~80밀리미터밖에 오지 않아 지표면은 메마르고 건조하지만, 땅속으론 지하수가 풍부한 게 특징이라고 했다. 험상궂은데다 이중적이기까지 한 사막이었다. 그렇잖아도 마음에 안 들었는데 갈수록 심사가 뒤틀렸다.

신발이 젖어선 안 되기 때문에 우리는 주저앉아 양말과 신발을 벗었다. 신발 끈을 묶어서 목에 걸고 강물에 발을 담갔다. 순간 내장까지 얼어붙을 것 같은 찬 기운이 뼛속을 울리며 올라오더니 머리카락을 쭈뼛 세웠다. 이 물은 보통 물이 아니었다. 만년설이 녹아서 흘러내린 얼음물이 지하수에 섞인 것이다. 상온에 둔 물과 얼음을 넣은 냉수의 차이를 생각해보면 우리 두 사람이 발을 담그고 있는 물이 얼마나 차가운지 상상이 갈 것이다.

우리는 동시에 "으으으" 하고 신음소리를 내며 온몸을 부르르 떨었다. 잠깐 사이에 다리가 시린 걸 넘어 하체가 마비될 것처럼 아프기 시작했다. 이 얼음물 속을 걸어갈 생각을 하니 끔찍하기만 했다. 그래도 용술 씨 손목을 꽉 움켜쥐고 조심조심 앞으로 나아갔다. 발에 밟히는 자갈들은 물때가 껴서 굉장히 미끈거렸다. 이런 곳에선 발목 부상을 입을 위험이 크기 때문에 더 조심해야 했다. 앞으로 나아갈수록 수위도 점점 높아졌다. 처음에 무릎까지 오던 물이 허벅지를 지나 허리춤까지 차올랐다. 이젠 다리만이 아니라 허리춤까지 저렸다. 용술 씨도 몹시 괴로운지 인상을 찡그리며 자꾸 얼마나 남았느냐고 물었다. 난들 어떻게 알겠는가. 하지만 그렇게 말할 수는 없었다.

"조금만 더 가면 돼. 힘들더라도 조금만 더 참아!"

이렇게 거짓말로 용술 씨의 괴로운 심정을 달랬다. 하지만 얼마 못 가 용술 씨가 또 짜증스럽게 캐물었다.

"조금만 더 가면 된다면서? 대체 얼마나 더 가야 하는 거야?"

"진짜 얼마 안 남았다니까. 조금만 더 참으면 돼."

언제까지나 이런 거짓말로 그를 달랠 순 없었다. 하긴 나도 이렇게 힘들어 죽겠는데, 그는 얼마나 힘들겠는가. 그 심정은 충분히 이해할 수 있었다. 하지만 그렇다고 나한테 계속 투덜대는 건 인정머리 없는 행동이다. 앞을 보랴, 용술 씨 상태 보랴, 그야말로 정신이 하나도 없는 건 바로 나 아닌가. 그런데도 옆에서 계속 구시렁거리니 슬슬 짜증이 올라왔다. '그러게 아침에 포기했으면 좋았잖아. 서로 이런 고생 안 하고 좀 좋아.'라는 말이 나도 모르게 튀어나올 것 같았다. 어금니를 꾹 깨물며 그 말을 꿀꺽 삼키는데 속이 다 쓰려왔다.

모퉁이를 돌자 자갈밭 위에 펄럭이는 분홍색 푯대가 보였다. 드디어 고통의 끝이 보였다.

"이 형! 진짜 다 왔어. 조금만 더 가면 자갈밭이야."

"정말이야?"

내가 흥분해서 소리치자 이번엔 진짜라고 생각했는지 용술 씨의 굳었던 표정에 화색이 돌았다. 우리는 이 끔찍한 물속에서 한시라도 빨리 벗어나기 위해 걸음을 재촉했다. 마침내 햇빛에 따끈따끈하게 덥혀진 자갈 위에 발을 내디뎠다. 자갈밭이다! 인간이란 왜 이렇게 간사한 건지. 어제 그렇게 죽을 고생을 해놓고도 지금은 자갈밭이라는 말에 반색을 하니 말이다.

물 밖으로 나오자마자 주저앉아 발을 말리고 나서 양말과 신발을 신었다. 아무리 힘들다 해도 그 차가운 물속보단 자갈밭이 백배로 나았다. 그런데 얼마 가지 못해 푯대는 협곡 옆으로 이어진 또 다른 물줄기를 향했다. 그걸 설명해주자 용술 씨도 욕부터 했다. 우리는 대상도 불분명한 누군가를 향해 욕을 하면서 다시 양말과 신발을 벗었다. 아까와 달리 이번엔 물살이 셌다. 여기서 미끄러지면 부상은 기본이고 물살에 떠내려갈 수도 있었다. 초긴장 상태로 한 발 한 발 신중하게 내디뎠다. 용술 씨도 긴장했는지 입을 다물고 발바닥에 신경을 집중하고 있었다. 다행히 이번엔 그리

길지 않았다.

강물에서 빠져나온 우리는 자갈밭에 그대로 누워버렸다. 지칠 대로 지쳐서 한 발자국도 못 움직일 것 같았다. 그냥 거기서 한숨 자고 싶었다. 그런데 주인님은 그래도 되지만 낙타는 그럴 수 없었다. 늘어진 주인님을 억지로 붙잡아 일으켰다. 나도 왜 그랬는지 이해할 수 없었다. 그냥 거기서 함께 늘어져 버렸으면 제한시간에 걸려 자동으로 탈락되는 건데. 그 좋은 기회를 내다 버리고는, 힘들다고 투덜대는 용술 씨를 달래서 다시 길을 나섰다.

한동안 가지런히 조성된 둑길이 이어졌다. 오늘 레이스에서 처음 만나는 평탄한 길이었다. 지금까지 지체된 시간을 만회하기 위해 속도를 올렸다. 그런데 앞으로 갈수록 불길한 예감이 들었다. 어디선가 물 흐르는 소리가 들리고, 푯대의 방향이 자꾸 그곳으로 향하는 것 같았다. 정말 우리는 다시 강물을 맞닥뜨렸다.

"또?"

다시 강물을 건너야 한다고 하자 용술 씨가 눈을 부릅뜨며 말했다. 저러다 눈이 떠지지 않을까 하는 생각이 들 정도로 용술 씨의 눈이 휘둥그레졌다. 뭐라 할 말이 없었다. 나도 한숨만 나왔다. 그렇다고 여기서 포기하자니 지금까지 고생한 게 아깝고…. 또다시 사하라 때 버릇이 나오고 있었다.

"이번이 마지막이겠지. 삼세판! 외국 애들도 삼세판을 좋아하나 봐."

"아이 씨, 진짜! 이것들이 똥개 훈련시키는 것도 아니고, 뭐 하자는 짓이야?"

우리는 이 어이없는 코스를 짠 누군가를 열심히 씹으면서 다시 강물에 들어갈 준비를 했다. 한참 같이 욕을 하던 용술 씨가 한 가지 계획을 내놓았다.

"김 형, 우리 캠프에 가자마자 이 코스 짠 새끼를 찾아내서 죽도록 패버리자!"

"알았어. 내가 꼭 붙잡고 있을 테니까 죽도록 패버려!"

"같이 안 팰 거야?"

"이 형이 나보다 힘이 좋잖아. 그리고 붙잡고 있지 않으면 제대로 못 때려!"

"생각해보니 그러네. 그럼 김 형이 꽉 잡고 있어. 내가 죽도록 패버릴 테니까!"

이런 어이없는 대화를 나누면서 우리는 강물 속으로 들어갔다. 우리는 점점 덤 앤 더머가 되어갔다.

하지만 우리의 야심찬 계획은 곧 무산 위기에 놓였다. 그 자식의 멱살이라도 잡으려면 살아서 캠프까지 가야 하는데, 가기도 전에 동사할 것 같았다. 분명히 말해두지만, 익사가 아니라 동사다.

갈수록 첩첩산중이라더니 이번 강물은 지나온 두 곳보다 더 차갑고, 깊고, 물살도 셌다. 더욱이 가장 큰 문제는 제일 길다는 거였다. 용술 씨는 고통에 못 이겨 동물 울음 같은 이상한 소리를 냈다. 나도 진짜로 낙타가 돼버렸는지 내 입에서도 인간의 소리가 아닌 것 같은 신음소리가 흘러나왔다. 차가운 물에 오래 있었더니 하체의 감각이 없어져 다리를 꼬집어도 아프지 않았다.

그런데 어느 순간 뒤를 보니 진행요원이 분홍색 푯대를 회수하며 따라오고 있었다. 우리가 꼴찌라는 확실한 증거였다. 이러다간 진짜로 제한시간에 걸려 탈락할 수 있었다. 사나이 체면에 탈락이라니…. 나 스스로 포기는 할지언정 탈락당할 수는 없었다. 마음이 급해졌다. 조금이라도 더 빨리 가기 위해 걸음을 재촉했다. 그래 봐야 빨리 가지도 못하면서 마음이 조급하다 보니 무리수를 쓴 것이다. 그리고 무리수는 언제나 사고를 일으켰다. 마지막 물살을 헤치고 나오는데 그만 용술 씨가 발목을 접질렀다. 눈앞이 캄캄했다. 뒤따라오던 진행요원의 도움을 받아 용술 씨를 자갈밭으로 급히 옮겼다. 즉시 응급치료를 했다. 다행히 큰 부상은 아닌 것 같았다.

"괜찮아? 계속 뛸 수 있겠어?"

"그럼 뛰어야지 어떡해. 조금 욱신거리긴 하지만 쉬면 괜찮아지겠지."

용술 씨나 나나 '여기까지 왔는데, 저기까지만 가면 되는데'라는 마법에 걸려 있었다. 무리라는 건 알지만 여기서 포기할 순 없었다. 캠프까지는 5킬로미터도 안 남았다. 조금만 더 참으면 오늘 레이스를 마칠 수 있었다. 잠시 그곳에서 쉬었다가 출발하기로 했다. 우리와 함께 진행요원들도 그 자리에 주저앉았다. 우리가 맨 마지막이니 우리가 지나가야 그들도 제 할 일을 할 수 있었다. 한편으로 생각하면 참으로 기가 막히는 상황이었다.

우리의 바람대로 그것이 마지막 강물 코스였다. 또 다행스럽게도, 거기서부터 캠프까지는 자갈밭도 아니고 평탄한 길이었다. 용술 씨를 부축해서 2인 3각 달리기를 하는 것처럼 보조를 맞춰 온 힘을 다해 뛰었다.

가파른 언덕에 올라서자 광활한 고비사막의 전경이 눈앞에 펼쳐졌다. 고비사막의 또 다른 모습이었다. 사막이라기보다 '끝없는 광야'라는 표현이 더 어울릴 것 같았다.

우리는 고비의 광야를 달리기 시작했다. 제한시간에 걸리지 말아야 한다는 절박함이 부상의 고통을 이기고 용술 씨를 달리게 했다. 마지막 구간에서 열심히 달린 덕분에 꼴찌는 면했다. 오후 2시 44분, 85명 중에서 72번째로 캠프에 들어왔다. 그리고 들어오자마자 둘 다 나란히 기절해버렸다.

두 목숨이
걸린 일을
결정해야 하는 순간

포기하지 못하게 하는 것들

경기가 진행되면서 주 무대가 점점 투루판 분지로 옮겨갔다. 그러면서 코스의 난도도 점점 높아졌다. '악!' 소리가 날 정도로 힘들던 첫째 날과 둘째 날의 레이스는 워밍업 수준이라고 할 만큼 셋째 날부터는 코스가 급격히 어려워졌다.

우리는 급경사의 협곡을 엉덩이와 양손으로 미끄러져 내려가거나 직각에 가까운 758개의 철제 계단을 기어서 올라가야 했다.

여의도 63빌딩의 계단 수가 1,234개라고 하니 얼마나 높은지 대충 짐작이 갈 것이다. 어제 그제는 자갈밭과 수중 코스로 진을 빼 놓더니 이제는 수직하강과 수직상승으로 간담을 서늘하게 했다. 계곡 트레킹에 이어 이번에는 암벽등반을 하러 온 건가 싶을 정도였다. 대체 무슨 작정으로 이런 코스를 짠 건지 도저히 이해가 안 됐다. 선수들 사이에서 코스에 대한 불만이 마구 터져 나왔다. CP에 도착해서는 코스의 위험성에 대해 진행요원들에게 항의하는 선수도 있었다.

사지육신 멀쩡한 사람도 이렇게 치를 떠는데, 앞이 안 보이는 용술 씨와 그를 도와야 하는 나는 어땠겠는가. 나중에 사람들은 시각장애인이 이 위험천만한 코스를 완주했다는 것을 알고 놀라움을 넘어 신기한 듯 바라보았다. 우리 스스로도 어떻게 해냈는지 의아할 지경이었다.

솔직히 도우미로서가 아니라 선수로서 혼자 레이스를 뛰었다면 나도 포기했을지 모른다. 하지만 용술 씨가 레이스를 계속했으므로 어쩔 수 없이 나도 계속할 수밖에 없었다. 어쩌면 용술 씨도 내가 뛰기 때문에 함께 뛸 수밖에 없었는지도 모르겠다. 대체 무슨 이유로 이 말도 안 되는 레이스를 멈추지 않는 것인지 우리 스스로도 이해하기 어려웠지만, 어쨌든 우리는 계속할 수밖에 없었다. 그런데 그 수직상승과 수직하강조차 우습게 보일 정도로 무시무시한 코스가 우리를 기다리고 있었다.

지금까지는 CP가 가까워지면 어김없이 MBC 촬영팀이 먼저 나와 우리를 기다리곤 했다. 우리가 CP로 오는 모습을 찍기 위해서였다. 그래서 우리는 촬영팀이 보이면 CP에 다 온 것이라는 걸 경험적으로 알 수 있었다. 처음엔 촬영을 위해 이것저것 주문이 많았다. 기절할 정도로 힘들어 죽겠는데 촬영을 못했다며 조금만 다시 가달라고 요구하기도 하고, 동시녹음을 해야 한다며 서 있을 힘도 없는 우리에게 기어코 무거운 장비를 몸에 채우기도 했다.

하지만 경기가 진행되면서 이 경기가 얼마나 힘들고 위험한 것인지 간접적으로나마 체험하고 나서는 우리에게 힘든 요구같은 건 최대한 하지 않으려고 했다. 오히려 우리의 안전을 걱정하며 배려해주고자 애썼다. 우리가 CP로 가까이 다가오면 매번 촬영팀 전원이 나와서 박수로 환영해줬다. 방송가 사람들답게 개선장군을 맞이하는 백성들처럼 온갖 '오버질'을 해가면서 우리를 반겼다.

씨름선수 출신의 이상민 FD는 우리가 CP에서 잠시 쉬거나 캠프에 들어가면 솥뚜껑만한 손으로 마사지를 해주며 피로를 풀어줬다. 전문 물리치료사인 용술 씨도 웬만한 안마사보다 낫다며 그의 마사지 솜씨를 칭찬할 정도로 그의 손맛은 탁월했다. 개그맨 뺨을 후려칠 정도의 뛰어난 말솜씨와 카메라맨다운 날카로운 관찰력을 가진 허달명 씨는 우리가 가야 할 다음 구간의 정보를 세세하게 귀띔해줬다. 코스에 대한 정보가 절대적으로 부족한 나에게 그의 귀띔은 큰 도움이 됐다. 그리고 이 촬영팀의 총책임자인 김구산 PD는 좋은 그림을 위해 출연자를 닦달해야 하는 본분은 제쳐놓고 우리를 배려하려고 무진 애를 썼다.

그들의 마음이 느껴지면서 우리도 처음에 가지고 있던 방송에 대한 묘한 거부감과 촬영팀에 대한 불만을 거뒀다. 함께 고생하면서 쌓은 우정이 진짜 우정이라는 말처럼, 이 험난한 고비사막이 촬영팀과 우리들 사이에 인간미 넘치는 끈끈한 우정을 쌓게 해줬다. 어느새 우리는 말로만이 아니라 진짜로 한 배를 탄 식구가 되어버렸다.

그런데 그날은 촬영팀의 분위기가 보통 때와 달리 눈에 띄게 침울했다. 우리를 환영할 때마다 보여주던 장난기와 오바질도 없고, 숨도 겨우 쉴 정도로 지친 우리가 기어코 웃음을 터뜨리게 만들던 허달명조차 무겁게 입을 다물고 있었다. 뭔가 이상했다. 무슨 일이 있는 게 틀림없었다. 한켠에서 침울한 표정을 한 김 PD를 붙잡고 무슨 일인지 물어봤다.

그의 얘기에 의하면 조금 전 서울 방송국에서 전화가 왔는데 우리 프로그램 앞 회에 방송될 춘천 장애인 농구단이 일반인 농구팀과의 시합에서 졌다는 것이다. 우리 같은 시청자 입장에선 '까짓거, 시합에서 질 수도 있지.'라고 대수롭지 않게 생각할 것이다. 그리고 사실 장애인 농구단이 일반인 농구팀과 시합을 했다면 지는 게 더 자연스럽다고 여겨질 수도 있다. 승패보다는 장애인 농구단이 얼마나 훌륭한 경기를 보여주었느냐가 더 중요하다고 생각할 수도 있다. 하지만 프로그램을 만드는 사람들은 그렇게 단순하지 않았다. 과정도 중요하지만 어쨌든 경기에서 이겨야 했다. 특히 이 프로그램의 취지가 장애인에 대한 일반인의 편견과 고정관념을 깨고, 장애인에게도 스스로 노력하면 해낼 수 있다는 자신감과 용기를 북돋우려는 거였다. 그러니 힘든 노력의 과정과 함께 승리의 기쁨과 환희까지 보여줘야 시청자들에게 감동을 줄 수 있다고 본 것이다. 그런데 시합에서 지고 말았으니, 프로그램 제작자들 입장에선 낙담하는 정도가 아니라 방송을 내보낼지 말지를 고민해야 할 정도의 위기 상황같아 보였다.

김구산 PD는 이 프로그램에 각별한 애정을 갖고 있었다. 평소 장애인 문제에 관심이 많았던 그는 일반인과 장애인이 소통할 수 있는 계기를 만들고 싶어했다. 그래서 이 프로그램을 기획해서 어렵게 여기까지 온 것이다.

사실 방송가에선 장애인을 대상으로 한 프로그램은 제작하기도 힘들고 시청률도 잘 나오지 않기 때문에 잘 만들지 않는다고 한다. 그래서 주말의 황금 시간대에, 그것도 〈일요일 일요일 밤에〉 같은 잘나가는 예능 프로그램에 장애인 대상 테마가 편성되는 건 지금까지 없었던 극히 이례적인 일이라고 했다. 그러니 김 PD로선 그의 소망을 이룰 수 있는 황금 같은 기회를 잡은 거였다.

그의 얘기를 듣고 보니 촬영팀 분위기가 왜 그렇게 무거웠는지 충분히 이해가 갔다. 그때 이상민 FD가 서울에서 전화가 왔다며 핸드폰을 가지고 왔다. 심각한 표정으로 전화를 받던 김 PD가 핸드폰을 내게 넘겨줬다. 프로그램 진행자인 개그맨 신동엽 씨였다. 나도 긴장해서 전화를 받았다.

"네, 김경수입니다."

"아, 김 선생님. 수고 많으시죠. 김 PD에게 그곳 상황이 얼마나 힘들고 고생이 많으신지 얘기 들었습니다. 그런데 저희 사정이 좀 급하게 되었습니다. 얘기 들으셨겠지만, 이번 회 출연자들이 경기에서 졌습니다. 어쩔 수 없이 방송은 하기로 했지만, 승부에서 진

내용을 두 번씩이나 내보낼 순 없어서요…. 만약 두 분이 완주를 못하시면 방송을 못하는 건 물론이고, 저희 프로그램 그냥 내려야 할지도 모릅니다. 제발 부탁입니다. 힘드신 건 잘 알지만, 꼭 완주해주십시오. 이제 저희에게 남은 희망은 두 분이 끝까지 달려주시는 것밖에 없습니다. 제발 부탁드립니다."

그는 부탁한다는 말을 몇 번이나 반복하고 나서야 전화를 끊었다. 우리라고 해서 이 경기를 완주하고 싶은 생각이 왜 없겠는가.

"아유, 이분 부담 주는 덴 거의 달인급이신데요? 김 PD님 힘드시겠어요?"

분위기를 좀 바꿔보겠다고 내 딴에는 가장 먹힐 것 같은 농담을 던졌다. 그런데 김 PD는 여전히 굳은 얼굴로 아무 대꾸도 하지 않았다. 보통 때는 내가 실없는 농담을 던지면 나만큼 썰렁한 김 PD가 더 어이없는 농담으로 되받아서 주위를 얼어붙게 만들었다. 그러면 그 상황이 웃겨서 또 한바탕 웃으며 고비 하나를 넘기곤 했다.

그런데 이번엔 그가 한동안 심각한 표정을 짓더니, 어디서 구했는지 내게 담배 한 개비를 묵묵히 건네줄 뿐이었다. 나는 우리에게 부담을 준 것이 미안해서 그러나 보다 생각했다. 그래서 그를 격려하기 위해 주먹까지 불끈 쥐며 짐짓 허세를 부렸다.

"걱정 말아요, 김 PD님! 우리가 미션 꼭 성공할게요!"

그런데도 그의 심각한 표정은 풀리지가 않았다. 아니, 풀리기는커녕 점점 더 어두워졌다. 옆에 있던 이상민 FD도 한숨을 푹 쉬며 고개를 떨구었다. 뭔가 이상했다. 내가 모르는, 뭔가 심각한 일이 있는 모양이었다.

나의 의문은 허달명 씨한테 다음 구간에 대한 설명을 듣고서야 풀렸다. 의문이 풀리는 동시에 내 얼굴도 흙빛으로 변하고 말았다.

두 뼘 남짓한 산허리 길 아래는 천 길 낭떠러지

우리가 가야 할 다음 코스는 스네이크 피크라고 불리는 능선이었다. 건너편 산봉우리와 연결되는 급경사의 능선을 따라가야 하는데, 길이 좁아서 아차 하면 양옆의 벼랑으로 떨어질 수 있는 위험 천만한 구간이었다.

하지만 더 위험한 것은 그 다음이었다. 산허리의 골을 따라 포물선으로 난 길로, 폭이 30센티미터 정도밖에 안 되어서 벽을 붙잡고 게걸음으로 걸어야 하는 곳이었다. 그 밑은 수백 미터 낭떠러지였다. '목숨을 건'이라는 게 비유적인 표현이 아니라 진짜로 목숨을 걸어야 하는 구간이었다. 촬영팀의 분위기가 왜 그렇게 무거웠는지, 김 PD가 왜 그렇게 침통한 표정이었는지 그제서야 이해가 되었다. 방송이 중요하긴 하지만 우리를 사지로 내몰 수가 없어서 그랬던 거였다.

머릿속이 복잡해졌다. 경기를 계속해야 할지 여기서 포기해야 할지 갈피를 잡을 수 없었다. 경기를 계속해서 아무 탈 없이 건너면 다행이지만, 만약 사고라도 일어난다면…. 만약 그런 일이 생긴

다면 우리는 끈으로 연결되어 있기 때문에 한 사람이 떨어지면 같이 떨어질 수밖에 없었다. 그리고 설령 둘 중 한 명이 살아남는다 하더라도, 온전한 정신으로 살아갈 수 있을까? 용술 씨가 잘못되었는데 내가 얼굴을 들고 한국으로 돌아갈 수 있을까? 제대로 숨을 쉬기 힘들 정도로 가슴이 무거웠다.

우리 둘의 목숨이 걸린 문제였으므로 나 혼자 결정할 수는 없었다. 하지만 결국 내가 결정해야 하는 것이나 마찬가지였다. 용술 씨에게 다음 구간에 대해 말해주는 게 내 몫이니 그때 어느 선까지 설명할지에 달려 있었다. 사실대로 다 설명할지, 적당히 걸러서 설명할지 내가 결정해야 했다. 그리고 사실대로 설명해서 용술 씨가 경기를 포기하면 그나마 다행이었다. 문제는 다 듣고도 용술 씨가 경기를 계속하겠다고 할 때다.

공포심을 가지게 되면 사람의 몸은 이성보단 본능의 지배를 받게 된다. 아무리 이성적으로는 괜찮다고 생각하려 해도 두려움과 불안에 몸이 경직되고 움츠러들게 된다. 똑같은 길도 마음 상태에 따라 더 힘들거나 수월하게 느껴질 수 있는데, 바로 이 때문이다.

그런데 용술 씨 같은 시각장애인은 정확히 보지 못한 채 추측해야 하므로 그 공포심이 보통사람보다 더 클 수 있다. 즉, 그만큼 사고 위험성이 높아진다. 따라서 레이스를 계속할 거라면 다음 구간에 대한 자세한 정보를 모르는 게 용술 씨를 위해선 더 나은 일이다. 하지만 그의 마음속에 들어가 보지 않은 이상, 그가 어떤 선택을 할지 내가 어떻게 알겠느냔 말이다.

어떻게 해야 할지 갈피가 잡히지 않았다. 할 수만 있다면 그 자리에서 사라지고 싶었다. 왜 내가 이런 힘든 결정을 해야 하는지, 모든 게 원망스럽기만 했다. 조금 전에 김 PD가 건네준 담배를 무심코 입에 물었다. 이곳에 온 후로 이렇게 머리가 하얗게 비워지기는 처음이었다. 빨지도 않은 담뱃불이 맥없이 타들어가는 모양이 꼭 내 마음이 타는 것과 같았다.

우리가 그러고 있는 동안 코스를 포기하고 CP로 돌아오는 선수들이 보였다. 그들은 하얗게 질린 표정으로 CP에 들어서는 아무 곳에나 드러누워 버렸다. 완전히 진이 빠진 모양이었다.

시간이 자꾸 흘러갔다. 이대로 마냥 어물거리고 있을 수만은 없었다. 그리고 마침 CP 텐트에서 용술 씨가 나를 찾는 소리가 들렸다. 고비에 도착한 이후로 5분 이상 그의 곁을 떠난 적이 없었다. 심지어 볼일 볼 때도 함께 갔다. 그런데 내가 30분 넘게 안 보이니 그로서도 이상했을 것이다. 더는 결정을 미룰 수 없었다. 크게 심호흡을 하고 나서 용술 씨 곁으로 갔다.

"이 형, 미안해. 오래 기다렸지? 김 PD랑 애기 좀 하느라고."

"사람들 분위기가 심상찮던데, 심각한 일이라도 생긴 거야?"

그도 촬영팀 분위기가 이상하다는 걸 눈치채고 있었다. 보통사람보다 더 예민하니 모를 리가 없었다. 장애인 농구단이 경기에서 진 것과 서울에서 전화가 온 것까지 사실대로 말해주었다. 그런데 여기까진 사실대로 다 말했지만 그 다음은 어떻게 말해야 할지 망설여졌다.

"이 형…, 나 믿지?"

"뚱딴지같이 갑자기 그게 무슨 말이야? 왜 그래?"

"실은 말이야…, 다음 구간이 좀 험하대….."

그의 표정이 굳어졌다.

"얼마나? 지금까지 온 것보다 더 험한 거야?"

"그게…, 지금까지보다 훨씬 험한가 봐. 어떡하지?"

'여기서 그만하자'라는 말이 목구멍까지 올라왔지만 꾹 참았다. 일단 용술 씨가 결정할 때까지 기다려야 할 것 같았다. 나는 초조하게 용술 씨의 입만 바라보았다.

"아, 진짜! 이 새끼들은 사람을 그만큼 고생시켰으면 됐지, 더 어쩌라는 거야?"

"할 거야?"

"그럼 어떡해. 여기까지 왔는데!"

그놈의 '여기까지'가 또 나를 옭아매는구나. 나도 모르게 한숨이 나왔다. 옆에서 숨죽인 채 용술 씨의 결정을 기다리던 촬영팀도 무거운 한숨을 내쉬었다. 이 결정을 말려야 할지 그냥 지켜봐야 할지 갈피를 못 잡는 것 같았다.

어쨌거나 이제 결정은 내려졌다. 남은 일은 무사히 그 구간을 완주하는 것밖에 없었다. 나는 무거운 마음을 벗어버리려고 일부러 농담을 던졌다.

"나는 서울 가면 고비 쪽으론 오줌도 안 눌 거야."

"겨우 그 정도야? 나는 앞으로 이쪽으론 쳐다보지도 않을 거다."

우리는 다시 덤 앤 더머가 되어 실없는 농담을 주고받으며 CP를 나섰다. 사지로 떠나보내는 가족을 배웅하는 사람들처럼 무거운 마음으로 우리를 바라보는 촬영팀의 시선을 느끼며 나는 용술 씨의 손을 잡고 앞으로 달려가기 시작했다.

위태로운 칼 능선을 곡예하듯 넘어서 마침내 우리의 생사를 결정지을 곳에 도착했다. 산허리를 반으로 가른 듯, 수백 미터가 이어진 좁은 길은 보는 것만으로도 오싹했다. 나도 모르게 몸이 경직되고 있었다. 나는 용술 씨를 잡은 손에 힘을 꽉 주고 다시 한 번 물어보았다.

"이 형, 나 믿지?"

"거참, 쑥스럽게 왜 자꾸 그런 걸 물어. 당연히 믿지. 내가 김 형을 안 믿으면 누굴 믿겠어."

"그래, 고마워. 이제 가자!"

마침내 우리는 죽음의 구간에 발을 들여놓았다. 한 사람이 지나갈 때도 게걸음으로 가야 하는 좁은 길이라서 한 번 들어가면 다시 돌아 나올 수도 없었다. 나는 한 손으론 용술 씨의 손목을 잡고, 한 손으론 흙벽을 짚으면서 천천히 옆으로 이동했다. 한 발 한 발 신중하게 전진했다. 발을 디딜 때마다 흙더미가 수백 미터 아래로 허물어져 내려갔다. 100여 미터쯤 왔을 때 용술 씨 표정이 굳어졌다.

"김 형, 뭔가 이상해. 흙더미가 내려가는 것 같은데 왜 멈추는 소리가 안 들리지?"

예상 밖의 질문에 당황했다. 이럴 때 당황하는 기색을 비쳐선 절대로 안 되었다. 나는 짐짓 별거 아니라는 듯 가볍게 말했다.

"여기 흙이 부드러워서 그래. 그래서 포도밭이 많은 거잖아. 오면서 계속 포도밭이었잖아."

"그래도 좀 이상한 것 같은데…. 혹시 여기 낭떠러지 같은 데 아냐?"

"그냥 천천히 조심해서 가면 돼. 근데 이 형, 은근히 겁 많네? 자꾸 그러면 앞으로 '겁쟁이 리'라고 부른다. 어이, 겁쟁이 리!"

긴장을 풀어주기 위해 입으론 실없는 농담을 던졌지만 내 표정은 점점 더 굳어졌다. 용술 씨의 손목을 잡은 손에 나도 모르게 힘이 더 들어갔다. 내가 긴장할 때마다 손에 힘이 들어간다는 걸 그도 알고 있었다. 손목이 아플 정도로 내가 움켜잡는 걸 보고 그는 우리가 위급한 상황에 있다는 걸 감지한 것 같았다. 배낭의 하중이 뒤로 쏠릴 때마다 흙이 무너져 내리면서 전신이 휘청거렸다. 그럴수록 가슴과 얼굴을 흙벽에 바짝 갖다 붙였다.

그때부터 그 구간을 통과할 때까지 그는 아무 말 없이 오직 발을 옮기는 것에만 집중했다. 나도 더는 아무 말도 하지 않았다. 솔직히 그 상황에선 아무 생각도 떠오르지 않았다. 오직 살아야 한다는 생존본능만이 나를 지배했다. 얼마나 긴장했는지 50도가 넘는 한낮의 불볕더위조차 느껴지지 않았다. 수백 미터밖에 안 되는 구간이 수천 킬로미터라도 되는 듯 하염없이 길게만 느껴졌다.

절대로 끝나지 않을 것 같은 이 죽음의 길도 서서히 끝이 보였다. 그리고 마침내 우리는 살아서 건너편에 도착했다. 안전한 곳에 도착하자마자 이제 살았다는 안도감 때문인지 다리에 힘이 풀려버렸다. 나도, 용술 씨도 무너지듯 바닥에 주저앉아버렸다. 얼굴은 땀과 흙으로 뒤범벅이 됐다. 우리는 한동안 헉헉대기만 할 뿐 아무 말도 할 수 없었다. 그제야 숨이 제대로 쉬어졌다. 그 길에선 숨조차 제대로 쉴 수 없었다.

땀을 비 오듯 흘리며 숨을 헉헉대는 용술 씨에게 물부터 먹였다. 그런데 물을 다 마신 그가 얼굴을 사납게 일그러뜨리며 갑자기 소리를 질렀다.

"야, 김경수! 너 왜 날 속였어?"

"뭐?"

"방금 지나온 길, 낭떠러지 맞지? 왜 미리 말 안 했어? 낭떠러지라고 왜 말 안 했느냐고?"

흥분한 용술 씨는 내 얘기는 들으려고 하지도 않고 소리만 질러댔다. 내가 자신을 속였다고 생각하는 모양이었다. 이유야 어찌 됐든 속인 건 맞다. 뭐라고 할 말이 없었다.

제대로 대꾸도 못하고 그의 화풀이를 고스란히 받고 있는데 갑자기 김구산 PD와 허달명 씨가 나타났다. 우리의 안전이 걱정되어 촬영팀 전체가 찾아 나선 모양이었다. 무사히 건너온 걸 보고 김 PD는 울먹이며 우리를 와락 끌어안았다. 뭐라고 하는데 울먹이며 말해서 제대로 알아들을 순 없지만, 고맙다는 말 같았다.

갑작스러운 두 사람의 등장으로 용술 씨는 순간적인 흥분은 가라앉았지만 화가 풀리지는 않는 모양이었다. 이 위험한 구간을 건너온 문제로 우리 사이에 불화가 생겼다는 걸 눈치채고 두 사람이 중재에 나섰다. 내 고민을 잘 알고 있던 김 PD는 용술 씨의 오해를 풀어주려고 진심을 다했다. 김 PD는 모든 문제의 책임을 자신에게 돌리며 나를 변호하려고 애썼다. 전후 사정을 모두 듣고 나서는 용술 씨도 내 입장을 이해하는 것 같았다. 자신이 그런 입장에 놓였더도 그럴 수밖에 없었을 것 같다며 미안하다고 사과까지 했다. 나도 위험에 빠뜨려서 미안하다고 진심으로 사과했다. 그리고 화해의 악수와 포옹까지 나누었다.

나는 이것으로 이 문제는 끝났다고 생각했다. 하지만 한 가지, 내가 간과한 부분이 있었다.

책임감이
삶의 원동력임을
증명하다

어쩌겠나, 사람의 감정은 유리알과 같으니

시각장애인들은 자신의 눈으로 볼 수 없으므로 의심이 많은 편이다. 그럴 수밖에 없는 것이 자신의 눈 대신 타인의 말에 의지해야 하는 때가 많기 때문이다. 그래서 아무리 철석같이 믿을 수 있는 사람이 하는 말이라도 자기 눈으로 직접 확인할 수 없기에 늘 불안감이 존재한다고 한다. 어쩌면 의심 자체가 그들이 안전하게 살 수 있는 삶의 방식인지도 모른다.

그런 면에서 보자면 용술 씨는 다른 시각장애인들에 비해 의심이 많은 편은 아니었다. 천성이 그런 점도 있겠지만 마라톤을 시작하면서부터는 다른 사람들의 도움을 받고 어울리기 위해 의심하는 버릇을 고치려고 많이 노력했다고 한다.

하지만 그가 아무리 노력했다 하더라도 처음 대하는 상대로서는 당황스럽거나 불편한 때가 있다. 나도 고비에 처음 왔을 땐 내 말을 못 믿겠다는 듯 꼬치꼬치 캐묻는 그의 태도에 기분이 상하기도 했다. 처음 만난 사이도 아니고 서로 꽤 친하다고 생각했는데 나를 의심하는 것 같아 서운한 마음도 들었다.

시간이 흐르고 경기가 진행되면서 그런 모습이 더는 보이지 않았다. 툴툴거리거나 짜증을 내기는 했지만 그건 힘들고 답답해서 하는 하소연 같은 거였다.

사실 그는 나를 굉장히 믿고 의지했다. 물론 이런 상황에서 안 믿을 수도 없었겠지만, 그 이상으로 그는 내 말을 전적으로 믿고 따랐다. 그런데 내가 스네이크 피크 때 일로 그의 믿음을 깨버린 것이다. 물론 용술 씨도 이성적으론 내 입장을 이해하고 결코 나쁜 의도로 자신을 속인 게 아니라는 점은 알고 있었다. 그런데 그 일이 그의 이성을 넘어서는, 본능적인 불안감을 건드리고 만 것이다. 나를 신뢰하던 동안엔 잠잠하던 불안감이 다시금 그의 마음을 잠식해 들어가고 있었다. 그 불안감은 결국 롱데이의 마지막 코스에서 터지고 말았다.

롱데이 이틀째, 오전 9시 30분쯤 우리는 롱데이 전체 거리 93킬로미터 중에서 마지막 9킬로미터 구간인 듄 지역을 달리고 있었다. 아직 한낮이 되려면 멀었는데도 벌써부터 햇빛은 살갗을 익혀버릴 정도로 뜨거웠다. 마지막 CP에서 비박을 하는 것보단 힘들더라도 기온이 더 오르기 전에 레이스를 끝내는 게 나을 거라는 의료진의 조언에 따라 출발했는데 아무래도 무리였던 모양이다.

용술 씨는 걸음이 흔들릴 정도로 급격한 체력 저하를 보이고 있었다. 용술 씨보단 덜하지만 나도 힘들긴 매한가지였다. 사막에서 24시간 이상 달리면 아무리 강철 체력의 소유자라도 체력이 급격히 떨어지기 때문에 될 수 있는 대로 그 이전에 레이스를 마쳐야한다. 사하라 때엔 비록 사막의 초짜였지만 혼자였기에 새벽까지 달려 레이스를 완주할 수 있었다. 하지만 시각장애인과 함께 달리는 상황에선 그때처럼 내 마음대로 페이스를 조절하기 힘들다. 그래서 결국 24시간을 넘기게 되었고, 우리는 둘 다 체력이 급격히 떨어진 상황에서 마지막 장애물인 빅듄을 넘어야 했다. 사하라에서 만났던 거대한 빅듄만큼이나 높이와 덩치가 웅장한 녀석이었다.

햇빛 때문에 눈살을 찌푸리며 녀석을 올려다보는데 만만치 않겠다는 생각이 들었다. 더구나 용술 씨의 손을 잡고 올라가야했다.

"이 형, 이제 이 빅듄만 넘어가면 돼! 그럼 롱데이가 끝나는 거야. 어때, 잘할 수 있지?"

"아이고, 죽든 살든 넘어야지 어떡해! 롱데인지 뭔지, 그놈의 것 아주 지긋지긋하다."

"그래, 우리 빨리 끝내고 캠프 들어가서 늘어지게 한숨 자자."

나는 물병을 용술 씨 입에 대고 물을 조금 흘려 넣은 후 나도 마지막으로 한 모금을 마셨다. 아주 적은 양이긴 했지만 물을 마시

니 조금 살 것 같았다.

용술 씨의 체력이 급격히 떨어지면서 물도 그만큼 빨리 소모되었다. 원래 물을 많이 마시는데다 체력이 떨어지면 갈증도 심해지므로 물을 더 자주 마셔야 했다. 그래서 나는 한 손에 물병을 들고 용술 씨 입에 조금씩 흘려주면서 왔다. 물병째 주면 그대로 다 마셔버릴 기세여서 그렇게 하지 않으면 더 이상 물 양을 조절할 수가 없었다.

그렇게 아껴도 용술 씨가 마시는 물의 양이 워낙 많다 보니 내가 먹을 물이 부족했다. 어쩔 수 없이 나는 물 대신 목에 두른 버프를 입에 물고서 절어 있는 내 땀을 빨아먹어야 했다. 찝찌름한 소금물에 비위가 상하긴 했지만 그런 걸 따질 처지가 아니었다. 물은 반통밖에 안 남았지만 이제 빅듄만 넘으면 되니 캠프에 도착할 때까지 그럭저럭 버틸 수 있을 것 같았다.

나는 배낭에 물통을 집어넣고 용술 씨 손을 꽉 잡았다. 일종의 출발 신호 같은 거였다. 우리는 "으아아!" 하는 이상한 함성을 지르며 빠른 속도로 빅듄을 향해 달려갔다. 가속도를 이용해 빅듄을 뛰어 올라가야 하므로 최대한 빨리 달려야 했다.

사하라에서 빅듄을 오르는 요령을 익혔지만 둘이 함께 오르는 건 쉽지가 않았다. 사슴은커녕 이번엔 곰 두 마리가 사이좋게 허우적거려야 했다. 몇 번이나 미끄러지고 모래에 처박히면서 겨우겨우 기어 올라갔다. 이 빅듄만 넘으면 끝이라는 희망이 없었다면 못 올라왔을지 모를 정도로 우리는 지쳐 있었다. 살기 위해서, 레이스를 끝내기 위해 죽기 살기로 기어올라 마침내 우리는 고지에 올라섰다.

정상에 오른 기쁨도 잠시, 우리 앞에는 또 다른 거대한 빅듄이 버티고 있었다.

'이상하다? 이럴 리가 없는데…. 분명히 하나밖에 없었는데…?'

급히 유인물을 꺼내 확인해보았다. 거기에도 빅듄은 하나라고 표시되어 있었다. 그런데 주로를 알리는 푯대는 그 거대한 빅듄으로 이어져 있었다. 눈앞이 아찔해졌다.

내가 당황해하는 기색을 느끼고 용술 씨가 왜 그러냐고 물었다. 뭐라고 대답해야 할지 난감했다. 내 잘못은 아니지만 겨우 여기까지 왔는데 또 빅듄을 넘어야 한다고 하면 그가 뭐라고 할지 걱정이 되었다.

"어떡하지, 이 형. 분명히 유인물에는 빅듄이 하나밖에 없다고 표시되어 있는데, 하나가 더 있네."

"뭐? 그 괴물이 또 있다고?"

걱정했던 대로 용술 씨의 표정이 험상궂게 일그러졌다. 하긴 나도 이렇게 당황스러운데 오죽할까, 이렇게 이해하려고 하는 순간이었다. 기가 탁 막히는 말이 용술 씨 입에서 튀어나왔다.

"너, 또 나 속인 거야?"

어처구니없기도 했지만, 우선 너무나 서운했다. 내 잘못은 아니지만, 설령 내 잘못이라 쳐도 어떻게 그렇게 말할 수 있는가 싶었다. 서운함이 내 얼굴을 굳어지게 했다.

하나뿐이라는 빅듄을 넘고 보니 우리 앞에 그보다 거대한 빅듄이 보였
다. 숨이 턱 막히는 것 같았다.

"이 형, 무슨 말을 그렇게 해. 내가 왜 이 형을 속여. 그래서 나한테 얻는 게 뭐가 있다고."

"이유야 나는 모르지. 나를 생고생하게 만들려고 그런 건지, 여기에 오르게 하려고 속였는지 눈이 안 보이는 내가 어떻게 알겠어. 두 눈 멀쩡한 네가 잘못 봤다는 게 말이 돼?"

가슴이 꽉 막히는 것 같았다. 단순히 힘이 들어서 심술부리는 것 같지가 않았다. 정말 진심으로 나를 그렇게 생각하는 것 같았다.

억울하고 화도 나고 해서 내 목소리가 떨려 나왔다.

"진짜 어이가 없네. 내가 미쳤다고 이 형한테 일부러 고생을 시키겠어? 그러면 나도 똑같이 힘든데?"

"그래서 새벽에 같이 뱅뱅 돌았잖아? 거짓말인지 아닌지 모르겠지만, 네가 길을 잃었다고 해서 얼마나 헤맸었냐고."

그래! 내가 했다, 거짓말

정말 상상도 못했다. 오늘 새벽 레이스 때 내 실수로 길을 잃어버리긴 했다. 야간 레이스를 뛸 때 선수들은 뒤따라오는 다른 선수들에게 주로를 알려주기 위해 배낭에 깜빡이를 달고 뛴다. 밤에는 주로를 알리는 야광표시등을 놓칠 수 있기 때문에 앞서 달리는 선수의 깜빡이 불빛을 따라서 달리는 게 안전했다.

그런데 당시 롱데이의 주 무대인 투루판 분지에는 유전 개발이 한창이어서 곳곳에 송유관이 건설되고 있었다. 모래바람 때문에 앞을 가늠하기 어려웠던 나는 송유관에서 나오는 불빛을 앞선 선수의 깜빡이 불빛으로 착각하고 달리다 길을 잃고 말았다.

다행히 멀리 가지 않고 주로로 돌아오긴 했지만, 내 잘못으로 그를 힘들게 한 건 사실이다. 그래서 몇 번이나 미안하다고 사과를 했는데, 그걸 내가 자신을 골탕 먹이기 위해 일부러 그런 거라고 생각하다니…. 어이가 없는 걸 넘어서 정말 화가 났다. 지금까지 해온 내 모든 일이 부정당하는 것 같아 참을 수가 없었다.

"야, 이용술! 너 진짜로 그렇게 생각하는 거야? 내가 너 험한 데 끌고 다니려고 속였다는 거야?"

"네가 지금까지 나한테 거짓말 한두 번 했어? 매번 속이고 거짓말하고, 안 그랬어?"

"제기랄! 그래! 내가 했다, 거짓말. 네 말마따나 수없이 널 속이고 거짓말도 엄청나게 했다. 네가 얼마나 더 가야 하느냐고 하도 캐물어서 조금만 더 가면 된다고 속였고, 위험하다고 하면 네가 쫄 것 같아서 별거 아니라고 거짓말했다. 그럼 뭐라고 할까? 나도 얼마나 더 가야 할지 모르니까 사실대로 나도 잘 모르겠다고 말할까? 그렇게 말했더니 두 눈 뜨고서 그걸 왜 모르냐고 네가 계속 닦달한 건 기억 안 나? 엄청 위험하다고, 너무 위험해서 사지육신 멀쩡한 선수들도 포기한다고 사실대로 말했으면 네가 거길 무사히 건넜을 것 같으냐? 진짜 있는 그대로 사실만 말해줄까? 우리 앞에 있는 저 빅듄, 방금 올라온 것만큼 큰 놈이야. 이제 물도 반통밖에 안 남았어. 넌 지금까지 물을 마셨지만, 난 너한테 물 먹이느라 내 땀 빨아 먹으면서 왔다. 그래, 사실대로 다 들으니까 속이 시원하냐?"

너무 화가 난 나머지 나도 모르게 해서는 안 되는 말까지 해버리고 말았다. 하지만 서운하고 화가 나서 참을 수가 없었다. 만약 여기가 빅듄의 정상이 아니고, 내가 도우미란 위치가 아니었다면 주먹으로 한 대 후려치기라도 했을 것이다. 내 기세에 눌렸는지 용술 씨는 조금 주춤하는 것 같았다. 그런데 이번엔 엉뚱한 말로 내 속을 뒤집어놓았다.

"그래서 지금 나 도와주느라 어쩔 수 없이 거짓말한 거라고 말하는 거냐? 됐어, 그딴 도움 필요 없어. 내 더러워서 이놈의 레이스 집어치운다!"

"알았어, 그만둬! 그만두더라도 밑으로 내려가서 그만둬! 괜히 여기서 어물쩍거리고 있으면 구조대원들만 고생시켜. 빨리 가!"

그 말을 하고 나는 용술 씨의 손목을 잡고서 밑으로 달리기 시작했다. 용술 씨가 뭐라고 하건 말건, 엎어지고 미끄러져도 무자비하게 잡아끌면서 달렸다. 화가 나면 눈에 뵈는 게 없다더니 정말이었다. 너무 화가 나니까 까마득한 빅듄의 내리막도, 뜨거운 태양도, 갈증까지도 모두 잊어버렸다. 어서 빨리 내려가서 이 지긋지긋한 낙타 짓을 때려치우고 싶다는 생각뿐이었다. 평소의 나였다면 상상할 수도 없는 거친 행동이었다. 하지만 그 덕분에 엄청나게 높은 빅듄을 순식간에 내려왔다.

그러나 밑에 도착하자마자 나는 곧 내가 한 짓을 후회했다. 용술 씨가 탈진 증세를 보인 것이다. '나는 왜 이렇게 후회할 짓만 골라서 하는 것일까.' 자괴감이 밀려들었다. 지쳐서 바닥에 누워 있는 용술 씨를 안아 일으켜서 조금씩 물을 먹였다. 나는 한 모금 마실 새도 없이 물은 금세 바닥나버렸다. 물을 더 먹여야 할 것 같았다. 하지만 아무리 주위를 둘러봐도 아무도 없었다. 잔인하게도 뜨거운 태양만이 우리를 지켜보고 있었다.

용술 씨를 여기에 두고 빨리 캠프에 가서 구조대를 불러와야 하나? 잠시 쉬면 체력을 회복할지 모르니까 옆에서 기다려야 할까? 어떻게 해야 할지 알 수가 없었다. 막막했다. 일단 태양 빛을 막기 위해 배낭에서 서바이벌 블랭킷을 꺼내 용술 씨에게 그늘을 만들어주었다. 그리고 이온분말과 파워젤을 조금씩 입에 넣어주었다. 다행히 잘 받아먹는 걸 보니 의식을 잃은 건 아니었다. 아무리 화가 나도 내가 참았어야 했는데…. 순간을 참지 못하고 그렇게 쏘아 댄 게 너무나 후회스러웠다.

한참을 그러고 있는데 우리가 지나온 빅듄 옆으로 미국 NBC의 다큐멘터리 기자가 걸어오는 게 보였다. 그는 경기를 함께 뛰면서 몇몇 선수를 골라서 촬영했는데, 우리도 그의 카메라에 자주 잡혔다. 그 기자에게 물을 구하면 될 것 같았다. 나는 급히 그를 향해 양손을 크게 휘저으며 구조신호를 보냈다. 그런데 이 눈치 없는 기자는 반갑다는 인사인 줄 알고 자기도 같이 손을 흔들며 지나가려 했다. 어쩜 저렇게 눈치가 없을까? 내가 직접 가서 얻어오는 수밖에 없었다.

내가 용술 씨를 바닥에 눕혀놓고 뛰어가니까 그제야 위급 상황임을 눈치채고 그도 내 쪽으로 뛰어왔다. 다행히 그에겐 물이 충분히 있었다. 얻어온 물 한 통을 거의 마시고 나서야 용술 씨는 몸을 일으킬 정도로 체력을 회복했다. 하지만 저 거대한 빅듄을 다시 넘기엔 무리일 것 같았다.

"이 형, 조금 전에 미안했어. 서운해도 내가 참았어야 했는데…. 이 형 입장도 이해는 하는데, 그래도 내가 이 형을 속였다는 오해를 풀었으면 좋겠어."

용술 씨는 고개를 떨군 채 아무 말이 없었다. 나한테 화가 나서 그러는 건지 힘들어서 그러는지 판단이 안 되었다. 그나저나 이제 어떡해야 할지 막막하기만 했다. 저 빅듄을 같이 넘어야 할지, 아니면 아깝긴 하지만 여기서 포기해야 할지…. 너무 답답해서 한숨만 나왔다.

"난 더 못 가겠어. 김 형 혼자 가!"

한참 동안 침묵만 지키던 용술 씨가 내뱉듯이 한마디 했다. 역시 나한테 화가 나서 그러고 있었던 모양이다. 이제 모든 게 끝이라는 게 확실해졌다.

"난 여기에 김경수가 아니라 이용술의 낙타로 왔어. 이 형이 포기하면 나도 더 달릴 이유가 없지. 기다려, 캠프에 가서 구조대 불러올 테니까."

그리고 나는 빅듄 옆길로 해서 캠프 쪽으로 걸어갔다. 더는 할 말이 없었고, 그의 얼굴을 마주하고 싶지도 않았다. 조금 걸어가는데 앞에서 김 PD를 비롯해 MBC 촬영팀 사람들이 보였다. 마지막 CP에서 나간 후로 아무리 기다려도 우리가 돌아오지 않자 걱정되어 찾아 나선 것이다. 김 PD에게 사정을 설명하고 '나는 캠프에 가서 구조대를 불러올 테니 그동안 용술 씨를 돌봐달라'고 부탁했다. 사람들이 용술 씨에게 다가가 일으키는 걸 보고 캠프 쪽으로 발길을 옮기려고 할 때였다. 김 PD에게 말하는 용술 씨의 목소리가 들려왔다.

"안 돼요. 그러면 실격이야. 김 형, 어딨어? 김 형!"

용술 씨가 나를 부르고 있었다. 고개를 돌려보니 용술 씨가 안 보이는 눈으로 나를 찾고 있었다. 용술 씨의 배낭을 든 김 PD가 갑작스러운 용술 씨의 태도 변화에 당황한 듯 나를 쳐다봤다. 경기 도중 다른 사람이 배낭을 들어주거나 다른 사람에게 교통편을 제공받으면 그대로 실격이었다. 잠깐 새에 심경의 변화가 생긴 건지 용술 씨는 지금 실격당할 걸 걱정하고 있었다. 그것은 레이스를 계속하겠다는 뜻이었다. 나도 모르게 그쪽을 향해 소리쳤다.

"김 PD님, 용술 씨에게 배낭 돌려줘야 해요, 빨리 배낭 줘요."

그리고 나는 캠프가 아니라 용술 씨를 향해 뛰어갔다.

우리의 화해를 축하하는 듯 고비사막 마라톤대회 본부에서 우리에게 특별상을 수여했다. 상을 받기 위해 단상에 선 우리를 향해 참가 선수들과 대회 본부 사람들, 수많은 취재진이 기립박수를 보내줬다. "이 험난한 고비사막을 가는 끈 하나로 서로를 믿고 의

지하며 끝까지 달린 두 사람의 모습에서 인간이 가진 숭고한 휴머니즘과 감동을 확인할 수 있었다."며 거창한 수상 이유를 말하는데, 문득 사하라사막 마라톤 때 특별상을 받았던 프랑스 선수 팀이 떠올랐다. 그곳에서 용술 씨와 그의 동반주자인 윤충준 씨, 그리고 시각장애인인 디디에와 그의 친구 미셸이란 선수도 특별상을 받았다. 수상 소감에서 미셸은 얼마 후면 완전히 시력을 잃어버릴 친구 디디에에게 마지막으로 아름다운 사하라를 보여주고 싶어서 이곳에 왔다고 참가 이유를 밝혔었다. 많은 사람이 두 사람의 우정에 감동의 박수를 보내던 기억이 났다. 그런데 2년 후, 내가 그 감동의 주인공이 되어 사람들의 박수를 받고 있었다. 기쁘면서도 쑥스러웠다.

시상식과 축하 연회가 끝난 후 용술 씨와 둘만 남았다. 우리는 여전히 손을 잡고 있었다. 아마 모르는 사람이 보면 게이 커플인 줄 알았을 것이다.

"이 형, 고마워."

"왜 갑자기 이상한 소리를 하고 그래? 내가 고맙지 왜 김 형이 고마워. 지지리 고생만 시켜서 미안해 죽겠는데…."

우리는 누가 먼저랄 것 없이 쿡 하고 웃음을 터뜨렸다. 마치 난봉꾼 남편이 철없을 때 고생시킨 마누라에게 뒤늦게 사과하는 멘트 같아서다.

"아니야. 생각해보니, 이 형 덕분에 나도 대회를 완주할 수 있었어. 만약 나 혼자 왔더라면 중간에 포기했을 거야. 이 형이 있어서 버텨낼 수 있었어."

정말 그랬다. 나 혼자였더라면 온몸을 얼어붙게 하는 차가운 강물도, 수직에 가까운 758개의 철제 계단도, 수백 미터를 엉덩이로 미끄러져 내려가야 하는 협곡도, 절벽을 게걸음으로 가야 하는 스네이크 피크도 절대 통과하지 못했을 것이다. 인간 김경수였다면 포기하는 게 당연한 곳들이었다. 하지만 낙타 김경수였기에 가능했다. 이용술이라는 무거운 짐을 목적지까지 안전하게 데려다 줘야 한다는 목표가 공포와 두려움을 넘어서게 만들었다.

인생도 그런 것 같다. 때론 무거운 짐이 삶의 원동력이 되기도 한다. 너무나 무거워서 짓눌려버릴 수도 있지만, 그 무거움이 나를 움직이게 할 수도 있다는 걸 고비사막 레이스에서 배웠다. 고비사막은 이 소중한 깨달음 하나와 이용술이라는 백년지기 친구 하나를 선물로 안겨줬다. 두 번 다시 꿈에서도 만나기 싫은 지긋지긋한 경험의 대가로 말이다.

🏃 사막의 사계

행복은 지금 이대로의 모습을 사랑하는 것이다. 가족이 건강할 때, 고민을 들어줄 친구가 있을 때 행복하다. 행복은 목적이 아니고 과정이다. 여행을 준비할 때, 좋아하는 일에 몰입할 때 행복을 느낀다. 그러니 행복은 그리 멀리 있지 않다. 사계절이 있는 대한민국에 사는 것도 큰 행복이다. 색감 뚜렷한 계절의 변화가 있어 지루하지 않고, 식감 다른 제철의 진미를 만끽할 수 있어 좋다. 그런데 극한을 넘나드는 사막과 오지에도 사계가 있다.

사막 하면 대개 황금빛 모래 언덕이나 오아시스의 여유를 떠올린다. 석양에 비친 낙타 무리의 실루엣을 상상할 수도 있다. 하지만 불을 뿜는 열사와 모래폭풍이 기다리고 있는 사막은 그리 낭만적이지 못하다. 나는 이런 환경 속에 몸을 던지는 사막 여행을 10년을 훌쩍 넘겨서도 멈추지 못하고 있다. 모험을 좇는 마니아들도 여전히 자신의 목표와 포부를 품고 사막을 향하고 있다. 도전의 의미가 무엇이든 사막과 오지에 뛰어든 선수들이 반드시 거쳐야 할 사계가 있다.

경계境界

미지의 땅, 상상 속의 대지, 척박한 대자연으로의 도전은 일상의 틀을 벗어나면서 시작된다. 현관문을 나서고 도심을 벗어나야 한다. 국경을 넘고 산야를 건너야 한다. 중국 서역의 혜초 스님의 마지막 구법지 타클라마칸사막은 찾아가는 여정 자체가 모험이고 도전이다. 문명세계를 떠나 지구 속 또 다른 행성으로 들어서는 길목은 블랙홀에 빨려 들어가듯 긴장과 흥분이 교차한다.

그런데 그 길은 외롭다. 남이 가지 않는 길이기 때문이다. 경계를 넘기 위해서는 난관도 따른다. 부시맨의 고향 나미브 사막은 인도양을 질러 검은 대륙 아프리카 끝단까지 가야 한다. 스스로 선택한 길이지만 가족의 동의가 필요하다. 때론 주변의 비아냥거림도 감수해야 한다. 불가능이란 시도하지 않은 자의 변명이다. 도전하고 싶다면 먼저 경계의 벽부터 허물어야 한다.

관계關係

인간은 어디서든 혼자 할 수 있는 게 별로 없다. 대자연도 인간과 함께 숨 쉰다. 혈혈단신으로 볼리비아의 광활한 우유니사막 한가운데 떨어져 점 하나가 되어도 외롭지 않다. 타는 태양 볕 아래서 손을 내미는 선수와 한 모금 생명수를 망설임 없이 나눈다. 길도 없는 캄보디아 정글에서 뒤쳐진 선수에게 파이팅을 외치고 낯선 이에게서 힘을 얻는다. 시각장애인의 눈이 되어 휘몰아치는 고비 사막의 모래폭풍을 함께 뚫기도 한다.

인도 뮤나의 밀림에서는 한 밤을 보내다 흙바닥에 벌렁 누우면 별무리에 갇혀 대자연과 하나가 된다. 그러니 외로워도 외로울 틈이 없다. 천신만고 끝에 캠프에 들어와 자신의 무용담을 혼자 겪은 듯 자랑스레 늘어놓고 금세 위로 받는다. 진심어린 마음으로 격려하고 격려 받는다. 내일의 여정을 함께 걱정하는 건 사막이나 일상이나 별반 다를 바 없다.

한계限界

레이스가 계속될수록 선수들은 피할 수 없는 극한의 상황을 겪는다. 호주 대륙을 달리다 어깨를 짓누르는 배낭의 하중에서, 물집의 고통에서, 체력의 고갈에서 한계를 느낀다. 까마득한 모래산 빅듄과 맞닥뜨리면 오르기 전에 이미 압도되어 또 다른 한계를 맞는다. 한계에 다가설수록 대자연과 견주는 것이 아니라 자신과 사투를 벌이고 있는 나를 발견한다.

끝없는 터널은 없다. 한계가 두려웠다면 나는 사막에 오지 않았을 것이다. 한계 앞에 주저앉은 자와 일어선 자의 희비는 극명하다. 그랜드캐니언에서 나는 죽음의 문턱을 봤다. 밤새 추위와 공포 속에 방향을 잃고 흐느적거렸다. 일어서지 못한 자는 그곳이 한계이고, 일어선 자에게 그 한계는 경계일 뿐이다. 한계는 기분 좋은 불편함이다. 한계를 넘어서면 인생의 반전뿐만 아니라 행복도 거머쥘 수 있기 때문이다.

설계設計

흙먼지와 땀으로 뒤범벅이 된 채 사하라사막 빅듄 위에서 맞는 바
람은 올라선 자에게 주어지는 작은 보상이다. 한눈에 사하라의 끝
이 보이지 않는다. 매미가 가을 단풍을 알 수 없듯, 오르지 않고 어
찌 정상에서 펼쳐지는 신천지를 상상할 수 있을까. 건너편 광야를
볼 수 있는 건 오른 자의 특권이다. 가야 할 좌표가 시야에 들어오
고 다음 CP로 향할 동선이 머릿속에 그려진다.

넘어선 자의 환희는, 비록 짧지만 달콤한 여운 후에 새로운 목표를
떠올린다. 나는 중국 고비 사막을 넘고 히말라야 임자체와 부탄의
파로 계곡을 넘어 남미 칠레의 아타카마 사막을 건넜다. 넘어서지

못한 자는 영원히 한계 너머를 그리워할 것이다. 더 멀고 더 깊고 더 높은 곳으로의 도전도 한계를 넘어선 자만이 웃으며 상상할 수 있는 전유물이다.

도전하고 싶다면 먼저 자신의 벽, 주변의 벽을 허물어야 한다. 고정 관념을 뛰어 넘어야 한다. 도전하지 않으면 성공도 실패도 없다. 험난한 여정을 두 발로 밟으며 부대낌 속에 울고 웃지만 선수들은 여전히 한계로 향한다. 한계의 목전에서 슬럼프에 빠지기도 하고 대범하게 거듭나기도 한다. 주저앉아 포기할 것인가, 참고 견뎌낼 것인가의 선택과 그 결과는 순전히 자신의 몫이다.

나에게 있어 한계는 넘어서기 위한 경계일 뿐이다. 사계를 잘 견디어낸 자는 희망찬 이듬해 봄볕을 맛볼 수 있다. 새 달력을 건다고 새해가 되는 것은 아니다. 어제 마음 그대로 새로운 시간을 맞는 건 퇴보다. 남과 비교할 때 행복은 멀어진다. 행복은 열정으로 자신이 좋아하는 일을 할 때 덤으로 그 삶에 덧입혀지는 향기이다. 그래서 행복이 쌓이면 삶의 동력이 된다. 경계의 벽을 허물고 한계의 벽을 뛰어 넘어보자. 그래야 성공도 행복도 거머쥘 수 있다.

PART 4

사막은 정말 중요한 것과
중요한 것처럼 보이는 것을
구분하게 한다

나눔이란 '선뜻'보다는
'고민 끝에' 해야
진짜다

어느 날 만나기 시작한 깨달음

2005년 고비사막에 다녀오면서 그런 결심을 한 것은 아니었다. '앞으로 계속 세계의 모든 사막을 달려봐야겠다.'고 말이다. 그런데 고비에서 돌아온 후로 나의 마음은 어느샌가 그 생각을 중심으로 돌아가고 있었다.

명절 때마다 고속도로를 꽉 메운 귀성차량 틈에서 몇 시간씩 시달리고서도, 때가 되면 그 대열에 끼어야만 마음이 편한 객지 생활자들과 비슷하게. 가라고 등 떠미는 사람은 아무도 없었지만 나는 때가 되면 배낭을 챙겨 사막과 오지로 가야만 했다. 내가 미처 알아채지는 못했지만 극한에서 만난 대자연의 장엄함과 엄중함이 내 삶의 근본적인 동력이 되어갔고, 나를 서서히 변화하게 했다.

그렇게 매해 사막에 가면서 나이도 먹었다. 브래드 피트도 나이를 먹는데 나라고 안 먹을 리 있으랴. 왜 하필 브래드 피트냐고? 거창한 이유가 있는 건 아니고, 그와 내가 1963년생으로 동갑이라는 점 때문이다. 그는 2005년에 영화 〈미스터 & 미세스 스미스〉를 같이 찍던 안젤리나 졸리와 사랑에 빠져 돌아갈 수 없는 인생의 강 하나를 건넜다. 그리고 나도 같은 해 시각장애인 이용술의 낙타가 되어 고비사막 레이스를 완주한 일이 돌아갈 수 없는 인생의 강 하나를 건너온 셈이 되었다. 브래드 피트의 10년이 비주얼 배우에서 연기파 배우로 변모한 시간이었다면, 나의 10년은 강북구청 공무원과 직장인 모험가라는 두 가지 인생이 공존한 시간이었다.

2009년, 어느 언론과의 인터뷰에서 브래드 피트는 이런 말을 했다.

"나이를 먹어가면서 나에게 진정 중요한 것이 무엇인지 점점 명확해지는 것 같다. 그것은 하루하루의 가치이며 그 시간을 함께 보내는 사람들의 중요성이기도 하다."

나는 그의 말이 무슨 뜻인지 누구보다도 공감했다. 나도 그즈음에는 사막과 오지 마라톤이라는 '미친 짓'을 꾸준히 해온 이유를 어렴풋하게나마 깨닫기 시작한 참이었다. 처음엔 우리나라에서는 경험할 수 없는 대자연의 위엄과 웅장함에 매료되었다. 숨이 막힐 정도로 아름다우면서도 압도하는 듯한 장엄함이 느껴졌다. 그래서 사막에 다녀온 후 내 눈과 머릿속에는 대자연의 모습만 담겨 있곤 했다.

그러나 한 살 한 살 나이를 먹어가고, 다녀온 사막의 숫자가 늘어가면서 나도 어느덧 달라지기 시작했다. 대자연보다 그곳에서 만났던 사람들이 더 강렬하게 기억에 남기 시작했다.

『논어論語』「술이편述而篇」에 나오는, 자주 인용되는 말이 있다.

"세 사람이 길을 가면 그들 중에 반드시 내 스승이 될 만한 사람이 있다. 그들의 좋은 점은 가려서 따르고 나쁜 점은 살펴서 자기 스스로 고쳐야 한다."

공자님 말씀은 내 상황에도 딱 들어맞았다.

'사막에서 세 사람을 만나면 그중에 한 사람은 반드시 나에게 깨달음을 준다.'

깨달음에 관한 나의 첫 번째 기억은 2006년 7월, 칠레 아타카마 사막에서 시작된다. 한국에서 칠레까지는 비행기를 여러 번 갈아타며 33시간을 가야 하는 긴 여정이었다. 내 옆자리엔 이번에도 용술 씨가 앉아 있었다. 불교식으로 말하자면 우리는 전생에 뭔가 특별한 인연이 있었던 모양이다.

용술 씨와는 고비사막을 동행한 후로 예전보다 훨씬 가까워졌다. 보통 도우미 역할을 하고 나면 무사히 완주한 것을 다행으로 여기는 정도이고, 더러는 완전히 사이가 틀어지기도 한다. 그만큼 서로에게 지긋지긋한 경험일 수 있기 때문이다. 그런데 나와 용술 씨는 1년 후에 또 같은 비행기를 타고 날아가고 있으니 둘 다 흔한 유형은 아닌 모양이다.

용술 씨는 참 대단한 사람이다. 보통사람도 하기 힘든 사막마라톤을 완주하는 걸 옆에서 지켜보면서 매번 경이로움을 느꼈다. 그는 선천적 시각장애인이 아니라 군대 가기 전 친구들의 패싸움에 휘말려 불행하게도 시력을 잃었다.

이처럼, 살다가 중간에 실명한 경우를 중도실명자라고 한다. 어느 날 갑자기 앞이 보이지 않게 되었을 때 느꼈을 좌절과 절망을 나는 상상조차 할 수 없다. 사람마다 자신의 아픔과 상처가 가장 큰 법이지만, 용술 씨가 느꼈을 좌절감에 비하면 그간 나의 모든 것은 엄살에 지나지 않았구나 싶어진다.

가끔은 '용술 씨는 왜 저렇게 악착같이 자신의 한계를 뛰어넘으려고 하는 걸까?' 생각하기도 했다. 아마 자존감 때문일 거라고 짐작한다. 그는 시력을 잃고 가장 견디기 힘들었던 일이 자신이 무가치한 존재가 되는 것이었다고 했다.

그의 도전은 일반인보다 훨씬 험난하지만 언제나 그가 바라는 것보다 더 진하게 자존감을 돌려줬다. 이렇게 또 한 번 긴 시간을 날아 칠레로 가는 이유도 바로 자신에 대한 자신감과 자존감을 확인하기 위해서일 것이다.

하지만 고비 때와는 달리 이번에는 초반부터 예감이 좋지 않았다. 용술 씨는 비행기 안에서부터 치통 때문에 고생이 심했고, 오른쪽 무릎에 부상도 있는데다 몸 상태가 전반적으로 좋지 않았다. 나의 불길한 예감대로 오른쪽 무릎 부상은 레이스 내내 그를 괴롭혔고, 그는 결국 아타카마의 악명 높은 '악마의 발톱'에 걸려 진입을 코앞에 두고 CP2에서 주저앉고 말았다. 결과적으로 나는 아타카마에서는 그를 완주시키지 못했다. 중간에 의료진이 늦게 도착한 탓에 나도 함께 경기를 포기해야만 했다.

나의 패기에 찬물을 끼얹은 아타카마사막

지구상에서 별이 가장 아름답게 빛나서 전 세계 천체물리학자들의 사랑을 한몸에 받는 곳, 기상관측이 시작된 이래로 200년 동안 한 번도 비가 오지 않아 지구상에서 가장 건조하고 메마른 곳, 붉은색 흙과 수만 년 전 지구의 지각대변동으로 심해가 융기된 지형이 만들어낸 기괴한 분위기가 마치 다른 행성에 온 듯한 착각을 불러일으키는 소금사막, 그리고 지구에서 가장 달과 비슷한 환경을 가졌다 해서 '달의 계곡'이란 낭만적인 별명도 있는 곳, 이렇게 많은 수식어가 붙은 곳이 2006년에 다녀온 칠레 아타카마사막이다.

아타카마에 대한 나의 첫인상은 사람이 살 수 없는 낯선 행성 같다는 것이었다. 사하라사막이 우아하고 품위 있는 아름다운 왕후라면 고비사막은 힘든 노동에 손발은 거칠지만 순박한 미소를 지닌 시골 아낙네 같은 곳이었다.

아직 내 발로 경험하지는 않았지만, 눈으로만 본 이곳 아타카마는 날카로운 검을 가슴에 품은 서늘한 눈매의 검객 같은 느낌을 줬다. 그와 함께 이번에 시작하는 아타카마 레이스*가 여기 오기

전 생각했던 것보다 훨씬 힘들 거라는 예감이 들었다.

힘든 고비사막 레이스를, 그것도 시각장애인의 도우미까지 해가면서 완벽하게 해냈다. 오죽하면 같이 참가한 선수들이 우리가 완주할 수 있을지 없을지를 두고 내기까지 걸었을까. 그 정도로 힘든 레이스를 초인에 가까운 정신력으로 해냈다. 그래서 이제는 웬만한 사막은 제패할 수 있겠다는 자만심이 하늘을 찌르고 있을 때였다. 그런데 아타카마의 기묘한 모습은 나의 패기에 초장부터 찬물을 확 끼얹어버렸다.

게다가 날씨까지 꽁꽁 얼어붙어 나의 불길한 예감을 더욱 부채질했다. 한국의 7월은 불볕더위가 한창인 때지만 지구 정반대 쪽에 있는 칠레는 한겨울이었다. 준비해 간 옷을 몽땅 껴입고 파카까지 꺼내 입고서도 추위에 떨 정도로 아타카마의 추위는 상상을 초월했다.

그런데 이것보다 선수들을 더 괴롭게 한 건 높은 고도와 공기 중에 진하게 섞여 떠도는 소금이었다. 고산지대에 있는 사막답게 경기는 고도 3,000미터부터 4,000미터 사이에서 이루어졌다. 이

아타카마 레이스

레이싱 더 플래닛에서 개최하는 4대 사막 경기 중 하나입니다. 남미 칠레 북쪽, 세계에서 가장 건조한 지역인 아타카마사막에서 벌어지는 서바이벌 어드벤처 레이스이지요. 고비 레이스와 비슷하게 약 250킬로미터를 6개 구간으로 나누어 5박 7일간 달립니다. 여기에도 밤새도록 달려야 하는 롱데이가 포함되어 있습니다.

웬만한 사막은 제패할 수 있겠다는 자만심이 하늘을 찌르고 있을 때
만난 아타카마사막. 다른 대회와 다르게 첫날부터 강도 높은 코스, 처
음 겪어보는 유난한 지형 그리고 고산병. 용술 씨와 나는 앞이 캄캄해
졌다.

정도면 고산병을 걱정해야 할 높이다. 덕분에 나는 생전 처음 비아그라라는 약도 먹어보았다. 비아그라는 흔히 아는 특정 부위뿐만 아니라 신체의 혈관 확장에도 효과가 있다. 내가 그 약을 먹은 건 고산병 예방과 치료를 위한 것이니 절대로 오해는 하지 마시길 바란다. 높은 고도와 소금기 때문에 아침에 일어나서 보면 선수들의 얼굴과 손발이 풍선처럼 퉁퉁 부어 있곤 했다. 모두 짭짜름하게 소금 간이 되어 있는 거다.

하지만 이 정도는 약과였다. 5박 7일, 260킬로미터의 대장정이 시작되는 마추카 마을은 거기서 자그마치 2,000미터 정도나 더 올라가 해발 4,288미터에 있었다. 캠프에서 버스를 타고 마추카 마을까지 가는데, 고도가 높아지면서 귀가 꽉 막힌 듯 멍해지고 두통이 일어나기 시작했다.

손가락으로 코를 막고 힘을 주어 귀를 뚫는 응급조치를 여러 번 해봐도 먹먹하고 답답한 느낌은 사라지지 않았다. 그런데 마을에 도착하니 현기증까지 일어났다. 게다가 극도로 건조해서 대번에 코피를 쏟는 선수들까지 있었다. '정말 갈수록 태산이구나.' 하는 생각에 마라톤을 시작도 하기 전에 나는 갈치조림처럼 졸아들었다.

역시 나의 불길한 예감은 적중했다. 보통 첫날은 워밍업 차원에서 살살 하기 마련인데, 아타카마대회는 생김새 그대로 첫날부터 무지막지했다. 대회 첫날의 레이스 거리는 36킬로미터였다. 4,300미터의 고산지대와 급경사의 협곡을 따라 내려가면서 만년설이 녹아 흐르는 수십 개의 강물을 4.5킬로미터나 지나가야 하는 살인적인 코스였다.

망연한 눈빛으로 전의를 상실한 사람은 나만이 아니었다. 사막 마라톤 대회에 몇 번 참가한 경험이 있는 노련한 선수들도 다들 혀를 내두르며 황당해했다. 결국 대회 본부에서 대규모 탈락 사태를 방지하기 위해 첫날 캠프에 들어오는 시간제한 규정을 없애기로 했다.

우여곡절 끝에 레이스가 시작됐다. 그런데 이번에는 용술 씨도 난제였다. 고비 때는 몸 상태가 괜찮았기 때문에 초인적인 정신력으로 어떻게든 버텼지만 이번엔 달랐다. 특히 아타카마의 바위는 고비사막의 자갈들보다 끝이 훨씬 뾰족하고 날카로웠다. 나도 발을 내디딜 때마다 온몸이 휘청거릴 정도로 중심 잡기가 힘들었다. 그런데 그는 얼마나 힘들었겠는가.

결국 얼마 못 가 용술 씨는 오른쪽 무릎이 아프다며 주저앉았다. 레이스 첫날이라 식량이 조금도 줄지 않아 배낭 무게가 10킬로그램이 넘으니 이것도 상당한 부담이 됐다. 이런 악조건들이 겹치면서 오른쪽 무릎에 무리가 많이 간 모양이었다.

"김 형, 나 진통제 좀 줘. 다리가 너무 아파."

그도 나만큼이나 약에 의존하는 걸 싫어했다. 정말 어지간히 아프지 않고는 약을 안 먹는 사람인데 얼마나 아팠으면 그랬을까? 진통제를 먹는 모습을 지켜보면서 마음이 무척 안 좋았다. 출발하자마자 이런 상황인데 앞으로 남은 레이스를 무사히 마칠 수나 있

기묘한 분위기를 풍기는 아타카마사막은 나와 용술 씨를 비롯한 여러
레이서들을 주눅 들게 했다. 이곳에 도착하기 전까지만 해도 완주가
목표였지만 매순간이 살아남기 위한 몸부림으로 변하기 시작했다.

을까 걱정이 컸다. 게다가 우리는 최악의 코스인 수중 레이스를 앞두고 있었다. 주로를 가리키는 푯대가 계곡 아래 물줄기를 향해 이어져 있었다. 이제부터 굽이굽이 휘도는 4.5킬로미터 계곡을 따라 수십 개의 물줄기를 넘나들어야 한다.

계곡물에 다리를 담그자 머리칼이 쭈뼛 설 정도로 한기가 온몸에 퍼졌다. 만년설이 녹아서 생긴 강물의 냉기는 고비에서 이미 겪었지만, 두 번째라고 해서 덜하지도 않았다. 한겨울에 강물의 얼음을 깨고 들어가는 것 같았다.

그리고 고비사막의 계곡에선 이끼 낀 자갈이 우리의 발목을 잡았는데 이번엔 소금과 뒤엉킨 진흙이 발걸음을 더디게 만들었다. 강바닥에는 온통 붉은색 진흙이 두텁게 깔려 있어 걸음을 옮길 때마다 신발과 바지 속으로 진흙 덩어리가 한 움큼씩 파고들어왔다. 신발 속으로 들어온 진흙은 마찰을 일으키며 물집을 터뜨렸고, 진흙은 터진 물집을 또 가지고 놀았다. 냉기와 쓰라림 탓에 걸음을 옮길 때마다 입에서는 신음소리가 구호처럼 터져 나왔다.

사람을 살리는 일에도 용기가 필요하다

칠레의 겨울 해는 너무 짧았다. 5시부터 해가 저물기 시작하더니 순식간에 어둠이 찾아왔다. 그러잖아도 추운데 기온이 급격히 떨어지기 시작했다. 롱데이도 아닌 레이스 첫날부터 헤드랜턴을 켜고 어둡고 추운 밤길을 가야 했다. 그것도 얼음같이 차가운 강물을….

  점점 체온이 떨어졌다. 이대로 계속 가다간 저체온증이 올 수 있었다. 비상조치가 필요하다고 판단한 우리는 강물을 건너자마자 풀숲에 주저앉았다. 배낭에서 서바이벌 블랭킷을 꺼내 뒤집어 쓰고 파워젤로 열량을 보충했다. 그렇게 잠시 쉬고 있는데 우리가 건너온 강물 쪽에서 불빛 하나가 물소리를 내면서 다가왔다. 우리가 가장 후미라고 생각했는데 더 뒤처진 선수가 있었던 모양이다. 불빛의 주인공도 우리를 발견한 듯 속도를 내 점점 가까이 다가왔다. 불빛의 급격한 흔들림에서 우리마저 놓치면 또다시 혼자 남게 된다는 절박함 같은 게 느껴졌다.

  마침내 그 불빛이 모습을 알아볼 수 있을 정도로 가까이 다가왔다. 키가 작고 마른 체형의 일본 여자 선수였다. 덜덜 떨며 "쓰미마 셍."이라고 말하면서 우리를 만난 것에 안도하는 듯 환한 미소를 지어 보였다. 미에자와 미에라는 이름의 이 선수는 강물에 흠뻑 젖은 옷 때문에 몸을 심하게 떨었다. 자기 이름을 말하는데도 이빨이 부딪쳐서 제대로 발음도 못할 정도였다.

  추위 때문이기도 하지만 기묘한 분위기를 풍기는 아타카마사막의 밤이 주는 공포에 완전히 겁을 먹은 듯했다. 우리는 남자 둘인데도 가끔 으스스한 기운을 느낄 때가 있었는데 여자 혼자서 이 밤길을 왔으니 얼마나 무서웠겠는가. 약간 떨어져 앉은 그녀는 우리가 느낄 정도로 '으으으으' 신음소리까지 내며 심하게 몸을 떨었다. 헤드랜턴 불빛으로 얼굴을 자세히 살펴보니 입술이 이미 짙은 보라색으로 물든 데다 피부가 무섭도록 창백해져 있었다. 아무래도 저체온증이 온 모양이었다. 이대로 그냥 두면 안 될 것 같았다.

　나는 덮고 있던 서바이벌 블랭킷을 얼른 뒤집어 씌워주었다. 하지만 블랭킷이 들썩거릴 정도로 떨림은 멈추지 않았다. 그것만 가지고는 체온을 올릴 수 없을 것 같았다. 아무래도 침낭을 꺼내 덮어주는 게 좋겠지만, 솔직히 귀찮기도 했다. 보통 배낭을 꾸릴 때 침낭은 맨 밑에 두기 때문에 꺼내려면 그 위에 있는 짐들까지 몽땅 꺼내야 했다. 추위로 손이 얼어붙어서 아플 정도인데 배낭을 뒤질 생각을 하니 암담하기만 했다. 그렇다고 저렇게 추워서 덜덜 떠는 데 모른 척할 수도 없고…. 어쩔 수 없이 곱은 손을 불어가며 배낭을 풀어 밑바닥에 있는 침낭을 꺼냈다. 그리고 침낭을 펼쳐 그녀에게 덮어주었다. 그녀는 입술을 덜덜 떨면서도 고개를 꾸벅 숙이며 "아리가또."라고 감사 표시를 했다. 생김새나 예의 바른 태도로 보아 좋은 집안에서 잘 자란 참한 아가씨 같았다.

　하지만 사막마라톤 같은 험난한 스포츠를 하기엔 체구도 작고 체력도 약해 보였다. 사막마라톤에는 여자들도 많이 참가하지만 대부분 체격이 남자 못지않게 크고 튼실했다. 특히 서양 여자들 중에는 나보다 체격이 크고 체력도 좋은 여성들이 많았다. 이런 대회에서 미에처럼 작고 마른 여자는 처음 보았다. 게다가 근성과 강한 투지가 필요한데 이런 도전을 하기엔 겁도 많고 여려 보였다.

'다도나 꽃꽂이가 딱 어울릴 것 같은 아가씨가 왜 이런 고생을 하는지 모르겠네. 아가씨도 나처럼 미쳐서 그러는 건가…?'

이런 생각을 하며 나도 모르게 한숨이 나왔다.

우리는 충분히 쉬기도 했거니와 한 자리에 오래 머무르면 긴장이 풀어질 수 있기 때문에 이제 그만 일어나야 했다. 하지만 미에를 혼자 두고 갈 수가 없었다. 우리가 일어서면 분명 그녀도 같이 가려고 할 것이다. 하지만 침낭을 뒤집어쓰고도 계속 몸을 떠는데 그냥 계속 갔다간 위험한 상황이 발생할 게 뻔했다. 그렇다고 마냥 기다리고 있을 수도 없었다. 코스가 험해서 시간제한 규정은 없애버렸다지만, 내일 레이스를 위해선 되도록 빨리 캠프에 도착해야 했다. 뭔가 특단의 조치를 취해야 할 것 같았다.

이런저런 방법을 생각해봤지만 체온을 빨리 올릴 방법은 하나밖에 없었다. 바로 핫팩을 붙이는 것이다. 칠레가 겨울인데다 고산지대라 밤에는 몹시 춥다는 얘기를 들었다. 침낭에서 자면 웬만큼 보온은 되지만 그걸로는 부족하다고 해서 밤에 잘 때 붙이려고 핫팩 몇 장을 챙겨 왔다. 몸을 따뜻하게 해야 잠을 푹 잘 수 있고 피로도 잘 풀리기 때문이다. 그래서 벌벌 떨면서도 핫팩을 붙이고 싶은 걸 꾹 참고 서바이벌 블랭킷으로 버티고 있었던 것이다. 첫날부터 얼음물에서 몇 시간이나 뒹굴 줄 알았다면 넉넉하게 챙겨 왔겠지만 누가 이런 황당한 코스일 줄 알았나.

핫팩을 붙이게 하는 게 제일 좋은 방법이란 걸 알면서도 솔직히 아깝다는 생각도 들었다. 이걸 그녀에게 주면 나는 적어도 하룻밤은 추위에 떨어야 했다. 또 이런 최악의 코스가 없다면 천만다행이겠지만, 가뜩이나 지형이 험한데다 그나마 첫날의 코스가 제일 쉬웠던 경험으로 봐서 오늘보다 더하면 더했지 덜할 리가 없을 것 같았다.

핫팩 한 장 가지고 유난스럽다고 할지도 모르겠지만, 나도 평소라면 절대 이러지 않는다. 하지만 추위에 떨고 자다가 컨디션이 안 좋아지면 레이스 내내 지옥을 경험하는 건 물론이고 자칫 경기를 포기해야만 할 수도 있다. 이러니 당시 내가 핫팩 하나를 가지고 온갖 저울질을 한 점은 너그러이 이해해주시라.

하지만 아무리 고민해봐야 다른 방법이 없었다. 핫팩을 붙여주고 빨리 움직일 수 있도록 하는 게 그 상황에선 가장 나은 방법이었다. 나는 배낭에서 핫팩을 꺼내 그녀에게 내밀며 손짓 발짓으로 이것을 배꼽에 붙이라고 설명했다. 나는 일본어를 못하고 그녀는 영어를 못하니 의사소통을 할 방법이 그것밖에 없었다. 그런데 그녀는 내 말뜻을 알아듣고는 쑥스러운 듯 미소를 지으며 고개를 가로저었다. 일본어로 뭐라고 하는데 손짓으로 보니 괜찮다고 사양하는 것 같았다. 사양할 일이 따로 있지, 어이가 없었다.

"이 아가씨야, 괜찮긴 뭐가 괜찮아."

내 목소리가 컸는지 미에가 놀란 눈으로 나를 쳐다봤다. 나도 어이없다는 표정으로 그녀를 바라봤다. 이 아가씨가 제정신인가 싶었다. 일본인 특유의 폐를 끼치면 안 된다는 사고방식 때문인지, 지나치게 예의를 차리는 성격이라서 그런지는 모르겠지만, 이 참

하게 생긴 아가씨는 지금 자신이 얼마나 위급한 상황인지 감을 못 잡고 있는 듯했다. 막말로 남의 핫팩을 뺏어서라도 체온을 올려야 할 판에 큰 맘 먹고 주는 것도 마다하다니…. 지금 이것저것 가릴 상황이 아니라는 걸 이해시키고 싶어도 말이 안 통하니 답답하기만 했다.

"이봐, 미에 씨. 이걸 붙여야 해. 안 그러면 체온이 올라가지가 않아. 이 상태로 계속 가면 저체온증이 와서 큰일 날 수 있어. 그러다 심장마비나 호흡곤란이라도 오면 어떡할 거야. 그러니 체면 같은 거 따지지 말고 빨리 붙여."

알아듣든 말든 한국어로 말하며 다시 내밀었다. 이번엔 좀 심각하고 엄한 표정을 지어 보였다. 하지만 유순하게 생긴 거와 달리 고집 세고 눈치 없는 이 일본인 아가씨는 공손한 태도로 또 거절했다. 손짓을 보니 옷이 젖어서 붙일 수 없다는 것 같았다. '후유!' 한숨이 나왔다. 아무래도 말로만 해선 순순히 붙일 것 같지 않았다.

'대체 이 아가씨는 뭘 믿고 고집을 부리는 거야? 저렇게 부들부들 떨면서…. 어떻게든 붙여야 할 것 같은데 내가 해줄 수도 없고…. 계속 실랑이하면서 시간 낭비하는 것보단 그냥 내가 붙여주는 게 나을까?'

그녀의 완강한 태도로 봐선 내가 억지로라도 붙여주지 않는 한 스스로 붙일 것 같지 않았다. 결국 이 방법밖엔 없을 것 같지만, 문제는 처음 보는 여자의 몸에 손을 댄다는 게 나처럼 소심한 남자

에겐 악명 높은 코스를 하나 건너는 것만큼 힘든 일이라는 점이
었다.

"거참, 미치겠네."

나도 모르게 탄식 같은 넋두리가 튀어나왔다. '목숨, 안전, 생존,
버티기' 같은 단어들만 생각해야 하는 절박한 순간에 이 여자는
어쩌자고 그러는지 답답하기만 했다. 안 그래도 힘들어 죽겠는데
갑자기 나타나서는 왜 나를 이런 고민까지 하게 만드는지…. 내
피같이 소중한 핫팩을 준다는데도 고개를 저으며 얌전하게 거절
하는 그녀가 원망스러울 지경이었다.

'야, 김경수! 뭘 고민하는 거야? 지금 저 아가씨가 여자로 보여
서 이러는 거냐? 아니잖아. 지금은 비상상황이야! 물에 빠진 사람
을 구하면 인공호흡부터 하는 게 당연한 거잖아. 그것과 다를 게
뭐 있어. 그냥 눈 딱 감고 확 붙여버리면 돼! 용기를 내, 김경수!'

칠레의 매서운 겨울밤, 아타카마사막의 계곡 풀숲에 주저앉아
핫팩을 손에 들고 나는 심각한 고민에 빠졌다. 마침내 결심이 선
나는 심호흡을 크게 두 번 하고 그녀에게 다가갔다. 그녀가 당황
한듯 흠칫하는 것 같았다. 겁을 먹는 걸 보고 나도 주춤거려졌지
만, 다시 용기를 냈다.

'너도 살고, 나도 살고, 우리 모두가 사는 길은 이 길밖에 없어.'

나는 그녀의 어깨를 잡아 강제로 몸을 뒤로 돌리고 상의를 걷
어 올린 후 핫팩을 뜯어 그녀의 손에 쥐여주고 억지로 붙이게 했
다. 조금의 망설임이나 미적거림 없이 속전속결로 신속하게 해치

왔다. 그녀가 핫백을 다 붙인 걸 확인하고 나니 갑자기 다리에 힘이 풀리는 것 같았다. 너무 긴장한 모양이다. 풀숲에 쪼그리고 앉아 얼마간을 기다리자 핫팩의 열기가 몸에 전해지면서 그녀의 창백하던 얼굴에 서서히 온기가 번져갔다.

그녀는 나의 무례한 행동 때문에 기분이 상한 듯 표정이 굳어있었는데 핫팩의 위력을 실감하면서 내가 왜 그랬는지 비로소 이해하는 것 같았다. 조금 전까지 억지로 미소 짓던 것과 달리 핫팩만큼 온기가 담긴 미소를 지으며 나를 향해 고개를 꾸벅 숙였다. 눈치는 없지만 예의는 바른 아가씨였다.

"좋으냐? 그러게 붙이라고 할 때 순순히 붙였으면 좋았잖아. 이렇게 사람 진을 다 뺄 거 뭐 있어, 이 눈치 없는 아가씨야."

말은 퉁명스럽게 나오지만 내 얼굴에도 안도의 미소가 번졌다. 단 한 번도 만난 적 없는 사람, 스쳐 지나가는 인연, 이런 사람에게 나의 소중한 것을 줄 수 있는 마음. 나 자신을 극한의 상황에 밀어 넣은 경험을 해보지 않았다면 아마도 불가능했을 것이다.

주위는 더욱 어두워졌고, 주로는 더욱 험해져만 갔다. 눈으론 강물의 깊이를 가늠할 수 없었다. 새로운 강을 만날 때마다 용술 씨가 쥐고 있던 시각장애인용 스틱으로 깊이를 재어보았다. 짐작으로나마 깊이를 예상하지 않고 그냥 들어가면 자칫 앞으로 고꾸라질 수 있었다. 지도상으론 이런 물길을 3킬로미터나 더 내려가야 한다고 되어 있었다. 나는 그날 강을 건널 때마다 숫자를 세어보았다. 하지만 40까지 센 후부터는 포기해버렸다. 숫자가 커지면서 내 맘속에 공포와 불안도 함께 커졌기 때문이다. 끝까지 세지는 못했지만 그날 우리가 건넌 강이 60개 가까이 되었던 것 같다.

강을 건너는데 미에가 자꾸 비틀거렸다. 아마 배낭 무게에다 진흙 때문에 중심을 못 잡는 것 같았다. 온몸이 젖은 것도 중심을 못 잡아서 물에 빠졌기 때문이었으리라. 귀중한 핫팩까지 붙여서 겨우 체온을 올려놓았는데 다시 빠지게 할 수는 없었다. 할 수 없이 나는 그녀의 바지 뒤춤을 움켜잡았다. 처음엔 기겁을 했지만 내가 바지 뒤춤을 잡고 있으니 안정감이 느껴지는 듯 그녀도 잠자코 강을 건넜다. 한편으로는 용술 씨가 시간이 갈수록 무릎 통증이 심해지는지 다리를 절룩거리며 제대로 걷지를 못했다.

그날 밤 나는 오른팔로 용술 씨를 부축하고, 왼손으로 미에의 바지 뒤춤을 움켜잡고 아타카마 협곡의 차가운 물줄기를 수없이 넘나들었다. 오직 여기 있는 세 사람 모두 무사히 살아서 이 구간을 통과해야 한다는 절박함 때문에 힘들다는 생각조차 떠오를 틈이 없었다. 말 그대로 제정신이 아니었다.

신문같은 데서 가끔 도저히 사람의 힘이 아닌 초인적인 힘을 발휘했다는 뉴스를 볼 때가 있다. 아이를 구하기 위해 엄마가 자동차를 번쩍 들어 올린다든가, 사람들이 힘을 모아 버스를 들어 올렸다는 해외토픽 같은 것 말이다. 아마 그날 내가 그런 초인적인 힘을 발휘했던 것 같다. 정상적인 상황이었다면 평범한 인간인 내가 도저히 할 수 없는 일이었다. 보통은 생각대로 몸이 안 따라주는 게 정상이다. 그런데 그날은 내 영혼이 원하는 대로 내 몸이 순순히 따라줬다. 신의 가호였는지 내가 그 순간 잠시 슈퍼맨이 되었던 건지는 모르겠지만, 나는 혼자서도 건너기 힘든 아타카마 협곡을 두 사람을 양손에 끌고 무사히 지나왔다.

다음 CP에 도착하자마자 미에를 의료진에게 인계했다. 다음날 감사 인사를 하러 온 일본 선수 팀의 말에 의하면 그녀는 안타깝게도 경기를 포기하게 됐다고 했다. 그녀는 목숨을 구해준 것을 진심으로 감사하게 생각한다며 그 마음을 내게 꼭 전해달라고 부탁했다고 한다. 그러고 나서 나는 그녀를 잊어버렸다.

그런데 2010년 이집트 사하라사막 대회에서 다시 만났다. 그 사이 결혼을 했는지 옆에는 함께 사막을 건너갈 듬직한 남편이 함께하고 있었다. 4년 사이에 그녀는 몰라보게 단단해져 있었다. 더는 꽃꽂이가 더 잘 어울릴 것 같은 참하고 소심해 보이는 아가씨가 아니었다. 사막의 여전사까지는 아니지만 어느 정도 베테랑으로서의 여유와 자신감이 느껴졌다.

그녀와 남편은 아타카마에서 목숨을 구해줘서 정말 고맙다며 몇 번이나 감사 인사를 했다. 그러나 정작 고맙다는 인사는 내가 해야 맞다. 그녀 덕분에 크게 깨달은 게 있기 때문이다.

우리는 서로 나누며 살아야 한다는 말을 아주 쉽게 한다. 나 역시 부모로서 아이들을 키우며 그런 교육을 한다. '나눔'이 없는 '휴머니즘'은 없기 때문이다. 다시 말하면 '휴머니즘'의 핵심이 '나눔 정신'이기 때문이다.

그런데 나는 '진짜' 나눔 정신이 무엇인지는 정확히 알지 못했으며 깊게 생각해본 적도 없었다. 내게도 절실한 것을 더 절실한 사람에게 주는 것, 그래서 '선뜻'이라는 표현보다는 '고민 끝에'라는 표현이 더 어울리는 게 '진짜' 나눔 정신이다. 나는 이 사실을 아타카마사막에서 미에를 구출하기 전까지는 깨닫지 못했다.

삶은 홀로
싸우는 것 같지만
기다려주는
누군가가 있다

뛰는 건 혼자지만 혼자서는 버틸 수 없는 게 사막이다

이제 나는 쉰 중반에 올라섰다. 혈기왕성하던 스무 살 시절이 엊그제 같은데 벌써 그보다 세 배 가까이 되는 세월을 살아온 것이다. 50년이 넘는 세월 동안 참 많은 사람을 만났다. 그중에는 김지운 감독의 영화 제목 〈좋은 놈, 나쁜 놈, 이상한 놈〉처럼 좋은 사람도 있었고, 두 번 다시 만나기 싫은 나쁜 놈도 있었고, 아직도 이해 못할 이상한 놈도 있었다.

비율로 보자면 좋은 사람이나 극도로 나쁜 사람은 소수였고, 대부분은 좋지도 나쁘지도 않은 사람이었던 것 같다. 그래도 비록 소수이지만 좋은 사람들을 만난 덕분에 인생을 잘 살아왔다고 본다.

좋은 사람에 대한 기준은 각자 다르겠지만, 나는 성격 좋고 인정 많은 사람보다는 말과 행동이 한결같도록 노력하는 사람, 앎과 삶을 일치시키려고 노력하는 사람이라고 생각한다. 하지만 이런 사람을 만나기는 쉽지 않았다. 그도 그럴 것이 말과 행동이 일치하는 삶, 앎과 삶을 일치시키며 사는 건 무척 어려운 일이기 때문이다.

그런데 운 좋게도 나는 사막에서 내가 생각하는 기준의 '좋은 사람'을 만났다. 그분은 사막의 마라토너들, 특히 서양인들이 '사막의 슈바이처'라는 별명을 붙여준 이무웅 선생님이다. 슈바이처라고 하니 의사인가보다 싶겠지만 실은 파이프 같은 기계 부품을 생산하는 중소기업 사장님이다. 이런 별명이 붙은 것은 아프고 힘들어 하는 사람들을 도우려는 선생님의 유별난 봉사정신 때문이다.

선생님은 물집이나 근육통, 발목 부상으로 고생하는 선수가 있으면 쑥이 든 작은 뜸통을 들고 달려간다. 어디선가 누군가에게 무슨 일이 생기면 어김없이 나타나는 홍 반장처럼 선생님은 아픈 선수를 보면 절대 그냥 지나치지 못했다. 쑥뜸이 의학적으로 얼마나 인정을 받는지는 모르겠지만, 선생님이 뜸을 떠주면 웬만한 근육통이나 물집은 정말로 거뜬히 낫곤 했다.

처음에 외국 선수들은 이무웅 선생님의 그런 모습을 좀 꺼렸다. 그들 정서로는 의사가 아닌 사람이 치료 행위를 한다는 게 이해가 안 되는 듯했다.

이에 비해 우리나라에는 민족의학인 한의학과 더불어 향토의학이라는 게 전해져왔다. 엄마 손과 할머니 손은 늘 약손이었고, 집

263

안에는 뜸을 놓거나 체하면 바늘로 따주던 어른이 꼭 있었다. 지금 젊은 친구들은 그렇지 않지만 우리 세대만 해도 그런 분위기에서 자란 덕분에 체하면 자기가 직접 바늘로 손을 따고, 결리고 쑤신 곳이 있으면 주무르거나 지압을 해서 가벼운 문제는 스스로 해결하려고 한다.

하지만 외국 사람들에겐 이런 자가치료라는 개념이 전혀 없다. 그러니 이무웅 선생님이 다른 것도 아니고 불을 사용하는 뜸을 뜨려고 하면 기겁할 수밖에. 덩치가 산만한 서양 선수가 겁에 질려 "Oh, No!"를 외치기 일쑤다. 그러면 선생님은 한국말로 점잖게 타이르곤 한다.

"이보게, 남자가 왜 이렇게 겁이 많아? 이거 이대로 두면 곪을 수가 있어. 조금 뜨끔하겠지만 하고 나면 금방 괜찮아져. 조금만 참아."

신기하게도, 이렇게 타이르면 외국 선수들도 말을 알아들은 것처럼 순순히 몸을 맡겼다.

나도 가끔 선생님을 곁에서 지켜보면서 한국말로 의사소통이 된다는 게 볼 때마다 신기했다. 사실 나도 이런 경험이 몇 번 있었다. 영문과를 나왔지만 내 영어 실력은 신통치 않다. 일상생활에서 자주 쓰이는 간단한 대화 정도는 가능하지만 긴박한 상황을 설명하거나 상대를 이해시켜야 할 때엔 전혀 쓸모가 없다. 이럴 땐 안 되는 영어로 더듬거리는 것보단 차라리 한국말로 하는 게 더 낫다. 그래도 내 뜻이 상대에게 전달된다.

그런 일을 겪을 때마다 신기하다고 느꼈는데, 가만 생각해보니 이게 가능한 이유가 진심 때문인 것 같다. 진심은 통한다는 말이 있지 않은가. 내가 정말로 긴박한 상황이라 느끼고, 진심으로 상대를 위하는 마음이 있을 땐 언어가 중요치 않다. 아마도 표정이나 몸짓을 통해 상대에게 내 진심이 전해지는 것으로 보인다. 하물며 제 몸 하나도 감당하기 힘든 사막에서 칠십 어르신이 아픈 선수들을 돌봐주려는 따뜻한 마음은 아무리 말이 통하지 않는 외국 사람이라도 충분히 느낄 수 있을 것이다.

갓 스무 살을 넘긴 한 외국 선수는 퉁퉁 부은 다리에 뜸을 떠주자 감격의 눈물을 흘리기도 했다. 체력엔 자신이 있어 만만하게 생각하고 왔는데 자신의 예상을 훌쩍 뛰어넘는 힘든 상황에 심리적 공황 상태에 빠진 것 같았다.

모든 운동에는 심리, 즉 정신력이 중요하다고 하지만 사막마라톤은 특히 체력만큼이나 강한 정신력이 있어야 한다. 척박한 자연환경과의 싸움에다 포기하고 싶고 주저앉고 싶은 자신과의 싸움을 계속해야 하기 때문이다. 그래서 이 스포츠를 즐기는 사람은 체력 좋은 20대보다는 30대 후반에서 40대가 훨씬 많다. 20대의 혈기만으로 덤볐다간 나가떨어지기 십상이다. 인생의 파도를 넘으면서 길러진 인내와 근성이 바탕이 된 강한 정신력이 없으면 하기 힘든 도전이기 때문이다.

그렇게 보면 체력은 훈련으로 만들어질 수 있지만 정신력은 쉽게 만들어질 수 없는 모양이다. 아마 그 청년도 젊음에 자신만만

266

해 하며 왔다가 자신과의 지독한 싸움을 해야 하는 상황이 이어지자 많이 지치고 힘들었던 모양이다. 더구나 옆에서 격려해주거나 아파도 아는 척 해주는 사람 하나 없으니 더 그랬을 것이다.

사실 외국 사람들, 특히 서양인들은 개인주의 성향이 강해서 그런지 모든 일을 각자 알아서 해결한다. 밥도 혼자 먹고, 힘든 일이 있어도 혼자 처리한다. 물론 그것이 편하고 장점도 있을 것이다.

하지만 사막의 자연환경은 이들의 개인주의로 버틸 수 있는 곳이 아니다. 서로 돕고 격려하고 배려하지 않으면 이 척박한 환경에서 배겨날 수가 없다. 어쩌면 이것이 사막이 우리에게 주는 가장 큰 교훈일지도 모른다. 완주를 위해선 각자가 뛰고 구르고 버텨내야 하지만, 혼자 힘으로는 절대 버틸 수 없는 곳이 사막이라는 아이러니. 사막에서의 압축적인 경험은 우리 인생도 마찬가지라는 깨달음을 준다. 인생 역시 각자 버텨내야 하지만 혼자만의 힘으로는 절대 버틸 수 없는 것이다.

그 스무 살 청년은 태어나서 지금까지 개인주의에 젖어 살아왔을 것이다. 그러다 사막레이스가 남자답고 멋지게 보여서 도전했는데 막상 와서 보니 예상했던 것보다 너무 힘들고 외로웠을 것이다. 아무리 자신과의 싸움을 위해 자신의 한계 상황을 시험하고 넘어서기 위해 도전하는 것이라지만, 특수한 경우를 제외하고 인간은 원래 그렇게 모질지 못하다.

그런데 몸까지 아파지니 그 청년은 얼마나 서러웠겠는가. 그럴 때 할아버지뻘 되는 분이 다가와서 아픈 곳을 치료해주고 따뜻하게 격려해주니 감격의 눈물이 왜 안 나겠는가. 고백하자면 나도 이무웅 선생님 때문에 이렇듯 감격의 눈물을 흘린 적이 있다.

나와 선생님이 사막에서 만난 것은 고비사막 대회 때가 처음이었다. 당시 나와 용술 씨는 코스마다 목숨을 건 사투를 벌이느라 매번 거의 꼴찌로 캠프에 들어왔다. 그때마다 이무웅 선생님은 걱정스러운 얼굴로 캠프 입구를 서성이며 우리를 기다렸다. 그러다 우리 모습이 보이면 달려와서 반갑게 맞아주셨다. 뭐라 말씀은 없으셨지만 진심으로 우리를 걱정하는 선생님의 마음이 느껴졌다. 그리고 지칠 대로 지친 우리에게 뜸을 떠주고 마사지를 해주는 등 여러 가지 응급처치도 해주셨다.

그런 모습을 보면서 나도 저렇게 나이 먹고 싶다는 생각이 들었다. 선생님은 젊은 사람들에게 어른 대접만 받으려고 하지 않았다. 오히려 솔선수범을 너무 해서 우리가 가만히 앉아 있을 수 없게 할 정도였다.

사실 주위를 보면 나이가 벼슬인 양 막무가내로 자기 이익만 주장하는 얌체 같은 어르신도 많다. 나는 직업이 구청 공무원이라서 민원인들을 많이 접할 수밖에 없는데, 제일 괴로운 민원인이 소통이 불가능한 어르신들이다. 아무리 조근조근 설명해도 자신의 경험과 입장만 고집하며 내 말을 귓등으로도 안 들을 뿐 아니라 급기야 화까지 내기도 한다. 이런 분들을 보면 답답함을 넘어 서글퍼진다. 그때마다 드는 생각은 '나는 절대로 저렇게 늙지 말아야지' 하는 것이었다.

하지만 이무웅 선생님은 달랐다. 자신보다 나이 어린 사람들의 말에 귀를 기울이고, 남에게 시키기보다 스스로 행동으로 모범을 보였다. 선생님의 그런 모습을 보면 늙는 게 두렵지 않았고, 인생의 훌륭한 롤모델을 만났다는 생각에 기쁘고 다행스러웠다.

그렇다고 해서 선생님이 아무거나 다 이해해주고 받아주는, 마냥 부드러운 사람인 것만은 아니었다. 매사에 사리분별이 분명하고, 원칙과 기준이 확실한 분이기에 선생님 앞에선 말과 행동을 조심해야 했다. 큰소리를 내는 일 없이 차분한 목소리로 지적하는데도 너무나 정확하게 정곡을 찌르므로 누구든 잘못을 인정할 수밖에 없다. 한마디로 고맙기는 한데 편한 사람은 아니었던 것이다.

그래서 나는 선생님처럼 늙고 싶긴 하지만, 거기다가 조금 더 인자하고 푸근한 사람이 되어야겠다는 욕심을 품었다. 그런데 뜻밖의 상황에서 나는 선생님의 진면목을 볼 수 있었다. 우리가 함께 참가한 2012년 그랜드캐니언 대회*에서였다.

그랜드캐니언 대회

레이스 기획사 그랜드 투 그랜드 울트라에서 주최하는 대회로 북미 최초로 열린 오지 레이스입니다. 미국 네바다 주 그랜드캐니언 일대 약 271킬로미터를 5박 7일 동안 외부 지원 없이 자급자족하며 달리는 극한 레이스지요. 역시 무박으로 밤을 새워 달리는 롱데이 코스가 포함되어 있습니다. 모래 언덕, 붉은 바위 협곡, 암석, 사막지대 등 여러 지형이 섞여 있어 다소 험난하지만 장엄한 자연 경관을 감상하며 달릴 수 있다는 장점이 있습니다. 혹시 이 글을 보고 관심이 생겼다면 www.g2gultra.com에서 더 많은 정보를 얻길 바랍니다.

직접 도울 수 없을 때는 기다려주면 된다

2012년 9월 26일 새벽, 나는 달도 별도 사라져 칠흑같이 어두운 북부 그랜드캐니언의 듄 지역을 걷고 있었다. 아니, 걷고 있었다기보다 허우적거리며 헤매고 있었다는 표현이 더 맞을 것이다. 그때 나는 거의 탈진 상태였다. 전날 레이스에서 2시간 넘게 주로에서 길을 잃고 헤매느라 체력을 너무 많이 소모했다. 그런데다 이 대회는 어찌 된 일인지 롱데이가 셋째와 넷째 날로 잡혀 있었다. 다른 대회는 대부분 대회 막바지인 다섯째 날과 여섯째 날에 롱데이 일정을 잡았다. 식량이 많이 줄지 않아 배낭이 무거운 상태에서 롱데이를 하면 선수들 부담이 크기 때문이다. 사막마라톤 대회에서 배낭 무게는 승패를 가를 정도로 중요한 요소다.

당시 나는 무거운 배낭을 감당하지 못할 만큼 체력이 떨어진 상태였다. 제대로 걷지를 못해 술에 취한 사람처럼 '갈 지(之)'자를 그리며 심하게 비틀거렸다. 거기다 추위와 어둠의 공포가 내 몸을 더 무겁게 만들었다. 게다가 무엇이 문제인지 헤드랜턴 불빛도 점점 희미해져갔다.

듄 지역을 넘기도 전에 꺼질 것 같았다. 어디선가 들짐승의 울음소리가 들려올 때마다 심장이 오그라들 정도로 무서웠다. 다른 사막과 달리 그랜드캐니언에는 늑대나 여우 같은 들짐승이 많다고 했다. 만약 이 깜깜한 밤에 들짐승의 습격이라도 받으면 꼼짝없이 죽은 목숨이다. 여기에 살을 에는 것 같은 바람과 지독한 추위도 나를 압박했다. 만년설이 녹아 흐르는 아타카마사막의 강물을 건너던 때만큼 지독한 추위에 온몸을 덜덜 떨었다. 서바이벌 블랭킷만으론 추위를 피할 수 없어 침낭을 펼쳐 뒤집어쓰고 비틀거리며 듄을 올랐다. 하지만 듄을 오르는 요령을 모두 잊어버린 듯 나는 몇 번이나 나뒹굴며 모래에 처박혔다. 일어나야 하는데 몸이 말을 듣지 않았다. 모래에 얼굴이 처박힌 채로 꼼짝할 수가 없었다.

'아, 조난을 당하면 이런 고통과 공포를 겪으면서 죽어가는구나.'

어느덧 10년 가까이 사막을 오갔지만 그런 공포를 느낀 건 처음이었다. 정말로 죽을 수도 있겠다는 생각이 들었다. 하지만 이렇게 죽을 수는 없었다. 나는 걷는 걸 포기하고 네 발로 기어서 갔다. 배낭이 허리를 눌러 끊어질 것처럼 아팠지만 더는 걸을 수가 없었다.

그렇게 3시간 넘게 듄과의 사투를 벌인 끝에 나는 새벽 4시 30분 CP7으로 들어왔다. 그런데 CP는 너무도 적막했다. 오직 꺼져가는 모닥불만이 이곳이 CP라는 것을 알려줬다. 선수들은 대부분 일찌감치 이 지역을 벗어났거나, 아예 앞 CP에서 비박을 하고 동이 트면 건너올 생각이었던 것이다.

이제 살았다는 안도감에 나는 그 자리에 쓰러져서 침낭을 뒤집어쓰고 웅크린 채 잠들어버렸다. 그런데 내 머리 위로 눈발이 날리는 게 느껴졌다. 꿈인지 생시인지 모르겠지만 굵은 눈발이 내 머리와 어깨에 쌓이는 것 같았다. 꿈이었다.

얼마나 시간이 지났을까. 누군가 조심스럽게 내 몸을 흔드는 게 느껴졌다. 눈을 떠보니 걱정스럽게 나를 쳐다보는 이무웅 선생님의 얼굴이 보였다.

"경수 씨, 괜찮아?"

그 말을 듣는 순간 나도 모르게 눈물이 주르륵 흘러내렸다. 의식하진 못했지만 그날 나는 무척 지치고 힘들었던 모양이다. 나는 훌쩍거리며 둘째 날 길을 잃은 것부터 새벽에 듄에서 혼자 사투를 벌인 것까지 이틀간 있었던 일들을 다 털어놓았다. 마치 무서운 꿈을 꾸다 깬 아이가 엄마 품에 안겨 울면서 꿈 얘기를 하는 것처럼 나는 새벽에 느꼈던 두려움과 서러움을 선생님에게 다 쏟아냈다. 선생님은 안쓰러운 듯 나를 바라보며 내 어깨를 두드려주었다.

"세상에…! 경수 씨, 많이 힘들었겠네. 괜찮아, 잘 견뎌냈잖아."

그렇게 한참을 쏟아내고 나니 마음이 한결 가벼워졌다. 하지만 레이스를 계속할 자신이 없었다. 그냥 포기하고 싶었다.

"경수 씨, 내가 같이 가줄게. 무리하지 말고 쉬엄쉬엄 가보자고."

뜻밖이었다. 사막마라톤은 기록레이스이기 때문에 시각장애인과 도우미처럼 동반주자가 아니면 보통은 함께 가지 않는다. 가다가 만나서 잠시 동행할 수는 있지만 각자 주력이 다르기에 보조를 맞춰주는 경우는 없다. 그런데 선생님은 자신의 기록을 포기하고 내게 보조를 맞추겠다는 것이다. 이렇게까지 나를 위해 애써주는데 차마 거절할 수가 없었다. 우리는 새벽 6시에 CP7을 나와 CP8을 향해 출발했다.

하지만 당시 내 체력으론 레이스를 계속하는 건 무리였다. 결국 얼마 가지 못하고 주저앉아버렸다. 도저히 갈 자신이 없었다. 머릿속이 포기라는 단어로 꽉 찼다.

"선생님, 아무래도 전…. 그냥 선생님 먼저 가세요."

내가 선생님 발목을 붙잡고 있다는 게 너무나 미안했다. 하지만 선생님은 물끄러미 내 얼굴을 쳐다보더니 내 옆에 주저앉았다.

"그래, 내가 보기에도 경수 씨가 많이 힘들어 보이네. 그러니까 더 내가 함께 가야겠어. 여기서 잠깐 쉬었다 가지."

그러고는 내게 간식과 물병을 건네줬다. 솔직히 내가 그렇게 말하면 엄살 부리지 말고 조금 더 힘을 내라고 다그칠 줄 알았다. 일흔의 노인도 가는데 젊은 사람이 왜 못 가느냐고 채근할 줄 알았다. 그런데 선생님은 재촉도 없고 조급해하는 기색도 없이 내가 다시 기운을 차릴 때까지 기다려주었고 격려해주었다. 고마웠지만, 사실 부담스럽고 미안했다. 기다려준다는 건 그 자체로 에너지가 소모되는 일임을 나는 잘 알고 있었다. 상대가 젊은 사람이라 해도 에너지를 소모시키는 건 엄청나게 미안한 일일 터인데, 연세 드신 선생님의 에너지를 갉아먹고 있으니 내 맘이 편할 리 있겠는가. 선생님이 길을 가지 못하도록 내가 발목을 잡는 것 같아서 미안했다. 조금만 더 힘을 내라고 재촉하지 않고 묵묵히 기다려주니 또 미안했다.

그렇게 '기다림'이라는 눈에 보이지 않는 큰 도움으로 나는 CP8을 거쳐 오전 11시 30분에 무사히 캠프에 도착했다. CP7을 새벽 6

274

시에 출발했으니 무려 5시간 반이나 걸린 것이다. 선생님은 혼자서 왔다면 넉넉잡아 2시간이면 충분했을 것이다. 그런데 나와 함께 들어오기 위해 사막의 그 뜨거운 햇볕 속에서 3시간을 기다려주었다.

만약 이무웅 선생님이 아니었다면 나는 절대로 그 롱데이를 통과하지 못했을 것이다. 나 혼자였다면 불가능한 일이었다. 또한 선생님이 나를 재촉했다면, 부담감에 포기를 택했을 것이다. 재촉하는 사람도 재촉당하는 사람도 서로 괴로우니 각자의 길을 가는 게 가장 좋은 방법이라 생각하고 어떻게든 선생님을 먼저 보냈을 것이다.

하지만 선생님은 나를 재촉하지도, 내버려두고 떠나지도 않았다. 내가 힘들어하면 격려해주고, 내가 기운을 차릴 때까지 묵묵히 기다려주었다.

나는 이 일을 통해 사람을 돕는 또 하나의 방법을 배웠다. 그때까지 나는 누군가 실의에 빠져 있으면 조금만 더 힘을 내라고 격려하거나 무언가 구체적인 방법을 제시하는 게 최선이라고 생각했다. 또한 구체적으로 줄 게 없다면, 돕고 싶지만 어쩔 수 없는 일이라고 생각했다. 그런데 그게 아니었다. 생각해보니 그건 모두 조급함에서 나온 방법이었다. 옆에서 지켜보는 게 답답하니 격려를 빙자해 재촉하거나 내가 직접 뭔가 해줄 수 없다면 도울 방법이 없는 거라고 한계를 지어버리는 것이다. 하지만 때론 격려조차 재촉이 될 수 있다는 걸 그때 깨달았다. 그리고 직접적인 도움을 줄

수 없을 때는 옆에서 묵묵히 기다려주는 게 가장 힘이 되는 도움
이라는 것도 배웠다.

나중에 나는 이무웅 선생님께 이렇게 말했다.

"선생님 아니었으면 전 그랜드캐니언에서 완주 못 했을 겁니다.
다 선생님 덕분이에요."

그랬더니 선생님은 "경수 씨, 내가 뭘 해준 게 있다고 그래. 그냥
기다려준 것밖에 없는데, 허허허." 하며 웃으셨다.

그냥 기다려준다는 것, 그것에 그토록 큰 힘이 있음을 우리는
대부분 모르고 있다. 나도 그랜드캐니언에서 경험하지 않았다면
영원히 몰랐을 것이다.

살다 보면 재촉하는 사람도, 재촉당하는 사람도 서로 괴로울 때가 있
다. 그리고 보통은 어느 한 쪽이 이제 그만 각자의 길을 가자고 제시하
게 된다. 하지만 이 레이스 중에 그는 나를 재촉하지도, 내버려두고 떠
나지도 않았다. 힘들어하면 격려해주고 기운을 차릴 때까지 기다려주
는 동료를 통해 나는 한 번 더 깨달음을 얻었다.

꿈을 이룬다고 행복하고
좌절했다고
불행한 건 아니다

좋은 남편 마일리지로 인디아 레이스에 도전하다

2012년 해가 바뀌자마자 나는 도시관리국 도시계획과의 균형발
전팀장으로 발령이 났다. 인사이동이 있을 거라고는 예상했지만,
마음이 복잡했다. 일이 더 힘들어질 거라거나 하는 이유 때문이
아니다. 그동안 '북서울 꿈의 숲' 만들기부터 시작해 맨땅에 헤딩
하는 일을 수도 없이 해온 터라 업무 때문에 부담을 느끼지는 않
는다.

　이유는 내가 곧 휴가를 내야만 한다는 것이었다. 인디아 레이스
의 대회 일정이 설 연휴와 맞아서 2011년 가을부터 준비해왔고,
이제 출국 날짜가 얼마 남지 않은 상황이었다. 그런데 직장인이라
면 다들 공감하겠지만, 일주일 넘게 자리를 비우려면 돌아가는 상

황을 모두 고려해야 한다.

내가 필요하다고 아무 때나 휴가를 낼 수 있는 게 아니다. 더욱이 새로운 직책을 맡은 상황이었으므로 나는 그 짧은 시간에 업무를 완벽하게 장악했다는 걸 누구보다 확실히 보여줘야 했다.

"이제 됐습니다. 다음, 다음."

며칠 후 회의실에서는 국장님을 앞에 두고 각 부서 팀장들의 업무 보고가 시작되었다. 신년에다 나처럼 보직을 새로 받은 팀장이 여럿 있는 터라 회의실은 평소보다 긴장된 분위기가 역력했다. 그런데 이번에 국장님은 사전 업무 파악을 확실하게 끝내신 모양이었다. 팀장별로 각자 대여섯 개씩 보고 내용을 준비했는데, 그걸 다 보고하기도 전에 다음 팀장에게 순번을 넘겼다. 보고 시간이 한 사람당 5분이 채 안 걸릴 정도로 속전속결로 진행되었다.

'오늘 분위기 좋네. 빨리 끝날 것 같군.'

다들 내색은 안 하지만 속으로 이런 생각을 하고 있는 듯했다. 속전속결, 일사천리야말로 업무 보고 시간에 가장 반가운 단어들 아닌가. 분위기가 나쁘진 않았지만 나로서는 마냥 안심할 수만은 없었다. 내일 휴가 결재를 올려야 하는데 만에 하나라도 오늘 보고에 문제가 생기면 무슨 염치로 그러겠는가. 휴가도 내기 어렵고 따라서 그동안 준비해온 인도행도 물거품이 될 수 있었다.

드디어 내 차례가 되었다. 그런데 어쩐 일인지 진행 속도가 갑자기 뚝 떨어지는 것이었다. 첫 번째부터 네 번째 보고 사항이 끝날 때까지도 국장님 입에서 "이제 됐습니다."라는 말이 나오지 않았다. 사막을 달리던 대범한 사나이는 어디론가 사라지고, 소심한 직장인 김경수는 긴장된 목소리로 다섯 번째 사항을 보고했다. 그날 열아홉 명의 팀장 중에서 준비해 간 내용을 처음부터 끝까지 보고한 사람은 나밖에 없었다. 그래도 다행히 국장님의 테스트를 무사히 통과했다.

회의실 문을 나서는데 안도의 한숨이 절로 나왔다. 이제 휴가를 낼 수 있는 1차 관문을 통과한 것이다. 하지만 이것으로 인도행이 만사형통인 것은 아니다. 국장님만큼이나 긴장되는 아내라는 관문이 하나 더 남아 있었다. 시작한 지 10년이나 되었으니 이젠 포기할 만도 한데, 아내는 매번 긴장 국면을 조성했다. 이번에는 설 연휴까지 끼었으니 더 못마땅한 모양이었다. 눈치가 보이는 건 어쩔 수 없었지만 그렇다고 내 뜻을 굽힐 수는 없었다.

대신 나는 아내와의 협상을 위해 평소에 마일리지 지수를 계속 쌓아놓는다. 세상 모든 아내의 머릿속에는 가정적인 남편, 그러니까 좋은 남편 지수를 재는 장치가 따로 있고 그 점수를 마일리지처럼 관리하는 것 같다는 게 내 생각이다. 그래서 아내가 가장 힘들어하는 청소와 재활용품 분리수거는 내가 도맡아 한다. 그것도 마지못해서가 아니라 매우 능동적이고 적극적인 자세로 한다. 그래야 마일리지 지수가 더 많이 올라가지 않을까 싶어서다.

대부분의 월급쟁이 남편이 마찬가지겠지만 나 역시 월급은 모두 아내 통장으로 넘어가고 별도의 수당 정도만 내가 용돈으로 쓴다. 이걸 아끼고 아껴서 사막에 가는 밑천으로 삼아야 하니 자린 고비 짓도 마다치 않는다. 옷이나 신발 같은 것도 '모험가'로서 필요한 것 외에는 거의 사지 않는다. 기분 내키는 대로 뭔가를 사들이는 건 꿈도 꿔본 적이 없다. 그래도 나는 크게 불만이 없다.

2012년 설 연휴를 며칠 앞두고, 아내와의 협상이 극적으로 타결됐다. TV 뉴스에서나 접하던 노사의 극적인 타결이라는 게 얼마나 지난한 과정을 거치는지를 실감했을 정도지만, 어쨌든 나는 가벼운 마음으로 비행기를 타게 됐다. 이 때문에 마일리지가 확 깎였겠지만, 그거야 돌아와서 다시 쌓아가면 되니까 걱정할 건 없다.

뮤나의 밀림 한복판에서 나에게 묻는다

2012년 1월, 인도 남서부 케랄라 깊숙한 곳에 있는 뮤나에는 전 세계 8개국에서 모험과 극한을 추구하는 19명의 선수가 모였다. 이들은 앞으로 5일 동안 해발 1,500미터가 넘는 고원지대의 산야와 밀림 속에서 총 210킬로미터를 달려야 한다. 물론 당연히 자신들이 먹고 자고 입을 것을 비롯하여 온갖 장비를 짊어지고 말이다.

출발 신호가 떨어지자 모든 선수가 주로를 따라 달리기 시작했다. 그런데 이곳 주로는 듄과 협곡 대신 개미굴처럼 복잡하게 얽힌 밀림부터 마을과 마을을 연결한 꾸불꾸불한 산길까지 이전 대회들과 완전히 딴판인 모습이었다. 밀림과 사막은 생각만으로도 차이를 느낄 수 있지만, 실제 몸으로 겪는 차이는 너무나 어마어

마한 것이었다.

태양이 이글거리는 것은 같지만 사막의 건조한 대기와 달리 밀림은 겨울철인데도 습도가 85퍼센트나 될 정도로 후덥지근했다. 그래서 체내의 수분이 몽땅 빠져나갈 기세로 가만히 있어도 땀이 비 오듯 뿜어져 나왔다. 연신 물을 들이켜도 갈증이 가시질 않아 계속해서 물 조절에 실패하곤 했다.

또 사막에선 아무리 땀을 많이 흘려도 워낙 건조해서 금방 마르므로 며칠씩 옷을 갈아입지 않아도 견딜 수 있었다. 하지만 이곳에선 하루만 지나도 쉰내가 진동했다. 쉰내 나는 옷을 입고 며칠씩 레이스를 하려니 머리가 아플 지경이었다. 더욱이 이 냄새가 벌레와 곤충들의 후각을 자극하는 모양이었다. 생전 처음 보는 엄청나게 큰 곤충과 벌레떼가 수시로 공격해왔다. 숨 좀 돌리려고 잠깐이라도 앉아 있노라면 몇 초 만에 벌레들이 새까맣게 몰려들었다. 처음엔 기겁을 하며 일어났지만 나중엔 너무 지쳐서 벌레떼가 머리카락 속까지 헤집고 다녀도 내버려둘 수밖에 없었다.

수건을 짜면 땀이 주르륵 흘러내릴 정도의 지독한 습도 탓에 체력이 더 빨리 소모되었다. 그리고 회복도 훨씬 더뎠다. 레이스 첫날 쌓인 발의 피로가 둘째 날에 급기야 문제를 일으키고 말았다. 오르막과 내리막이 반복되면서 무게중심이 계속 앞쪽으로 쏠리는 바람에 발가락들이 모두 터져버린 것이다. 더군다나 왼쪽 무릎에서 경련이 일어나 내리막에서조차 속력을 낼 수 없었다. 통증도 더욱 심해졌다. 레이스 때마다 겪는 통과의례이긴 하지만 이번에

평온해 보이는 풍경이 눈을 즐겁게 했지만 해발 1,500미터가 넘는 고
원지대의 산야와 밀림 속에서 총 220킬로미터를 달려야 했다. 겨울인
데도 유난한 습도에 다른 대회 때보다도 체력이 더 빠르게 떨어졌고,
어느샌가 내 귀에는 내 심장 뛰는 소리와 숨을 몰아쉬느라 나는 거친
숨소리만 들렸다. 잠시라도 방심하거나 정신을 놓으면 한순간에 까무
러칠 것 같았다.

는 어느 때보다 이른, 둘째 날부터 위기가 찾아왔다.

마을로 이어지는 산길의 도로에 이르러서는 완전히 기진맥진하여 그대로 드러누웠다. 간신히 숨을 헐떡이고 있는데 온몸에서 땀이 분수처럼 흘러내렸다. 가끔 이곳 특유의 교통수단인 툭툭이들이 지나다가 경적을 울리곤 했다. 찻길에 드러누워 있으니 엄청나게 위험한 상황이었지만, 그걸 의식하지 못할 정도로 이성까지 마비되고 있었다. 쓰러진 내 옆으로 원주민들도 스쳐 지나갔다.

그들이 나를 향해 뭐라고 하는 것 같았지만 내 귀엔 아무 소리도 들리지 않았다. 내 귀에는 오직 누군가 내 심장을 마구 주무르는 것처럼 고통스러운 심장소리와 거친 숨소리만 울렸다. 잠시라도 방심하거나 정신을 놓으면 한순간에 까무러칠 것 같았다. 겨우겨우 정신을 차리고 일어나 걸음을 옮겼다. 둘러보니 나뿐 아니라 모두 비슷한 몰골들이었다. 고통으로 일그러진 얼굴을 하고 다리를 절뚝거리며 마을을 지나가는 선수들을 원주민들은 이해할 수 없다는 표정으로 바라봤다. 아마 그들도 이렇게 생각했을 것이다.

'저 미친놈들…, 대체 여기서 뭘 하는 거야?'

그런데 특이한 것은 이곳의 마을 아이들이었다. 숱한 마을을 지날 때마다 아이들은 다른 나라에서 온 낯선 사람들에게 이렇게 물었다.

"Then, where are you going now?"

"From where are you passing here?"

정말 신기할 정도로 녀석들은 매번 똑같은 질문을 했다. 아마

이곳에서는 매우 일반적인 질문인 것 같았다. 가히 문명의 발상지이고 종교와 철학이 생활 깊숙이 자리 잡고 있는 나라다웠다. 한마디로 '인도스럽다'는 생각이 들었다.

나도 처음에는 매번 웃으면서 그들의 물음에 이렇게 대답했다.

"Call Mr.Kim."

"I followed this road over there. Oh, I'm gonna go to that place."

그런데 어느덧 나도 계속 똑같은 대답을 하고 있다는 걸 알게 됐다. 틀린 대답은 아니지만 그렇다고 제대로 된 대답도 아니었다.

"당신은 누구이고 어디서 와서 어디로 가나요?"

이 '인도스러운' 질문은 나도 모르게 지나온 나의 삶을 되돌아보게 했다. 과연 나는 어떤 사람이고 어디에서 와서 어디로 가고 있는 걸까….

내 인생에서 무탈하고 안락한 시절은 인왕초등학교 3학년 때로 일찌감치 막을 내렸다. 아버지의 사업 실패로 우리 가족은 당시 서울의 대표적인 달동네 중 하나였던 삼양동 판자촌으로 이사를 했다. 그때부터 주식은 수제비가 되었지만 아무도 불평하지 않았다. 투정도 받아줄 상황이 될 때 하는 것이다. 중학교에 다니던 큰형은 책가방 살 돈이 없어 보자기에 책을 싸서 다녀야 했으니, 우리 집 경제 수준이 어땠을지 짐작이 될 것이다.

아버지는 사기당한 돈을 받기 위해 삼양동 집에서 과천까지 몇 번이나 발품을 팔았다. 아침에는 돈을 돌려받을 수 있으리라는 희망을 가지고 집을 나섰지만 어두컴컴한 저녁이 되면 풀이 죽은 모습으로 퉁퉁 부은 발을 절룩거리며 돌아왔다. 나이가 든 후 되돌아보니 당시 아버지가 너무나 순진하셨다는 생각이 든다. 지금까지 살면서 사기당한 돈을 순순히 돌려받았다는 얘기는 어디서도 들어보지 못했다.

가족의 생계를 위해 이번엔 어머니가 나섰다. 수유시장과 동대문시장을 오가며 보따리 장사를 했는데, 자리를 뺏기지 않으려고 밥도 굶고 볼일도 참아가며 온종일 악착같이 자리를 지켰다. 그러다 노점 단속반이 뜨면 옷가지들이 시장 바닥에 내동댕이쳐지고 이리저리 쫓겨 다녀야 했으니 고생이 말이 아니었다.

문제는 나였다. 아무리 가난하더라도 기막히게 좋은 머리를 타고나거나 남다른 재주라도 있었다면 환경을 뛰어넘기가 수월했을 것이다. 하지만 평범하기 짝이 없게 태어난데다 공부를 잘해야겠다는 의지조차 별로 없었기에 환경에 끌려다니며 평생 '지질하게' 살기 딱 좋은 팔자였다. 그런데도 나는 전혀 엉뚱한 곳에 정신이 팔려 있었다. 지금까지 나이를 먹을 만큼 먹고서도 여전히 풀리지 않는 의문인데, 그림에 꽂힌 것이다.

집안 형편이 그러한지라 우리 집에 무슨 숨겨진 예술혼을 자극할 만한 단서가 있을 턱이 없었고, 그런 피를 물려받은 것도 아니었다. 그런데도 마냥 그림이 좋았고 화가가 되고 싶었다. 줄곧 미술반 활동을 했고 고등학교 때는 홍익대학교에서 주최한 전국미술대회에도 나갔다. 그렇지만 그림을 그리며 사는 인생은, 현실의 내게는 너무도 사치스러운 일이었다. 결국 그림을 좇던 나의 십대는 현실과 이상 사이에서 갈등하느라 줄곧 우울한 채로 흘러갔다.

그런 회색 시절의 대표적인 기억이 고등학교 3학년 어느 봄날의 일이다. 나는 학교 옥상에서 못된 놈 하나와 지독하게 엉겨붙었다. 예나 지금이나 나는 체격이 작았기에 덩치만으로는 상대가 되지 않았다. 하지만 힘만 믿고 까부는 그놈을 나라도 패주지 않으면 세상은 영원히 불의의 지배를 받게 되리라는 십대다운 의협심을 억누를 수 없었다. 흠씬 패주려 했으나 사실상 내가 더 많이 맞았는데, 그럼에도 마음만은 후련했다. 상황을 외면하는 비겁자는 아니었다는 생각에 가슴이 뿌듯했다.

그로부터 얼마 후 나는 자퇴를 결심했다. 그대로 계속 끌려가서는 죽도 밥도 안 된다는 생각에 내린 결정이다. 내 마음대로 되지 않는 환경이지만, 비겁하게 살지 않을 자신은 있었다. 학교를 나서면서 나는 주먹을 꽉 쥐었다.

'나는 나의 길을 간다. 그 길이 가능한 길이건 불가능한 길이건 간에 말이다.'

그 일로 집이 발칵 뒤집혔다. 부모님은 물론이고, 군대 가 있던 큰형은 급히 휴가까지 내고 집으로 달려왔다. 다시 학교로 돌아가라는 형 말을 내가 끝내 거부하자 거의 죽을 만큼 패고는 군대로 돌아갔다. 태어나서 처음으로 그렇게 매질을 당했지만, 그 대신 나는 자퇴가 기정사실로 되는 대가를 얻었다.

친구 녀석들은 대학입시를 치르고 나서 당락의 희비가 엇갈려

웃고 울며 송년을 맞이할 때, 나는 오방떡 장사를 시작했다. 형에게 두들겨 맞은 마음의 상처나 주변의 따가운 시선은 조금도 누그러지지 않았지만, 난생 처음 장사를 시작한다는 설렘이 그나마 위안이 되었다.

기왕에 시작한 사업이니만큼 우리나라에서 가장 맛있는 오방떡을 만들고 싶었다. 그래서 일종의 시장조사부터 시작했다. 서울 명동부터 동대문까지 걸으며 특별한 맛이나 향이 나는 오방떡이 있으면 주인에게 비결을 꼬치꼬치 물었다. 나는 그들이 가르쳐준 비법을 꼼꼼히 메모해두었다. 그러고 나서 10만 원의 자본금으로 오방떡 주물과 리어카, 반죽에 필요한 재료와 파라솔을 샀다. 수십 번에 걸친 시행착오 끝에 나만의 오방떡 반죽이 세상에 나왔다.

사람들이 많이 오가는 삼양동 버스정류장 옆에 자리를 잡고 장사를 시작했다. 결과는 대성공이었다. 요즘 말로 대박이 난 것이다. 내가 만든 오방떡을 사 먹으려고 손님들이 줄을 서서 기다렸다. 성공 비법은 다른 집보다 반죽에 계란 한 판을 더 넣고 계핏가루와 바닐라향을 넣은 것이었다. 거기다 잘게 부순 땅콩과 호두까지 넣었다. 겉으로는 다른 집과 별 차이가 없어 보이지만 한 입 베어 물면 계피향과 바닐라향이 입안에 은은하게 퍼졌다. 내가 만든 오방떡을 먹고 맛있다며 즐거워하는 사람들을 보면서 나도 덩달아 기분이 좋았다. 하지만 그 시절도 오래가지는 못했다. 얼마 후 소집영장이 나와 군대에 갔다.

제대를 하니 다시금 막막해졌다. 3년 만에 바깥세상은 몰라보게 변해 있어서 오방떡 장사를 다시 시작할 수도 없었다. 내세울 학벌도, 특별한 재능도 없는 내가 일할 수 있는 곳은 없었다. 그래서 '자본금 없이 할 수 있는 사업은 없을까?' 하고 고민하던 끝에 '공부'라는 것을 해보기로 했다. 어머니께 반찬은 필요 없으니 맨밥 도시락과 하루 500원씩 7개월만 챙겨달라고 부탁했다. 500원으로 왕복 버스요금 180원과 도서관 입장료 100원, 그리고 50원짜리 오뎅 국물 3그릇을 충당하면 빠듯했다.

그때부터 나의 외로운 싸움이 시작되었다. 안국동에 있는 정독도서관에 자리를 잡았지만 공부는커녕 1시간도 가만히 앉아 있지 못했다. 그때까지 공부라는 걸 제대로 해본 적이 없었던지라 자리에 앉아 있는 것만도 고역이었다. 그래서 처음엔 공부가 아니라 온종일 의자에 앉아 있는 훈련부터 했다. 하루 이틀이 지나고 2주 동안 그냥 앉아만 있다 보니 엉덩이에 물집이 생겼다. 엉덩이를 힘주어 비벼서 물집을 터뜨렸다. 그 순간 아픔보다 '내가 버텨냈구나.' 하는 묘한 카타르시스가 느껴졌다.

터진 물집이 따끔거리다가 딱지가 앉을 때쯤, 도서관 정문 맞은편에 있는 헌책방에 갔다. 거기서 중학교 1학년 1학기부터 3학년 2학기까지 영어 완전정복 6권을 샀다. 그리고 그 책으로 '공부'라는 것을 진짜로 시작했다. 나는 그 표지의 백마 탄 나폴레옹 그림을 아직도 생생히 기억한다. 그만큼 내게는 가히 혁명적인 일이었다. 그렇게 시작한 공부가 대학입시까지 이어져 성균관대 법학과에 지원했지만, 떨어지고 말았다.

그때 내 나이 스물다섯. 내 현실이 지긋지긋해 어디로든 탈출하고 싶었다. 그래서 무작정 일본으로 가야겠다고 생각했다. 사업을 하는 큰형 친구를 찾아가 150만 원만 빌려달라고 했다. 그 형은 나를 앉혀놓고 차분하게 타일렀다.

"네 형한테 너 공부 열심히 했다고 들었다. 우선 후기 시험을 봐라. 그래서 합격하면 일본에 갈 경비를 도와주마."

나는 대학 합격을 위해서가 아니라 일본 갈 경비를 얻기 위해 다시 책을 들었다. 그래서 명지대학교 영어영문학과 야간에 입학했고, 학비를 벌기 위해 응시한 서울시 9급 공무원 시험에 합격하면서 공무원 인생이 시작되었다.

그리고 지금 나는 그 시절에 한 번도 생각해본 적이 없는 인도 뮤나의 밀림 한복판에 서 있다.

돌이켜보면 이제껏 변변한 꿈 하나 이루지 못했다. 바닥까지 떨어지다 가까스로 살아남은 게 한두 번이 아니었다. 목표로 했던 걸 이루기보단 목표 주변에 떨어진 낱알을 주우며 만족했다. 화가

인디아 레이스에서 정작 나를 힘들게 한 것은 어깨를 짓누르는 배낭의 무게보다 자신과의 싸움이었다. 레이스 중에 오토릭샤에 올라타고 가라는 끊임없는 유혹을 견뎌내는 것이었다. 완주의 기쁨을 넘어 자랑스러운 아버지의 모습을 떠올렸다. 비록 이 여정을 이해하진 못할지라도 훗날 녀석들은 아버지의 그 길을 멋모르고 쫓아올 테니까.

의 꿈은 일찌감치 접어야 했고, 검정고시도 과락을 하는 바람에 몇 차례 재시험을 봤다. 대학에도 어찌어찌 들어갔지만 남들보다 6년이나 늦었다. 국정원에 들어가려던 목표도 이루지 못했다. 인생의 중요한 전환점에 설 때마다 좌절과 실패가 있었다.

세상에 순탄하게만 이어지는 삶은 없다. 그런데 우리는 모든 좌절과 실패의 경험을 불행한 인생과 동일시한다. '꿈을 이룬 사람은 행복하고 좌절한 사람은 불행하다.'라는 명제를 참으로 설정해 놓고 모두 거기 빠져 허우적거리며 산다. 과연 그게 맞는 걸까?

인도 뮤나의 밀림 한가운데 서서 나는 나에게 묻는다.

'꿈을 이뤄야만 행복한가? 좌절을 겪으면 불행한가?'

나는 꿈을 이루지 못한 사람이다. 좌절했던 사람이다.

'그렇다면 나는 불행한가?'

그런데 나는 불행하지 않다. 오히려 행복하기까지 하다. 밀림을 달리며 흙먼지와 땀으로 범벅이 된 채 나는 과거 여행도 함께 다녀왔다.

우리가 한평생 가장 잘 살았다고 말할 수 있는 인생은 자신이 처한 환경을 극복한 삶이 아니다. 인간승리의 드라마가 아니며, 좌절하지 않는 삶이 아니다. 나에게 주어진 환경 때문에 행복했다거나 불행했다고 생각하지 않는 삶이다. 누구 때문에 행복했다거나 불행했다고 생각하지 않는 삶이다.

그럴 때 그 인생은 너무도 잘 산 인생이다.

버려야 할 때의 절실함이
진짜 원하는 것을
알게 한다

자신감에 코가 꿰여서 일을 저지르다

사막과 오지 레이스에 참가할 때마다 한 번도 완주를 자신한 적이 없었다. 사막은 막연한 자신감이나 교만을 허락하는 곳이 아니었다. 인내와 신중함으로 한 발 한 발 내딛지 않으면 가차 없이 실패를 안겨줬고, 때론 실패와 좌절을 넘어 목숨을 요구할 정도로 잔인한 곳이었다. 그래서 레이스를 완주하기 위해선 매 순간 겸손해야 하고, 어쩔 수 없이 인내해야 했다.

하지만 일상으로 돌아오면 거기서 배운 겸손과 인내를 금세 잊어버리곤 했다. 도리어 사막의 척박한 환경에 무릎 꿇지 않고, 자신과의 싸움에서 승리했다는 자신감이 고개를 쳐들었다. 그 자신감은 일상에서는 때때로 도움이 됐지만 또 다른 레이스에 참가할

293

때는 전혀 소용이 없었다.

2011년 호주 극한 레이스에 참가하겠다고 결심했을 때가 레이서로서의 자신감이 정점에 달하던 무렵이었다. 웬만한 곳은 시시해 보여서 좀 더 힘들고 어려운 곳은 없을까 두리번거리는데, 때마침 메일 하나가 왔다. 어드벤처 레이싱 관련 일을 하던 제롬이라는 친구한테서다.

자신이 호주의 아웃백에서 초장거리 서바이벌 대회를 개최하려는데 이번이 첫회라 의미가 있으니 참가해달라는 것이었다. 그런데 대회 내용이 황당했다. 8박 10일 동안 500킬로미터를 넘게 뛰는 기상천외한 대회였다. 대부분의 사막마라톤 대회는 5박 7일 동안 250킬로미터 내외를 뛰는 게 보통이었다.

이 조건을 기본으로 나라별 지형의 특색을 살리면서 난이도를 달리해 다른 대회와 차별화를 꾀한다. 그런데 제롬이 만든 호주 대회는 지형이 아니라 기간과 거리로 차별화를 시도하고 있었다. 10일이면 총 30끼나 되므로 준비해야 할 식량만도 2만 킬로칼로리가 넘었다.

인간이 어디까지 견뎌낼 수 있는지 보려는 것 같았다. 마치 '따라올 테면 따라와 봐.' 하는 광고 카피처럼 제롬의 메일은 '정말 자신 있는 사람만 여기 붙어!'라면서 도발하는 것 같았다. 당연히 그의 메일은 레이서로서 나의 자신감과 승부욕을 건드렸다.

그렇다면 내 실력이 세계 최고 수준인가? 절대 아니다. 이것저것 다 버리고 쿨하게 실력으로만 따지면 세계 수준에서 나는 중위

2011년 5월, 호주 노던준 주 엘리스스프링스Alice Springs에는 전 세계
오지 마라톤 분야의 최강자 23명이 모여 열흘간 560km를 달리는 지
구상 최장의 레이스가 처음으로 열렸다. 이 대회 또한 자신의 식량과
장비를 짊어지고 달려야 하는 서바이벌 경기이다. 선수들은 살아남기
위해 먹고, 달리기 위해 먹었다. 그리고 살아남기 위해 달렸다.

급 레이서다. 다만 어릴 때부터 운동으로 다져진 몸도 아니고 체격 조건도 매우 평범한 내가 입이 딱 벌어지게 체격 좋은 서양인들과 당당히 맞설 수 있다는 것에 기분이 좋았을 뿐이다. 평범한 직장인인 내가 그게 어디냐 싶은 거다. 그 정도면 자신감을 가질 만도 하지 않은가 말이다.

그런데 다른 레이서들은 호주 대회의 내용을 듣고는 다들 고개를 절레절레 저었다. 이건 진짜 세계 최강자들만 할 수 있는 거라며 잠시도 고민하지 않고 그 자리에서 불참을 결정하곤 했다. 어쩌면 그게 옳은 결정일 것이다. 그런데 그런 분위기가 더더욱 나의 승부욕을 부채질했다.

그렇게 다들 고개를 흔드는 바람에 결국 호주 대회엔 나와 유지성을 포함한 네 명만 출사표를 냈다. 함께 참가한 안병용과 김혜진은 사막마라톤 경험이 적어서 사실 걱정이 많이 됐다.

2011년 5월 8일, 이 희한한 조합의 한국 선수 팀은 호주 엘리스 스프링스의 토드몰로 향했다. 지금까지 한 번도 없었던 최장기간 최장거리 서바이벌 레이스답게 그곳으로 세계 최강자들이 모여들었다. 프랑스에서 7명, 독일에서 3명, 스페인에서 3명, 호주에서 2명, 그리고 덴마크와 캐나다, 뉴질랜드, 쿠웨이트, 남아공에서 각각 1명씩에다 우리까지 총 24명이 참가했다. 유럽에선 특히 이런 마라톤에 대한 인기가 높아서 그만큼 쟁쟁한 선수도 많았다.

다른 대회에서 한 번씩은 얼굴을 본 선수들이었다. 다른 분야도 그렇겠지만, 사실 이 바닥도 좁은 편이다. 전 세계에서 모인다고 하지만 사막마라톤 대회에 자주 참가하는 선수들은 거의 정해져 있다. 대부분 뛰었던 사람이 또 참가하기 때문에 대회를 다니다 보면 다시 만나곤 한다. 그러면서 친분이 쌓여 외국 선수들과도 친구가 됐다.

내로라 하는 이들이 이렇게 한자리에 모인 것은 처음이어서일까. 분위기에 묘한 긴장감이 느껴지고, 서로 견제하는 모습도 보였다. 사막마라톤 대회는 프로가 아니라 아마추어 대회이기 때문에 우승을 해도 상금은 없이 묵직한 메달만 받을 뿐이다.

그래서 돈이 아니라 순전히 개인의 명예와 만족감을 위해 출전한다. 그런데 우승한 선수들은 입장이 조금 달랐다. 따로 스포츠 관련 업체의 후원을 받기도 하므로, 그럴 때에는 순위와 기록에 대한 압박이 있었다. 세상에 공짜는 없으니 후원을 받은 만큼 우승 타이틀로 보답을 해야 했다.

약이 되기도 하고 독이 되기도 하는 인간의 경쟁심

원래 내 목표는 처음부터 순위나 기록이 아니라 완주였기 때문에 레이스가 시작되기 전까진 경쟁심 같은 건 없었다. 세계 최고의 건각들과 어깨를 나란히 하고 달린다는 것에 자부심을 느꼈고, 호주의 장대한 자연과 우리의 레이스 모습을 카메라에 많이 담아야겠다는 생각만 했다. 그런데 막상 레이스가 시작되자 다른 대회 때와는 달리 묘한 경쟁심이 발동했다.

경쟁이 꼭 나쁜 것만은 아니다. 좋은 자극, 나를 발전시킬 자극 안에서
행복해지려는 마음가짐이 중요하다는 것을 사막마라톤을 통해 깨달
았다.

앞사람이 빨리 뛰면 따라잡고 싶은 게 인간의 본능인 것 같다. 게다가 참가 인원이 워낙 적다 보니 개인이 아니라 국가를 대표해서 뛰는 것처럼 국가대표 대항전 비슷한 분위기가 조성됐다. 예를 들어 내가 탈락하면 김경수가 아니라 한국이 탈락하는 것처럼 되어버리는 것이다. 그러니 부담이 안 생길 수가 없었다. 하지만 내 실력은 말했다시피 참가 선수들 중에서 중간 정도였다.

선두 그룹은 출발 신호가 떨어지면 제일 빨리 치고 나가 제일 빨리 캠프에 도착한다. 그들을 보면 사막마라톤을 위해 태어난 것 같을 때도 있다. 명실상부한 세계 최강자들답게 모래밭이고 돌산이고, 산이고 강이고 가리지 않고 훨훨 날아다녔다. 감탄사가 나올 만큼 탄탄한 몸에 체력도 나와 비교할 바가 아니었다.

내가 속한 중간 그룹은 시간 계산을 해가며 페이스 조절을 할 수 있을 정도의 경험과 경력은 갖춘 선수들이다. 그리고 나머지, 체력과 레이스 경험이 부족해서 캠프에 늦게 들어오는 선수들은 꼴찌 그룹에 속했다. 예상했던 대로 첫날부터 제한시간을 넘기거나 부상으로 탈락자가 속출했다. 하지만 워낙 힘든 레이스인지라 중간에 탈락한 선수일 경우에는 번호만 반납한 후에 계속 뛸 수 있다는 허락을 받았다. 이러면 자신이 뛴 거리만큼은 인정받을 수 있다.

뱁새가 황새 쫓아가면 가랑이가 찢어진다는 속담처럼 선두 그룹의 페이스를 쫓아가다간 체력 저하가 빨리 와서 레이스를 망칠 수 있었다. 그러니 황새와 경쟁하려고 드는 건 어리석은 일이다.

대신 뱁새들끼리 경쟁하게 된다. 나와 텐트를 함께 쓰는 중국계 호주인인 피터가 나와 경쟁을 하려고 했다. 주로에서 마주칠 때면 그는 나보다 빨리 달리려고 기를 썼다. 뒤뚱거리며 앞서 달리는 그의 뒷모습을 보면서 '저러다 큰일 날 텐데.' 하는 생각이 들었다.

사실 피터는 체력이나 주력이 좋은 편이 아니었다. 최대한 페이스를 조절해가며 신중하게 레이스를 펼쳐야 하는데, 무모한 경쟁심 때문에 그는 화를 자초하고 있었다. 결국 얼마 못 가서 그는 숨을 헐떡거리며 주저앉고 말았다. 그때부터 그는 매번 꼴찌 그룹에 섞여서 캠프로 들어왔다.

하지만 경쟁이 꼭 나쁜 것만은 아니다. 실력이 비슷한 경쟁자가 있다면 오히려 서로에게 자극이 되고 발전할 수 있는 동력이 되기도 한다. 이런 점에서 나와 유지성은 좋은 경쟁자 관계이며 사막을 통해 만난 절친이다. 그동안 여러 대회를 유지성과 함께 출전했지만 호주 대회만큼 주로에서 자주 만난 적은 없었다. 주력도 비슷하고, 레이스 경험도 비슷하기 때문인 것 같다. 같이 뛰어가다 지성이가 먼저 치고 나가기도 하고, 내가 치고 나가기도 했다. 먼저 도착하면 기다렸다가 잠시 쉬고 나서 또 같이 뛰었다.

그렇게 주거니 받거니 하며 서로에게 격려와 자극을 주면서 뛰지 않았다면 500킬로미터가 넘는 그 긴 거리가 무척 힘들고 외로웠을 것이다.

호주의 엘리스 스프링스는 다른 사막이나 오지와 달리 은근히 험난한 곳이었다. 아타카마사막은 한눈에 보기에도 험악한데, 호주는 워낙 광활한 대륙이라 다양하고 험난한 지형들이 숨어 있었다. 그래서인지 다른 대회에선 경험하지 못한 코스도 많았다. 고무보트를 타고 호수를 건넌다든지, 대형 트럭이 달리는 고속도로를 뛴다든지 하는 구간이 있었다. 야생말이나 소떼를 만나기도 했다. CP가 캠핑카들이 세워진 캠핑장에 만들어져서 자연과 문명의 이기를 동시에 맛보는 묘한 경험을 하기도 했다.

레이스가 진행될수록 선수들의 부상 상태가 점점 심해졌다. 5일째에 이르자 탈락한 선수가 여섯 명이나 될 정도로 코스 난이도가 높았다. 나도 너무 많이 뛰어서 발바닥 근육에 무리가 왔는지 발을 디딜 때마다 칼로 긋는 것 같은 통증이 밀려왔다. 매일 밤 캠프에 돌아오면 물집과 상처들을 치료하고, 발목과 다리를 열심히 주물렀다. 텐트마다 끙끙 앓는 선수들의 신음소리가 들렸다. 멀쩡한 선수가 없을 정도로 선수들은 다양한 부상에 시달리고 있었다.

진짜 위기는 레이스 6일째, 배낭이 다시 무거워지면서부터 시작되었다. 대회 기간이 10일이기 때문에 10일치 식량을 모두 가지고 뛸 수는 없었다. 그래서 후반부 5일치 식량은 대회 본부에 맡겨두고 초반 5일치 식량만 가지고 뛰었다. 그리고 6일째가 되자 남은 5일간의 식량이 배낭에 채워졌다. 레이스를 시작할 때의 배낭 무게로 다시 돌아간 것이다.

문제는 이제 이 무게를 감당할 체력들이 아니라는 것이다. 체력이 이미 바닥나버렸는데 다시 무거운 배낭을 메야 하다니, 나 역시 생각만으로도 끔찍했다. 이 레이스가 인간의 한계가 어디까지인지를 실험하는 무한도전인 이유가 바로 여기 있었다. 다른 대회에선 5일쯤 되면 식량이 많이 줄기 때문에 배낭 무게에 대한 부담도 줄어든다. 그래서 체력이 바닥났음에도 롱데이를 뛸 수 있었다. 사막마라톤 대회에서 배낭 무게는 체력만큼이나 중요한 요소인데, 이 대회는 그것조차 시험하려고 했다. 정말 악마 같은 짓이라는 생각밖에 안 들었다.

다시 무거워진 배낭을 짊어지니 다리가 휘청거렸다. 상위 그룹이건 꼴찌 그룹이건 다들 배낭 무게를 감당하지 못하고 끙끙댔다. 이대론 레이스를 진행할 수 없다고 판단한 대회 주최자 제롬은 6일째엔 레이스 거리를 대폭 줄이고 7시로 예정되어 있던 출발 시각을 11시로 늦췄다.

호주 아웃백은 처음 열리는 대회라 레이스 운영상에 미숙한 점이 있었다. 이 대회를 만든 제롬은 그 부분을 인정하며 출전 선수들의 불만과 의견에 귀를 기울이며 대회 운영에 반영하려고 노력했다. 이런 점이 제롬의 큰 장점이고, 그래서 나도 그를 좋아하고 신뢰했다.

일정이 변경된 덕분에 선수들은 오전 내내 푹 쉬면서 체력을 회복할 수 있었다. 나도 200마리는 넘어 보이는 파리떼와 온갖 곤충의 습격에도 아랑곳없이 오랜만에 긴 잠을 잤다. 약속된 출발 시각에 맞춰 우리는 차량을 타고 출발선이 있는 장소로 향했다. 며칠 만이지만, 내 발로 힘들게 걷는 게 아니라 차를 타고 편하게 앉아서 가니 세상 부러울 게 없었다.

침낭을 버릴 것인가 뭐슥기를 버릴 것인가

그런데 복병이 또 하나 있었다. 레이스 8일째, 350킬로미터를 넘게 뛴 상황에서 활활 타오르는 불기둥 속을 지나가야 했다. CP3에서 캠프로 향해 달리는데 시커먼 연기가 점점 주위를 뒤덮어왔다. 어디선가 사이렌 소리가 들리기에 고속도로에서 자동차 사고가 났나 보다 생각했다. 그런데 주로를 따라 가보니 비포장도로를 사이에 두고 엄청난 화재가 발생해 있었다.

이곳은 잡목이 무성한데다 워낙 건조해서 풀줄기의 마찰력 때문에 자연적인 산불이 자주 발생한다고 했다. 화재 현장을 몇 번 보기는 했지만, 거센 불길이 들판을 가득 채운 광경은 난생 처음이라 순간 겁에 질려버렸다. 주로 표시가 그 도로를 따라 이어져 있기 때문에 그 뜨거운 불길 사이를 지나가야 하는데 도저히 엄두가 안 났다.

그런데 맞은편에 있는 소방관들은 빨리 불을 끌 생각은 않고 불길이 어디로 번지는지만 살피고 있었다. 워낙 넓은 지역이라 자연적으로 꺼지기만 기다릴 뿐 인간의 힘으론 어떻게 해볼 수가 없다고 보는 것 같았다. 기가 막혔다.

사막마라톤을 하면서 말 그대로 불기둥을 통과하는 일을 겪을 줄은 꿈에도 몰랐다. 마치 내가 스파르타의 전사가 된 기분이었다. 불길이 덮칠까봐 조마조마한 가슴으로 최대한 빨리 불길 속을 달려갔다. 캠프가 있는 지평선 반대편을 향해 달리고 또 달렸다. 진정한 서바이벌 어드벤처의 진수를 호주에서 체험한 셈이다.

레이스가 후반부로 접어들면서 무대는 결승선이 있는 에어즈록과 돔 모양의 기암들이 늘어선 카타추타로 서서히 이동했다. 해발 867미터, 높이 330미터, 둘레가 8.8킬로미터에 이르는 거대한 바위인 에어즈록은 호주 원주민들에게 신성시되는 곳이었다. 그래서 원주민들은 '그늘이 지난 장소'라는 뜻인 울룰루라고 불렀다. 멀리 울룰루의 거대한 형체가 보이기 시작했다. 이제 끝이 얼마 남지 않았다는 의미다.

하지만 거기 도착하기 위해선 지옥 같은 129킬로미터 구간의 롱데이를 거쳐야 했다. 지구상 최악의 대회답게 롱데이도 9일째와 10일째로 잡아놓았다. 롱데이를 완주해야 호주 아웃백 레이스에 의미가 생기는데, 너무 지쳐서 과연 버틸 수 있을지 의문이었다.

대회 때마다 그랬듯이 포기의 유혹이 나를 휘감기 시작했다. 사실 레이스를 포기한다는 건 가장 쉽고도 유혹적인 일이다. 내가 "give up!" 하고 선언하는 순간, 에어컨이 가동되는 운영진의 차량이 쏜살같이 나타나 나를 시원한 물에 몸을 담글 수 있는 호텔로 데려다줄 것이다. 아니, 그보다 더 쉬운 건 아예 도전하지 않는 것이다. 서울을 떠나지 않는 것이다.

아무것도 하지 않으면 노력할 필요도 없고, 자신과 아등바등 싸울 이유도 없다. 그냥 주어진 여건에 맞춰 정해진 시간표대로 움직이면서 살면 된다. 남들 하는 대로, 남들 하는 만큼만 살면 무난하게 살 수 있다. 나를 비난할 사람은 아무도 없다. 그런데 왜 나는 이 먼 호주까지 와서 거지꼴을 한 채 다리를 절룩거리며 롱데이 코스를 달리고 있는 걸까. 발을 땅에 댈 때마다 칼로 도려내는 것 같은 아픔을 참아가면서도 왜 포기하지 못하는 걸까.

뜨거운 햇볕 아래 쓰러질 듯 비틀거리는 내 안에서는 '이만 포기하자.'고 유혹하는 나와 '여기까지 왔는데 조금만 더 가자.'고 격려하는 또 하나의 내가 격렬한 싸움을 벌였다. 그러면서도 발만큼은 본능처럼 앞으로 내디디고 있었다. 의식과 잡념을 지우며 마지막 남은 작은 불씨까지 모두 없애지 않고서는, 내 자신을 모두 던져버리지 않고서는, 완주는 꿈도 꿀 수 없을 것만 같았다.

아스팔트를 벗어나 사막 지역으로 접어들면서부터 모래 무게 때문에 걷는 것조차 힘들어졌다. 신발 속으로 파고든 모래가 마치 쇠붙이를 발바닥에 붙여놓은 것처럼 무겁게 느껴졌다. 걸음을 옮기는 게 힘들어 한동안 무릎을 짚은 채 자리에 서 있었다.

그때 뒤에서 모래 위를 뛰어오는 발소리가 들렸다. 뒤돌아보니 선두 그룹 선수 중에서 1, 2위를 다투는 프랑스의 크리스토프와 스페인의 살바도르 선수가 나란히 뛰어오고 있었다.

롱데이 때는 선수 간 격차를 줄이기 위해 선두 그룹 선수들을 두어 시간 늦게 출발시켰다. 그런데 벌써 나를 따라잡은 것이다. 그들은 쏜살같이 달려오더니 내 어깨를 툭 치며 "Are you OK?"라고 말하고는 내 대답을 듣기도 전에 나를 추월했다. 특히 살바도르는 나와 동갑인데도 어떻게 이날까지 저토록 쌩쌩하게 달릴 수 있는지…. 정말 저들은 인간이 아니라 짐승이라는 생각이 들었다.

부러운 시선을 던지다 나도 이내 다시 출발했다. 그런데 시간이 갈수록 모든 것이 무겁게 느껴졌다. 몸통에 붙어 있는 다리도, 팔도, 어깨도, 내 머리까지 모든 게 무거웠다. 여기저기 달라붙은 파리조차도 무게가 느껴질 정도였다.

식량도 얼마 남지 않아서 배낭 무게가 5킬로그램도 안 되는데 어깨와 등이 짓눌리는 것 같았다. 보통 때라면 이 정도는 거의 부담을 느끼지 않을 텐데, 생각보다 체력이 더 크게 바닥난 모양이었다.

이 무게를 안고는 계속 갈 수 없겠다는 생각이 들었다. 어떻게 해서라도 무게를 줄여야겠다는 생각에 우선 눈에 보이는 대로 옷이나 배낭에 붙어 있는 것부터 떼서 버렸다. 작은 옷핀부터 실오라기 하나까지 버릴 수 있는 건 낱낱이 버렸다.

그렇게 했다고 무게가 줄어들 리는 없었다. 옷핀의 무게가 얼마나 되고, 실 하나가 무거워 봐야 얼마나 무겁겠는가. 하지만 이것은 심리적 차원의 문제였다. 그냥 무엇이든 버리면 조금이라도 가벼워질 것 같은 심리가 발동한 것이다.

그 위안으로 몇 걸음 더 가긴 했지만, 결국 나는 모래 위에 풀썩 주저앉았다. 버리자, 버리자, 뭐든 버리자. 배낭을 내려 끄른 다음 또 버릴 게 없나 하고 찾았다. 내일이면 레이스가 끝나니 이제 필요 없어질 치약과 칫솔을 찾아서 모래 속에 파묻었다.

사막마라톤 대회에선 자연환경 보호가 철칙 중의 철칙이다. 그래서 물을 배급할 때에도 물통과 뚜껑에까지 선수의 번호를 적어놓는다. 만약 물통을 아무 데나 버렸다가 발각되면 패널티를 받거나 사안에 따라 실격 처리될 수도 있었다. 그때까지 나는 그 규정을 철저히 지켜왔지만 당시는 그런 걸 고려할 처지가 못 되었다. 어떻게든 무게를 줄여야 한다는 생각밖에 없었다.

다시 또 몇 걸음 가다가 주저앉았다. 칫솔이나 옷핀 같은 것으론 무게를 줄일 수 없다는 걸 깨달았다. 동시에 나는 무게가 기준이 아니라 버려도 아깝지 않은 것들만 버렸다는 걸 깨달았다.

무게를 줄이기 위해선 아까운 것들을 버려야 했다. 나는 배낭을 열어 속에 든 물건들을 살펴보았다. 암벽과 나뭇가지에 찢긴 바지가 보였다. 2003년 처음 사하라에 갈 때 샀던 정든 바지였다. 지난 몇 년 동안 나의 힘든 레이스를 같이한 추억이 많은 바지라서 버리려니 무척 망설여졌다. 하지만 추억보단 조금이라도 무게를 줄이는 게 중요했다. 아깝지만 손으로 모래를 파서 바지를 모래구덩이에 파묻었다.

그래도 배낭 무게는 조금도 줄어들지 않았다. 대체 뭘 얼마나 더 버려야 할까. 아니, 그게 아니다. 나는 무엇이 아까워서 무게 때문에 걷지도 못하는 이런 상황에서도 버리지 못하는 걸까. 결승선까지 꼭 안고 가야 할 만큼 내게 중요한 것들이 무엇일까?

나는 배낭을 거꾸로 뒤집었다. 꾀죄죄하기 그지없는 물건들이 모래 위로 우르르 쏟아졌다. 사흘 동안 신은 더러워진 양말, CP에서 간식으로 먹으려고 남겨둔 건조 비빔밥, 기름때가 덕지덕지 낀 코펠까지 모래에 파묻었다.

그 다음엔 몇 년 동안 나의 이부자리가 되어준 침낭과 침낭보다 더 무거운 태극기가 눈에 들어왔다. 결승선을 밟을 때 세리머니를 하려고 준비해 온 대형 태극기였다. 사실상 이 두 가지가 가장 무게가 많이 나가는 거였다. 둘 중 하나를 버려야 조금이라도 가벼워질 것 같았다.

그런데 무엇을 버릴지 선뜻 결정할 수가 없었다. 인생은 선택의 연속이라지만, 호주의 이 오지에서 태극기와 침낭 중 하나를 버려야 하는 선택의 순간에 맞닥뜨리다니…. 침낭을 버리면 분명 CP에서 덜덜 떨며 추운 밤을 보내야 할 것이다. 태극기를 버리면 출발할 때부터 계획한 멋진 세리머니를 접어야 한다.

이런 급박한 상황에서 그깟 완주 세리머니가 뭐 그리 중요하냐고 생각할 수 있을 것이다. 하지만 그것은 내 인생에서 큰 의미가 있었다. 처음 사하라에 간 2003년에는 나는 완주 세리머니가 뭔지도 몰랐다. 그저 완주한 것에 감격해서 거의 영구 같은 표정으로 결승선을 밟았다.

그런데 8년이 지난 이번에는 다르다. 공식적인 국가대표 레이서는 아니지만 세계에서 한다 하는 레이서들이 모였기에 각자 국가를 대표해서 모인 것과 마찬가지다. 여기서 내가 완주한다는 건 한국의 대표로서 완주한다는 뜻이다. 그래서 나는 태극기 세리머니를 꼭 하고 싶었다.

또 다른 의미도 있었다. 어려운 환경 때문에 원하는 것을 끝까지 해본 적이 없었기에 나는 늘 '완주'에 대한 열망을 가지고 있었다. 그런 나 자신에게 주는 선물이기도 했다. 태극기 세리머니를 통해 가슴속 열망을 기어이 현실로 끌어낸 나 자신에게 멋진 선물을 주고 싶었다. 그래서 나는 출국 전 종로의 재래시장을 돌아다니며 대형 태극기를 구입해 여기 오기까지 내내 메고 다녔다.

그런 태극기를 여기 이 모래 속에 묻어버리고 가야 한다니…. 나는 그렇게 하지 못했다. 무게로 따지면 침낭보다 태극기가 더 무거웠지만, 도저히 태극기를 버릴 수가 없었다. 그 양자택일의 갈림길에서 나는 침낭을 모래 속에 파묻었다.

그 순간 나는 내가 진짜 원하는 것이 무엇인지 비로소 알게 되었다. 무엇을 버리고 무엇을 가져갈지 결정해야 하는 절박한 순간을 경험하면서 내가 이 미친 짓을 계속하는 이유도 알게 된 것이다. 가슴속에 담아둔 열망을 현실로 끌어내는 일, 내가 가장 원한 것은 바로 그것이었다.

어드벤처 레이스의 세계는 다양하다

사막이 아닌 곳에서도 얼마든지 새로운 도전이 가능합니다. 인도나 호주, 아프리카 등 다양한 곳에서 어드벤처 레이스가 열리고 있기 때문이지요. 이런 대회들은 색다른 기후와 풍토를 즐길 수 있다는 매력이 있습니다. 제가 다녀온 인도와 호주레이스는 카날 아벵튀르라는 브랜드에서 주최했으며, 이 회사의 대표는 제롬 롤리에라는 어드벤처 레이서입니다. 관심 있는 독자를 위해 관련 사이트를 소개합니다.

http://www.canal-aventure.com/

지금 나는 당신에게 묻는다.
당신의 열망은 어디에 있는가?
분명 당신에게도 끝까지 가보고 싶은
열망이 있을 것이다.

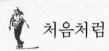 처음처럼

공부든 연애든 사업이든 무언가를 새롭게 준비하고 시작할 때의
처음 다짐, 그 마음을 꾸준히 유지하며 살아가는 사람이 얼마나 될
까. 아마 대부분은 그렇지 못할 것이다. 나는 15년여 동안 여행을
핑계 삼아 지구상 곳곳의 사막과 오지를 넘나드는 조금은 독특한
체험을 하고 있다. 처음 사하라사막 횡단을 결심할 때는 도전정신
과 열정이 나를 사막으로 이끌었다. 하지만 그 의지를 한결같이 지
켜오는 건 결코 쉬운 일은 아니다.
2003년 4월, 북아프리카 사하라에 첫발을 내디딘 이후 사막과 오
지를 향한 모험은 여전히 진행 중이다. 도전의 회차가 거듭될수록
자만할 수도 있지만 그 험난한 장도에 오를 때마다 나는 단 한 번
도 완주를 장담한 적이 없다. 코스 자체가 인간의 한계를 요구하기
도 하지만 예상치 못한 돌발 상황들이 나를 더 당혹스럽게 하기 때
문이다. 사막에서 교만을 떨다가는 자칫 실패와 낙담을 넘어 목숨

을 담보로 해야 한다.

사막에서 급작스레 불어대는 모래폭풍은 물론이고 온 천지를 쓸어
버릴 듯 퍼붓는 폭우를 만나는 경우도 있다. 실제로 2005년 시각장
애인과 함께 고비사막 250킬로미터를 달리다 맞은 레이스 둘째 날
저녁, 캠프에 도착하자마자 엄청난 굉음의 천둥번개를 동반한 비
바람이 퍼부었다. 고비사막 전부를 삼켜버릴 기세로 광분하듯 휘
몰아쳤다. 몰아치는 폭풍우에 철핀이 뽑혀나가고 텐트들이 뒤집히
면서 주변은 온통 아수라장이 되었다. 근원을 알 수 없는 폭풍우 속
에서 밤을 지새워야 한다는 생각이 텐트 안에 숨죽이고 있는 선수
들을 두렵고 혼란스럽게 했다.

살아남아야 한다. 그래도 살아남아야 했다. 웅크리고 앉아 있는 시각장애인 이용술 씨를 침낭 속에 밀어 넣으며 애써 침착하게 말했다.

"이 형, 괜찮을 거야. 걱정 하지 마…"

"이 형, 그냥 침낭 푹 뒤집어쓰고, 귀 막고 누워 있어."

그리고 기도했다. '부디 이 포악한 비바람을 빨리 멈추게 해 주옵소서.~' 저녁 9시 30분, 그제야 성이 찼는지 2시간 넘게 퍼붓던 대자연의 반격이 사그라졌다. 무섭게 휘몰아치는 폭우 속에서 인간은 너무나 무기력하고 속수무책일 수밖에 없었다.

아프리카의 그랜드캐니언, 겁도 없이 시각장애인 송경태 씨와 함께 지구상 두 번째로 큰 대협곡, Fish River Canyon으로 들어섰다. 부시맨이 화살통으로 만들어 쓰는 별모양의 잎을 가진 쿼버 트리 Quiver Tree가 주변에 듬성듬성 자라나 있었다. 사고는 내가 조심한다고 비껴가진 않는다. 강물의 깊이를 가늠할 수 없었다. 강변을 두리번거리다 커다란 바위가 물길을 가로막고 있는 루트를 선택했다. 먼저 송 형의 손목을 움켜잡았다. 그리고 허리춤까지 찬 강의 하상과 물위로 솟은 바위를 조심스럽게 오르내리며 세 개의 강줄기를 건넜다.

네 번째 강물을 가로지르다 수면 위로 돌출된 커다란 바위와 맞닥뜨렸다. 송 형을 암반 중앙에 안착시키기 위해 함께 점프를 하다 중심을 잃고 바위 모퉁이로 미끄러졌다. 두 다리가 바위 틈새에 끼면서 무릎과 머리가 바위에 부딪쳤다. 두 팔을 버둥거렸지만 꿈쩍할 수 없었다. 잠시 정신을 잃을 정도로 충격이 컸다. 하지만 몽롱한 의식 속에서도 내 안의 내가 '깨어나 일어서라'고 다그쳤다. 강 건너편에서 이 광경을 지켜보던 선수들은 발만 구를 뿐 어찌할 도리가 없었다.

이듬해인 2010년, 죽음의 바다 타클라마칸사막 100킬로미터를 건넜다. 원주민들의 삶은 모래와의 전쟁 그 자체였다. 레이스 중에 블랙 제이드 강변에 터전을 잡은 투슬루코타크Tuslukotak 마을로 들어섰다. 농로를 따라 달리던 중 아랫도리가 조금씩 근질거렸다. 무심코 다리 쪽을 내려다보니 양 허벅지와 종아리에 수백 마리의 모기떼가 우글거렸다. 녀석들은 어깨와 팔뚝에 목덜미까지 들러붙어 무언가에 열중했다. 펄쩍펄쩍 뛰며 온몸을 털었지만 대롱을 박고 피를 빠는 놈들은 쉽게 포기하지 않았다. 죽기를 각오하고 달려드는 모기떼에 놀라 레이스에 가속이 붙었다. 모자를 벗어 종아리와 허벅지를 연신 내리치고 휘저으며 달아났다. 녀석들도 맹공을 퍼부으며 거침없이 달려들었다. 타클라마칸사막에서 흡혈파리에게 피를 빨릴 걱정을 했던 것은 기우였지만, 모기라는 복병을 만나 혼쭐이 났다.

하지만 이건 전조에 불과했다. 주로에서 다시 온밤을 맞았다. 밤 1시를 넘어서자 쌀쌀한 기운이 돌더니 모래바람이 일기 시작했다. 레이스 출발 전에 불어대던 돌풍과는 비교할 바가 아니었다. 땅바닥을 훑으며 몰아치는 광풍에 주로를 표시하기 위해 꽂아둔 푯대가 순식간에 뽑혀 날아갔다. 몸을 지탱하기조차 힘들었다. 몸을 때

리는 모래 알갱이들이 피부 속으로 파고들었다. 바닥에 주저앉아 웅크린 채 바람을 피해 보았지만 멈출 기미는 보이지 않았다. 질긴 놈이 이긴다. 벗어날 수 없다면 버텨야 했다. 이것이 존버정신이다. 한 시간 넘는 사투 끝에 모래폭풍의 핵이 중심이동을 하며 서서히 비껴갔다. 처음 사하라로 향했던 그 도전정신과 열정을 늘 마음속에 새기고 있었기에 버틸 수 있었던 것 같다.

모두의 마음속에는 각자 원하는 것이 있다. 남은 이해 못할 가슴속 열망이 자라 숨 쉬고 있다. 우리는 자신의 삶을 좀 더 의미 있게 살아갈 필요가 있다. 더불어 좀 더 가치 있게 살아갈 권리도 있다. 굳이 달리기가 아니어도 상관없다. 왜냐하면 인생에는 달리기보다, 사막을 건너는 것보다 더 가치 있고 의미 있는 일들이 훨씬 많기 때문이다. 학업 때문에, 가족의 생계 때문에, 이런저런 이유로 뒤로 밀어 두었던 일들… 여행, 자격증, 연애, 운동 등 자신이 소망하는 것이 있다면 당장 시작해야 한다. 그리고 늘 처음의 마음가짐을 잊지 말고 꾸준히 준비한다면 생애 최고의 순간들을 자주 맞이하게 될 것이다.

추천사

제 주위에는 편리하고 안락한 문명생활을 뒤로 하고, 한 걸음도 옮기기 힘든 히말라야의 정상을 향해 떠나거나, 극한의 환경에 맞서 사투를 벌여야 하는 오지로 향하는 사람들이 많습니다. 아무래도 제 직업상 이런 사람들을 많이 볼 수밖에 없긴 합니다. 이 책의 저자도 공무원이라는 안정된 직장과 단란한 가정이 있지만 봄날 땅을 뚫고 나오는 새싹처럼 어느 날 시작된 열망이 자라 사막을 향하게 됩니다.

극한에 도전하는 마니아들의 생명을 보호하고 지키는 장비를 만드는 제 입장에서는, 사막 마라톤을 준비하는 과정을 읽으며 저자의 갈등과 어려움에 공감할 수 있었습니다. 두려움이 없는 도전은 진실하지 않습니다. 그는 자기가 달려야 하는 사막의 두려움을 솔직히 고백합니다. 그럼에도 불구하고 그는 15년 전 사하라 사막을 시작으로 지금도 도전을 계속하고 있습니다. 그가 블랙야크의 셰르파인 것이 자랑스럽습니다.

두려움에 갇히지 않으려는 사막 마라토너의 생생한 이야기는 저에게 큰 감동이었습니다. 특히 자신의 몸도 가누기 힘든 사막 마라톤을, 그것도 시각장애인을 인도하며 함께 사막을 달리는 장면에서는 저도 그 현장에 있는 듯 큰 울림으로 다가왔습니다.

모두가 사막 마라톤을 하고, 누구나 에베레스트에 올라야만 하는 것은 아닙니다. 우리 인생길에는 어려운 일과 기쁜 일이 공존합니다. 사막이 아름다운 건 오아시스가 있기 때문이라는 말이 기억납니다. 역설적으로 오아시스는 사막에 있기에 귀합니다. 인간의 삶은 어느 누구나 참으로 숭고합니다. 그 이유는 고난을 넘어선 투혼의 삶이 짙게 배어 있기 때문입니다.

이 책을 읽는 분들 모두 도전과 고난의 두려움을 이기고, 내 인생의 사막을 열심히 뛰어 가셔서 행복한 오아시스에 도달하시기 바랍니다.

블랙야크 회장 강태선

김경수

명지대학교 영어영문학과, 성균관대학교 행정대학원을 졸업하였다. 서울 강북구청에 근무하면서 중앙선거관리위원회 선거연수원 초빙교수, 오마이뉴스 기자, 블랙야크 셰르파, 사막·오지 레이서 겸 칼럼니스트로 활동하고 있다.

그동안 참가한 주요 '사막 및 오지 레이스'로는 사하라 243km(모로코), 고비 253km(중국), 아타카마 252km(칠레), 나미브 260km(나미비아), 타클라마칸 100km(중국), 엘리스스프링스 530km(호주), 캘라라 220km(인도), 그랜드캐니언 271km(미국), 파로 200km(부탄), 앙코르와트 220km(캄보디아), 사하라 260km(이집트), 우유니 171km(볼리비아), 시기리아 락 210km(스리랑카), 마이쩌우 160km(베트남), 히말라야 아일랜드 피크 5895m(네팔) 등이 있다.

내 인생의 사막을 달리다

초판 1쇄 인쇄 2017년 6월 5일 | 초판 1쇄 발행 2017년 6월 12일
지은이 김경수 | 펴낸이 김시열
펴낸곳 도서출판 자유문고

(02832) 서울시 성북구 동소문로 67-1 성심빌딩 3층

전화 (02) 2637-8988 | 팩스 (02) 2676-9759

ISBN 978-89-7030-111-2 03810   값 15,000원

http://cafe.daum.net/jayumungo (도서출판 자유문고)

*책에 실린 모든 사진은 대회운영본부 및 사진 저작권자에게 비용을 지불하거나 허락받은 저자 소장 사진입니다.